現代版
世界名著

紅　字

The Scarlet Letter

霍　桑／著
周繹／譯

【選書推薦】

豐富現代人心靈的饗宴
——「風雲時代」推出的文學經典名著

南方朔

多年來，我一直鼓吹要讀經典，尤其是文學經典。

因爲，經典之所以爲經典，乃是它濃縮著傑出作者的心靈、智慧與識見，可以讓人在閱讀裡深度反芻，並呼喚出每個人內心裡更優質的成份。經典是我們心靈的饗宴與邂逅，它永遠會讓人豐收。

文學經典的閱讀樂趣

正因爲經典重要，因而它一路相望，早已成爲每個國族、甚或全世界的文化傳承。在西方，愈是頂級的大學學府，就愈重視經典閱讀的課程安排，目的即是要讓未來的菁英階層，不只具有專業的知識技能，更要有「全人」（Universal Man）的格局和品質。由美國常春藤盟校所開列出來的經典書單，實在值得我們借鏡，做爲我們改革通識教育的參考。

因此，對經典的親炙與閱覽，不只是狹義的閱讀行爲而已，更應該是人格養成的一種教育和社會行爲。有遠見的出版人、編輯人不妨透過經典的濃縮重編，讓人們在生命成長的任何一個階段，都可略窺其堂奧，而後循序漸進，由親切怡人的經典，而走向博大深邃的著作，享盡閱讀的樂趣，並在閱讀中見證心靈的成長。

使人「重新發展愛情」

況且，閱讀文學經典、世界名著，還能滋潤現代人的心靈，使人對愛情與人性重新有一番體悟。

用「重新發展愛情」來說現在人們的心靈處境，真是再也貼切不過了。近代的人際關係早已發生鉅變，其中最大的變化即是性別間不再有任何的神秘，於是愛情與性的非崇高化遂成了一種新的難局。當愛情不再神秘，一切的愛情也就勢不可免的成爲精打細算的操縱遊戲。人們不再相信人際關係的持久性，而彷彿像刺蝟般，無論太近或太遠都覺得不對勁。刺蝟般的愛情使得它遠離親密而更像是戰爭。古代那漫長但又充滿滋味的愛情過程早已消失。當愛情與性更加唾手可得，它的折舊與翻臉也就更加快速。愛情愈來愈像是商品的週期，也更加像吃興奮劑一樣在亢奮和低潮間震盪。

這就是愛情難局之所在，它使許多人將愛情與性分開，也讓許多人愈來愈逃避感情。當身體的接觸已不再是愛情的憑證，愛情的立腳點遂更加脆弱可疑。現在的世界上已難想像偉大的戀情，反倒常見各種愛情上的怨偶與悍夫悍婦不斷出現。愛情有時候竟然會變成「致命的吸引力」！

打開生命的窗子

因此，今日的愛情已漸漸失掉了它的位置。當古老愛情的神話瓦解，愛情世界上的善男信女就注定要在愛情戰爭裡擔驚受怕。愛情的起源是自戀，而後在自戀中打開生命的窗子；而今日的愛情則是人在自戀裡將自己關閉，並讓愛情遊戲更像是座叢林。情慾奔騰而愛情寂寥，失掉位置的愛情必須被「重新發明」，必須藉著不斷的驚喜和共感來維繫它易滅的燭焰。在這個愛情被急切渴望的時代，但願愛情真的能帶給人平安，而非怨懟與騷亂。

而「重新發明」愛情的最佳途徑，在我看來，就是隨時抽時間，閱讀自己喜歡、且已獲公認的文學經典！

選書以親切怡人爲主

在台灣，經典名著的閱讀有著固定的需求，一代代的少年和青年，都以熱切的願望進入這個領域，因此，許多西方的文學經典名著，早已有了許多不同的版本。而今，好朋友「風雲時代出版公司」也開始走進這個領域，開始出版西方文學名著。由第一批廿本名著的書目，可以看出它由於剛開始，因而選書以親切怡人、適於年輕人閱讀者爲主。這批書目涵托了《雙城記》、《月亮寶石》、《格列佛遊記》、《魯賓遜漂流記》、《騎鵝歷險記》、《綠野仙蹤》、《簡愛》、《咆哮山莊》、《小王子、灰姑娘》、《小婦人》、《達·文西寓言》、《愛麗絲夢遊仙境》、《金銀島》、《狐》、《最後一課》、《少年維特的煩惱》、《吹牛大王歷險記》、《最後的莫希干人》、《間諜》、《快樂王子》。書目裡，雖然有些早已膾炙人口，但也有多本，如《月亮寶石》、《騎鵝歷險記》、《吹牛大王歷險記》、《最後的莫希干人》、《間諜》、《快樂王子》等，似乎仍是首譯，可以彌補台灣在文學名著翻譯上始終有所缺漏的遺憾。

我一向認爲出版業能關心名著經典，是一種功德。出版名著經典，乃是標準的「薄利事業」，經營維艱，但它卻是在文化這個領域撒佈可供後來者繼續成長的土壤。而除了經營艱難外，出版名著經典，也是極大的考驗。名著經典浩若瀚海，深淺繁易之間也等級極多，因而出版者需長期耕耘，鍥而不捨，始能規模逐漸完整。「風雲時代」的這套廿本，只是個開始，衷心期望更多個廿本，能相繼出現。

我讀過，我又讀了

近代義大利名作家卡爾維諾（Italo Calvino）曾經說過：經典名著乃是那種人們不會說「我讀過」，而是說「我又讀了」的著作。名著之所以爲經典，乃是它的高稠密度和內含的巨大信息量。因而，每次去讀它，都會讀出新的東西、新的精神。經典名著乃是一口鐘，當人們輕輕的敲，它就回報以小小的聲音；當人們用力的敲，它就用大聲來回應。經典名著從不吝惜給與，而是要看人們如何對它提出索求。

因此，讓我們泡杯好茶，弄一個舒適自在的位子，坐下，拿起書，走進那個歷代傑出作家所建造出來的經典世界吧！

在現實與理想的衝突中，霍桑是矛盾的。有人說，在寫作《紅字》這部作品時，霍桑本人的主觀動機和這部作品所帶來的真實效應並不一致，甚至是相反的。

海絲特．白蘭（Hester Prynne）的光芒籠罩著整部小說，但對她的理解卻眾口難一。在與她的情夫狄米斯戴爾牧師（Arthur Dimmesdale）商量私奔時，她曾把胸前的「A」字摘下來扔進小溪，以這種方式表達她對當時清教徒法規的蔑視和反抗，但是在牧師死後，這個女人卻至死都戴著「A」字，並在墓碑上也刻下這個的字樣，這是爲什麼呢？是對她往日情感的懷念？是對造成她這一悲劇的清教徒法規的決絕？那我們怎麼解釋她在最後的歲月裏所做的那些行善、無怨無悔地忍受等等帶有明顯宗教贖罪形式的行爲？很顯然，這二者本身就是矛盾的。「A」在英文裏可能有多種解釋：Adultery（通姦）、Admirable（可受人尊敬的）、Angel（天使）、Amorous（愛情）。作者沒有告訴我們這個詞的含義到底爲何，因此我們只能在矛盾中仁者見仁，智者見智了。

關於這個女人，我很想多說一點。在閱讀它的時候，我的腦海裏老是有一種似曾相識的覺——在哪裏見過她呢？我打開記憶的長河，另一個女人的名字很快就流了出來——安娜．同樣娜！是的，這兩個女人是多麼相似啊：同樣生活得不愉快，同樣愛上了不該愛的人，並不好的結局；在她們的性格中同樣有堅強、勇敢、大膽、美麗、高貴等等特質。讀完我的這部小說，掩卷沈思，我的心中好像澎湃著一種悲憫的感情，又好像凝聚著一股憤怒的力量——我的胸膛簡直要在這難言的情緒中爆破了！而這是在我讀到那另一部同樣極著名的小說《安娜・卡列尼娜》時所沒有的！

如果說安娜是一朵花園裏嬌豔盛開的牡丹，那海絲特就是一枝獨秀、生長於寒山孤院的紅梅；如果說安娜是背叛了一個政府、一種制度，那海絲特就是背叛了一種信仰、一個社會；如果說安娜留給我們的是一齣愛情的悲劇，那海絲特所唱出的就是一曲人性的悲歌。一個是壯烈的死——如果那也可以稱得上是壯烈的話；一個是「苟且」的生。

然而，安娜的死留給我們的除了當時那一聲壓抑的歎息外，還能有什麼長久的記憶嗎？因爲她的死不過是一個女人因爲愛情失敗而尋求的解脫，是一個個體對社會的絕望和個體的滅亡，對整個大眾來說並沒有多少意義——難道我們當中那些不幸的人們都要去學習她嗎？

海絲特則不然。要說她的生命在失去了情人之後，好像也沒有了多少快樂可言，但她卻堅強地活下來了，並且恥辱地卑下地生活著，這樣的目的是什麼？是對愛情的懷念？是爲了心靈的贖罪？還是以一種苟活向世人提出她對這個不合理的世界無言的、似泣似訴的控訴？

尤其是她在墓碑上的留言「漆黑的土地，鮮紅的A字」，這是她最徹底的贖罪形式，還是最決絕的反抗和控訴？我們不得而知，但我更傾向於後者——如此看來，一個寧爲玉碎，剛強冷絕，另一個卻願以終生的「苦難」和「恥辱」來時時提醒那些還活在這個世上的人，這不是一種更偉大的人性美，更具魅力的性格嗎？一個拋棄了不該拋棄的人，一個不單拋棄了不該拋棄的人，還愛上了一個不該愛的人，這不是一種更徹底的背叛和反抗嗎？

以死來尋求自我的解脫，從這個意義上說，安娜倒更相似於海絲特的那位情人狄米斯戴爾，只不過一個是抱著生命的絕望而死，另一個人卻是抱了重生的希望而死。當然後面的那位，並不能完全如此概括，作者對這樣一個人物也有著矛盾的認可或不認可。作者寫了這樣一個愛情的悲劇故事，又選了這樣一個有著牧師身分的人來做他情感悲劇中的主角，而不是其他人，這本身就說明了作者對清教徒法規壓抑人性、殘害生命的罪惡充滿了譴責和控訴；但他最後卻不但讓這個人在懺悔與贖罪、信仰與感情、犯罪與懲罰的衝突中不斷受到心靈的折磨，還以選擇用死來尋求上帝的寬恕、心靈的解脫作爲他的結局，這說明作者本身又是傾向於宗教法規的，他讓狄米斯戴爾受到懲罰，反映了他虔誠的宗教信仰。但透過小說的描述，我們知道，就在同一個絞刑架下，海絲特曾緊閉雙唇站在台上，而狄米斯戴爾卻是在那裏進行了最後的坦白——不是爲解脫他的罪責，而是爲了解脫自己心靈的重負。

這一點可以看出，作者對海絲特的反抗精神是持褒揚態度的，對狄米斯戴爾的宗教懦弱卻是極盡貶斥。

對另一個人物、海絲特的丈夫基靈歐斯的描述，也反映了作者深深的矛盾。可以說，基靈歐斯是徹頭徹尾的邪惡象徵，身體殘缺，心智狡詐。但作者卻不但把他放在一個受害人的地位，還讓他在對待仇人和背叛自己的人時，表現出了同情和仁慈的一面。他在牢房之中對自己的過失作了懺悔，在自悔當中，他把這樁罪的主責從不貞的妻子身上轉移到犯罪的神職人員頭上；他報復的重點原可以是弱小的孩子，但恰恰相反，他卻把最後海絲特和珠兒命運的轉機依然留給了狄米斯戴爾和前任總督。這種邪惡與那些真正十惡不赦的壞人比起來，不是又多了幾分理解和溫情嗎?這在一般的作品來說，是絕少出現的。

從這個角度看，與其說作者對基靈歐斯充滿了痛恨和不恥，倒不如說作者只是不贊同他的報復方式而已。因爲在一般的宗教教義看來，嫉妒是一種罪過，報復、尤其是至人死地的報復更是一種罪惡。所以，作者從一個受了污辱的角色出發，讓他的報復取得了成功，但卻又從一個宗教徒的角度出發，讓他在鬱鬱中終也得以死亡的報應。

小說中還有很多東西迷漫著一種看不清的濃霧。霍桑把這個故事放在了宗教說教的範疇下來進行，但卻對一切宗教得以繁衍和逞威的土壤，即殖民政策也給予了猛烈的抨擊。這鮮明地表現了作者自己的保守意識和當時的現實之間衝突的結果。如此說來，作者也可能認爲「紅字」的誕生並不是單純由個人或神職人員的罪惡造成，嚴重的罪惡根源不可避免地將落在刑罰的製造者和執行者頭上。

這正是一個文人的偉大客觀現實主義性——而不是純粹的主觀性。

不管《紅字》怎樣在矛盾中激進，也不管作者的主觀創作動機是什麼，就讓我們一起閱讀這部世界名篇，各人尋找自己喜歡的東西吧。但願生活中不會再多幾個像以上人物那樣的人。

目錄 CONTENTS

楔子　海關

這樣的事情的確有些古怪，我是指我竟然兩次出現了想把自己的往事告訴大家的衝動。對於圍在爐火旁，與朋友一起分享自己的生平經歷，並不是我所喜愛的事，但顯然，我違背了這種意願。

大約三、四年前，我第一次把自己曾在一座「古屋」裏的特殊生活——孤僻而幽靜的生活——寫在一本書裏告訴了讀者①。現在想來，這樣做實在沒有道理。儘管有些讀者可以諒解我的這種不自量力，但實際上我確實並沒有任何正當的理由去寫下那些東西。然而這次，我又犯了同樣的毛病，僅僅因爲上回得到幾位讀者的賞識，就預備將我在海關那個地方三年來的經歷大書特書一番。也許人們對於類似《教區司鐸》這樣的涉嫌自我吹捧的自傳不屑一顧，但實際上，很多作家的寫作初衷並不是這樣的。

作家們在向這個世界展示自己的時候，其實並不是爲了那些不喜愛他文字的讀者，或是對文字根本不感興趣的人，而是爲了那一小群和他的心靈能夠產生共鳴的人，這些人透過這樣一本或幾本小書，甚至可以達到比作者的親朋好友更了解作者的地步，這樣，作者就在生活中找到了自己的真正知音。

當然，有些作家也難免會在這條路上走得過遠，陷進一種完全講述自我隱私的境況——這

①一八四六年出版的《古屋雜憶》（Mosses from on Old Manse）

種本來只適於在三兩個知心朋友間悄悄流傳的事，現在卻成了人人皆知的消息，好像不透過這種途徑就不能更有效地挽回他曾經失掉的一些好東西一樣。

眾所周知，我們很難在完整與完美之間獲得真正的平衡。要不就是一無遺露地把所有事情都說出來，包括那些粗俗的東西，要不就是講求公正與得體，這就很可能會刪去一些很重要的東西。反正，二者不可能兼而得之。這樣看來，一個人如果真的想和另一個人進行真誠且坦率的交談的話，就必須是在建立了一種非常親密的關係之後。但對於作者來說，有什麼方法能彌補這一不足呢？——他不可能先去和所有的讀者打交道。只有一個方法，就是在他寫書的時候，就已經把那些可能會讀他書的人想成了他的知己——至少是可以交流或者善解人意的人，這樣他說出來的話才不會枯燥無味或者遮遮掩掩，當然這就必然導致了另一結果的出現：過於推心置腹地暴露了自己的隱私——從上述原因看來，這還是可以原諒的。

不過，還有一點值得一提，就是我認為，即使我們作者已經和讀者之間建立起了一種和諧融洽的關係，在講述我們的事情時，身為作者的還是要把那個現實生活中真實的自我隱藏起來，至少應該帶上一層面紗，這樣，才會既不傷害讀者的權利，也無妨作者本人的權利。

你們會看到，在這篇名為〈海關〉的文章裏還有另一個特點，就是按照一般文學創作或文學閱讀的慣例——這種慣例常被認為是正當且必需的——這篇文章裏還列舉了很多其他的事實，用來解說作者是怎樣掌握到這一大段正文裏談到的故事的，並且還有各種證據可以用來證明它的真實可靠性。事實上，這正是我想和廣大讀者保持一種個人關係的原因，就是要把自己置於一個故事編輯者的地位，尤其是一個最長的故事的編輯。達成這個目的後，也許我們就可以爲這個故事添枝加葉，詳細解說一下我以前沒談到過的那種類型的生活了，以及在那種生活裏存在過的人們，包括我自己。

讓我們將時光倒流半個世紀，那時老船王德比正是名震一方之時，而我的家鄉塞林鎮還是一個熙熙攘攘的熱鬧碼頭，如今，這裏早已不見當年繁華的場面，留下的只是那些充滿霉味的破爛木造庫房了。偶爾，也有一兩艘雙桅的或是三桅的帆船會停在那狹長的碼頭中間，只是爲了路過時卸下一些裘毛皮革；或者是一艘由新西科舍駛來的縱帆船停在近一點的地方，正在往外拋出船艙裏的柴火。潮水的頻繁侵襲使得這個碼頭變得異常殘破，碼頭邊的那排建築物後面橫七豎八的荒草雜樹似乎正在講述這樣一個衰敗的故事。

往上看，就在這殘破碼頭的最頂端，有一座高高的大樓還算顯眼，它那磚砌的窗口正好對著碼頭的全景，向外眺望，可以看到碼頭衰敗的氣息。大樓頂端，懸掛著共和國的國旗，每天早上三個半小時的時間裏，它會隨著徐徐而過的微風輕輕飄揚，或在沒有風的日子裏無力地低垂著；不過，從它筆直的十三條豎條上——不是平行或交叉的——我們可以看出這是一個美國的民事部門，而不是山姆大叔的軍事機構②。

大樓前方的迴廊，由六根木頭柱子組成，頂端還支撐著一個陽台。門廊下是一排寬闊的大理石台階，直通街道正中心。來到大樓的正門，可以看見那上面懸掛著的一隻美洲鷹的雕像，這巨鷹兩隻翅膀大開著，前胸高護一面堅硬的盾牌，如果我沒記錯的話，牠的兩隻爪子還分

② 「山姆大叔」意指美國政府。

別緊握著一把矢箭和一把倒鈎箭，就像牠的同類一樣，具有一種惡狠狠的秉性，好像是想依仗牠那尖利的嘴和殘暴的目光，以及那飛撲欲下的姿勢，向所有塞林鎮的居民發出警告：行事要小心謹慎，不可侵犯了我所保衛下的這座大樓。可事實上，雖然這隻兇惡殘暴的大鷹確實具有懾人的威力，但牠並沒有取得預期的效果，就是說並沒有阻擋住人們來這裏尋求牠的庇護的腳步。也許，這些人是把這隻鷹的堅硬胸脯想像成了鵝毛絨的枕頭，以爲在那裏可以尋得溫暖和舒適。但實際上，就是在牠心情最好的時候，這隻鷹也不會表現出多少的柔情蜜意。對於牠來說，即使把剛剛孵出來的小鷹拋棄掉也比對牠們付出責任或溫情更有意思。或者乾脆對牠們又抓又啄，用爪中的倒鈎箭教訓牠們，最終讓牠們遍體鱗傷，這也符合牠的天性和習慣。

就在我們所說的這座大樓——或者可以將它稱之爲這個港口的海關——的周圍，還可以看到一些生長茂盛的野草，它們紛紛地從那裂開的地縫中鑽出頭來，爲的就是告訴我們：這個地方已經很久沒有人來人往過，往昔的車水馬龍景象已經成了永久的回憶。不過，要說到完全死亡，這個地方倒還不至於，主要原因是每年都有那麼幾個月的早晨，在這裏還會舉辦一些必要的活動，這就爲它帶來了些許生機，使它欲死而不能，欲生又無力。

每當這樣的時刻來臨，一些上了年歲的人就會不由自主地想起過往繁華，那是與英國交戰的時候，作爲重要的港口，塞林鎮經常是商賈雲集，人聲喧嚷，雖然它現在已衰敗如廢墟，經不起商販船主的淡忘和輕視，並且還無力挽留住那些一窩蜂地跑到紐約、波士頓等地的公司人員，在那裏做出不必要的貢獻，但它的確也曾擁有過自己的輝煌。

在那樣繁忙的早晨，通常岸邊會同時停靠著三至五艘船——來自不同的地方，或將要駛向非洲或南美洲。那時，大樓門前的大理石台階上會頻頻響起匆忙的腳步聲，你剛剛才在港口上和他打過招呼的船長，這時正在和他的妻子告別。一張被海風吹得滿面透紅的臉上泛著不捨，更多的卻是對未來財富的雄心壯志。他的腋下夾著一個古老的毫不起眼的鐵皮盒子，裏面裝著有關他所開的這艘航船的所有文件資料。

在此，你還可以看到那些真正擁有船隊或船隻的老闆們，他們或喜形於色、或文質彬彬、或怒不可遏，全憑當時出海的或回歸的船隻所進行的貿易結果而決定。有時運出的貨物會立刻成爲閃閃發光的金子，有時，也可能會在積壓商品那一艙裏發現它們，這時你就會看到他們的老闆是如何揚起滿是皺紋、長著灰白鬍鬚的臉對他們的雇員船長，以及那些小夥子們大聲斥罵了——這些年輕的小夥子們，此時本來應該待在家中的水槽邊玩著小船，或是做著上天入地的美夢的，但好像是爲了要讓小狼及早體會到血腥的美味，他們的父母早早就把他們送到了那些滿臉愁苦的商人們的手下，期望不久的將來，他們也能成爲像這些商人一樣的人。

在此出現的人們當中，還有一種人就是水手，他們可能正在辦理護照，希望即時就能出海；或者是一些剛剛上岸的水手，面色虛白、身體孱弱，正在尋找可以負擔得起的醫院。當然，這些人裏也不乏一些初到此地的小帆船船長們，和他們那長相兇狠、說話粗魯的水手們一樣，雖然並沒有一般美國商人那樣的機智頭腦，也沒有他們那種巨大的財富——他們所駕駛的只是一隻隻小小的、鏽跡斑斑的小船——但那從英國統轄下的加拿大運來的柴火，卻爲這個正在一天天衰敗的地區，作出了不可磨滅的貢獻。

如果我們按照上面所說的那樣，把這些形形色色的人全都集合起來，再加上那些穿梭在他們之間的或作爲交易人、或作爲搬運工、或作爲他們的朋友和親戚，反正都是些與這碼頭或碼頭上的人有著千絲萬縷聯繫的人，把他們全都算進來，那麼，不用多言，你一定會看到一個熱鬧非凡的新海關的。而且，如果你再出於好奇或其他一些原因，願意再往上走幾階，到達台階的上部，這時我敢肯定，你還會看到一些真正招人喜愛與敬重的人。他們或是坐在那裏，微微地靠著後牆，我是說把椅背後仰靠在後牆上，兩腿高高翹起放在桌面上打鼾，或者在天氣不好的日子裏躲進他們的房間，低低地湊在一起交談著。無論怎樣，他們的聲音總是時斷時續，似打鼾又非打鼾，這令他們看起來似乎就像是那些救濟院裏出來的、沒有吃飽救濟糧的無業遊民一樣，但實際上，他們卻是這裏真正的職員，拿著海關部門發放的豐厚薪水，只是從來不喜歡做馬太那樣爲使徒的事而受人支遣的活而已。

讓我們沿著正門走進去看看。左邊有一間大約十五平方米的寬大房間，他們叫它辦公室。這房間有三扇窗戶，前面兩扇環拱形的正對港口，和那裏日益衰敗的氣息木然相對。第三扇則正面對著一條狹窄的小巷子，我們可以從那裏看到一小段德比街的情況，有各式各樣的雜貨鋪、木匠鋪、食品店、縫紉店、船具店等等，在這些地方的前門口總會有一些三三兩兩的老水手，或是那些經常出沒於城裏貧民區「碼頭老鼠」，他們互相私語竊笑，或大聲吆喝，或男女調情。這個容納了所有景象的房間，裏面佈滿了蜘蛛網，變了質的油漆和牆粉使得整個房間顯得有些昏暗，還有一種怪氣味。地板上陳積的塵土，讓我們可以想到那些藏汙納垢的地方，看來女人們都不願意把她們手中那神奇的掃帚發揮在這裏，或者這裏只是個被人遺忘的角落。這屋裏沒有什麼值得稱讚的家具，一個裝著粗大煙囪的爐子，就像當時其他居民家裏的一樣；一張松木桌子，邊上有個缺了腿的凳子；兩三張鋪了布墊的木質椅子安放在那裏，一眼就可看出它們早已禁不起任何一個有分量的東西的重負。當然，我們不能忘記說說那幾本書，零亂地散放在幾個書架上，都是一些沈重的國會法典或是冗長繁瑣的稅法稅制。有一根白鐵的管子穿過天花板，成了從聲音上連接大樓內其他房間的良好工具。

大概是在半年前吧，親愛的朋友們，如果你們出現在這個地方，就會看到這樣一個人，他正在寬敞的房間裏從這一角慢慢走到那一角，要不就是正揚著臉半躺半坐在那張椅子上，胳膊肘頂著胸脯，一隻手托著下巴，正用眼光在那些書本和房屋中間掃來掃去。

這樣一個人，正是當初歡迎你到他「古屋」西邊那間小書房作客的人，在那裏你曾看到充足的陽光正照耀在窗外那些楊柳樹的梢頭，在地面上留下許多歡快的陽光小精靈正在不停地跳舞。

不過，現在這情況發生了改變，如果你再回到那個大房間去，迎接你的將不再是那位民主黨的海關稽查員了，改革的大掃帚已經把這個人掃地出門。在這個曾經迎接過他的辦公室裏，又新迎進了一個比他更適合穿這身嚴肅制服的人，在那上面的口袋裏正裝著他原先享用的那份俸祿。

不過，我還是深深愛著我的故鄉。無論是過去還是現在，或者在遙遠的將來，這種愛都不可能有所改變。雖然我的童年和成年都沒有在那裏逗留多久，這種深沈有力的愛卻讓我在以後的歲月裏時時想起那個古老的地方。如果單就其外表而言，這個城鎭並沒有多少可以讓人流連忘返的東西，到處都是平淡無奇，時時都是一成不變，那些木質的房屋，包括那碼頭的所有磚石建築，不要說美，就是秩序也很難談上。無規則的擺佈，既沒有美輪美奐的樓閣，也沒有古色古香的亭榭，毫無特色與吸引力，它的街道尤爲讓人淡漠，既狹長陳舊，還散發著一種慵懶的氣息，毫無生機地橫跨在半島的絞刑架山和新幾內亞灣蜿蜒伸到救濟所那一端。這就是我故鄉小鎭的特色，在我的記憶裏，它就是一盤絲毫看不出章法的棋盤，但我對它的深深依戀卻從來沒有改變過。儘管我可以幸福快樂地生活在其他的城鎭裏，可是，我忘不了塞林古鎭所有的人和那裏曾發生過的所有事情。也許，在我的內心深處，我的祖先早已經把一種稱爲「熱戀」的東西遺傳給了我，除此之外，我再也不能找到其他辭彙可以表達我此時的感情。

據說，我那古老的家族，霍桑家族，正是第一批登上這塊殖民地的不列顛移民。那時，他們的眼睛看到的還是一片荒涼和野蠻的大森林，既沒有文明也沒有任何可以讓人稱道的財富。但沒多久，這些勇敢的先人們就把他們從不列顛帶來的所有氣息遍佈在了這塊土地，一代又一代，泥土腐爛了多少的屍骨，又把這些屍骨作爲下一輪屍骨的掩藏物，這樣，經過了大約兩百二十五年以後，我誕生了，開始走在這條埋藏著我先人們的身體的大路上。可以說，我這種感情其實只是塵歸塵、土歸土的感情，雖然我的同胞們大都不明白這是一種什麼樣的感受，但也許正如常常移植會對改善品種大有好處一樣，讓他們覺得這是一種非要弄明白的問題實在沒有必要。

不過，這種感情絕對也是歸屬於道德範疇的一種。我們家族那位最早的祖先，經過世代的流傳，早已成爲一種莊嚴而深沈的形象根植在人們心中。從我孩提時代起，他就不斷出現在我的生活裏，當然，只是一種想像的回憶。到我長大成人後，直到現在，我還經常能從我的情感或理智裏找到那個人的形象，他在我的腦海中揮之不去，直接聯結我和過去的一切。這就是我對塞林鎮的感情——當然不是對於這個「鎮」來說的，而是對於和我有著血脈相承關係的祖先而言。

我覺得我的感情跟塞林鎮毫無關係，只和從前生活在這裏、並且也完全可以稱得上是這裏文明的最早開拓者的那位祖先有關。那時他穿著黑色的披風，戴著尖頂帽子，蓄著滿臉鬍子，一手拿寶劍，一手拿著《聖經》，大踏步地走到這裏來，在沒有人的街道上神情莊重，看起來就像是一個大人物一樣——確實，他也稱得上是一個大人物，因爲他既做過政客、軍人、法官，還是一名狂熱的清教徒。

這個一面發動戰爭又一面宣揚和平的大人物，遠遠比我名聲顯赫，在他面前，我只稱得上是一名無名小卒罷了，沒有人知道我長得什麼模樣。而他不同，這個祖先不僅具有清教徒的優點，而且以他的惡劣出名。據說他是一個兇殘的宗教虐待狂，曾經因爲殘酷地迫害一名貴格派婦女的事情而被貴格派教徒們特意寫進了他們的歷史中。與他的那些真正的豐功偉績比起來，他的這些醜陋的事情本來是那麼微不足道，但誰也沒有想到，它們卻成了真正使他流傳百世的證據。

在他之後，我的家族又出了另一個有名的人，即是他的兒子。這個次於祖先的偉大人物，同樣有著他父親的兇殘本性，在一個女巫殉道的案件中，被人指責爲最最可惡的人。據說那些女巫們臨終時的鮮血曾經濺到了他的身上，從此後在他的身體上，一直滲透到骨髓的地方，都留下了一個不能抹滅掉的暗點。要是在憲章街墳場的某一個深坑裏，這位祖先的屍骨還沒有完全腐化爲灰燼的話，我想，在那裏可能還會找到這個顯明的標記——我真爲我的這些祖先們而羞恥難過！我不知道他們是否曾經爲自己的這些罪行後悔過，是否在懺悔中乞求過我主上帝的寬恕，是否在另一個世界的黑暗中——按照他們的罪行，他們只能永恒地生活在地獄的黑暗中了——也爲他們的既往行爲而痛哭流涕，但我知道，我的心在爲他們而羞愧。我，一個作家，不可能就此拋卻掉我的祖先，但我卻不願意成爲他們新生的代言人，因爲他們的行爲，這個世界遭到了詛咒，這從人類的深難苦痛中就可以看出。我多麼期望上帝能夠看在我爲他們懺悔悔恨的份上，把這詛咒取消掉！

毋庸置疑，這兩個面目可憎、神態黯然的清教徒誰都沒有想到，上天會對他們的罪行做出最嚴厲的懲罰——他讓我們這棵鮮活的家族之樹，在經過多少年的衰敗頹化之後，在那個幾乎已經快枯死的枝頭上又冒出一個我這樣的有失家族體統的不肖子孫。

如果從家庭之外的範疇說，可能我在生命軌跡上的一些事情，也算是略有成就，至少不會像我的祖先們批評的那樣，遊手好閒、鼠目寸光、一無是處、一事無成、自甘墮落……但如果是家族的範圍來說，與那些祖先們比起來，我也確實是屬於上述性質的人群之一，而且，事實上，他們就是這麼看我的。

有一次，我的一個老祖宗問：「這小子究竟是幹什麼的？」另一個祖先小心翼翼地說：「寫書的，就是靠虛假的語言為人們取樂，或者故作悲傷。」第一個祖先一聽，大怒，高聲叫道：「那算什麼行當，既不能為全知全能的上帝增光，又不會把人類引向正途，這不是一個真正的江湖大騙子嗎？」就這樣，我和我祖先們開始各自運用各自的理念進行跨越時空的爭吵和人身攻擊！然而，不管怎麼說，我們雙方都不能否認：在我的血液裏和他們的血液裏，都流著相同的東西，這就是讓我們彼此不能分開的最大因素。

這個鎮剛剛初具規模，兩個一絲不苟、精力旺盛的清教徒又進行了一番苦心的經營，終於，我們這個家族開始在這裏立足生根，繁衍不息，並漸漸成為了名門望族。據我所知，還從來沒有哪一個沒出息的人敗壞過這個家族的名聲呢！但話又說回來了，除了我們最初的那兩位好先人外，我倒也還沒有聽說過這之後又有哪一個人的行跡可以記載到塞林鎮的歷史中，即使連一項比較有用的建議也沒有聽說過。

時光可以流失掉很多東西，就像街道邊那一排新生的房屋最終會變舊變老，到最後又會被另一層新生的塵土掩埋一樣，漸漸的，我們祖先的威名開始在人們心中淡漠，一百多年以後，中古的祖先們開始主要以航海為生。每一代人中當中都會有一個年輕的水手變成白髮蒼蒼的船長走下甲板，他那十四歲的兒子從父親手中接過《航海日誌》，從此後子承父業，站在桅杆下，站在舢板上，與曾經肆虐過他父輩的風浪鬥爭。一年又一年過去了，兒子慢慢從水手變成了船長，在一望無際的海上度過自己的金色年華之後，這個老人也從甲板上危顫顫地走下來，從此後在這個小鎮上度過自己安靜的晚年，直到骨灰又回歸到這片生他養他的泥土中去。

這樣一個家族與一個地方，一個既是誕生地又是回歸地的地方之間，就出現了一種特殊的、經久不息的感情。這既不是由於這個地方的景色美麗與否而導致，也不會受周圍環境道德的影響，與其說它像一種情感型的愛，倒不如說完全是人性中的一種本能。新移民們不能理解一個殖民地開創者的情感——他們對這塊的依戀之情就像是牡蠣對海礁依戀一樣，是相附相生，又是相附相死的，因此這些新到這裏的人們，或者是第二代第三代的移民，他們還無法真正稱得上是一個塞林鎮人。對那些原住民來說，這個地方，無論它有多寒磣，多破舊，景色有多麼讓人不喜歡，土地有多麼不豐厚；不管他有多麼討厭那裏殘破的小木屋、泥濘的土地、滿天的灰塵，甚至壓抑的環境和寒冷的社會風氣，這一切的一切，包括除此之外你所能想像到的任何別人不滿意的地方，都不能影響一個原住民對這塊土地的感情。

相反，那兒的魅力和風情還時時刻刻在他們的心目中縈繞，就像一個人間天堂一樣，這個地方是他們永恒的愛。

我覺得我命中注定要把塞林鎮作爲我的故鄉，這個古老的城鎮的一切，對我來說，就像我的年輕一樣，曾經出現在我的生命裏，也將成爲我永遠存在的東西。就像家族中的某個成員死後，一個新的成員就會接過他手中的旗幟繼續站崗一樣，這樣的感情將生生不息，永不停息。不過，從另一個方面來說，這倒也證明了一個事情：一個家族的繁榮不應該固守在一塊土地上。就像馬鈴薯在同一塊貧瘠的土地上連續種植就會退化一樣，人性也是如此。只要我對我的子女們還有決定權，我就會堅決讓他們在陌生的地方成長，好在他們都出生在不同於塞林鎮的異地他鄉。

從「古屋」搬出來之後，正是由於我對故鄉塞林鎮的這種奇怪的、懶惰的、迂迴曲折的依戀之情，把我帶進了海關大樓。

我本來完全有能力遠走高飛的，甚至是一去不回頭，但鬼使神差我卻又回到了這裏，好像我的世界就只有這個塞林鎮是中心一樣，這樣，厄運來臨就怪不得別人了。我曾經多次想過要離家遠行，直到那天一紙總統委任狀裝進了我的口袋，這些念頭都消失得無影無蹤了。

我走上海關大樓的大理石台階，進入那間屬於我的辦公室，接見了很多紳士，然後與他們一同，在這個日益衰敗的港口行使自己的權力。也許——就我看到的而言——美國的政治喜歡老齡化，要不，在我的手下，以及其他一些家族式的經營模式中，不會出現這麼多的老人。

在我的那一大堆老部下中，我一眼就可以看出誰是這裏的元老級居民。在過去那二十年的風雲變幻中，稅收制度的獨立性反倒讓這個塞林鎮的海關大樓沒有受到多麼大的震動。政治變遷常常會影響許多官職的任卸，但這點在塞林鎮卻沒有起到作用，因爲我的那位前任米勒將軍是一個十分喜歡懷舊的人。他作爲新英格蘭的著名英雄，受到人們的敬重，不但在戰場上曾經創下了一系列的豐功偉績，而且在他任職期間，由於心地善良、為人友好又獲得了各屆政府的好評，這使得他在海關大樓的位置相當固定。

這個保守派的人物，每當他的同僚身處危難之中時，總能給予熱切的幫助。儘管新一代人一批又一批，但米勒將軍更願意信任那些陳舊的面孔。他在政治生涯中很少出現變動，那怕是一個會對社會進步發生影響的極小的變動，在他的歷史中也是找不到的，由此，當我接手那個工作的時候，就出現了一大批又老又弱的職員出來迎接的情形。這些可憐的老人們，本來都是一些曾經經歷過人間以及海上的大風大浪、滄桑顛簸的老船長，希望在這個安逸的小角落裏能找到最後一個棲身地，但我的到來卻明顯給他們造成了不良的後果。

在這裏，除了定期舉行的總統選舉還能讓他們的生活有一段時間的波動外，幾乎每天的那二十四個小時裏，他們都過著相同的生活：安定、平靜，偶然有一點小恙，也會被他們手中秘而不宣的神秘藥方很快治好。我確信，在他們之中一定有那麼兩三個人曾經因為風濕痛或其他疾病在床上躺臥了好幾個月，回想著以前的生活，對未來的日子不再抱任何希望，但令人驚奇的是，一過了冬天那樣嚴寒的歲月後，他們竟然又能下床，在五月或六月的暖陽照耀中，又搖搖晃晃地走進海關去繼續做完他們那所謂的「職責」了，同時，等到閑下來或者適當的時候，再回到床上去靜修。

我不得不承認，是我犯了不可饒恕的罪過，才讓不只一個這樣的國家倚重的官員提早歸了西。要不是我懇求他們為了他們自身的健康和國家對他們的期望，放下手中那些繁重的公務的話，他們可能還會在那些「討厭」的職位上待上那麼一段時間，但我的好心送出後不久，他們卻一個個都升了天，好像他們生來就是以爲國家鞠躬盡瘁、嘔心瀝血爲生命支柱一樣，這使得我不禁感到良心萬分不安。

不過，有一點倒還值得慶幸，那就是由於我的干涉，倒給了他們充足的時間爲每一位海關官員據說都有可能犯下的腐化墮落的罪行而懺悔——無論是海關的正門還是後門，都沒有通往天堂的道路，因此，我希望這些懺悔多多少少能減輕一些他們在地獄中受到的折磨。

我到任時有許多輝格黨成員出來迎接。他們中間雖也有一位民主黨派人士，但它作爲原則上的選擇並沒有成爲他生活上或工作上的羈絆。這位新來的稽查官對政治十分不關心，他的任職包括後來的退職都和政治毫無關係。他的這種態度——也可說是政治態度——倒十分有利於他在工作中和其他同僚之間保持一種親密有加的關係。他們喜歡這樣一個不熱心於政治的人——想想吧，要是讓一個十足的政客官員來處理一個身體虛弱而不能上班的輝格黨稅收官的事情，那不在一個月裏造成塞林鎮上有史以來最盛大的裁員運動才怪呢！

據說，把德高望重的老傢伙們從他們的位置上送到斷頭台的，都是些具有真正政治家風格的人，因此，受這一原則的影響，當我一踏上海關大樓的那些台階時，就明顯地感受到了從那些老人兵團眼中流露出來的恐懼。他們害怕我會在這裏也施行雷厲風行的手段，把他們這一幫老傢伙統統送到養老院去。

他們有的人曾經在狂風驟雨的大海上與海怪搏鬥過，或者在人生的路途上經歷過無數的險境，那張佈滿了皺紋、風塵僕僕的臉從來沒有變過色，但在我的面前卻一片煞白；他們中有的人早已習慣了在播音器裏大聲地喊叫，那氣勢連西北風見了也會膽怯，但在我面前，他們卻一個個聲音顫抖、慌亂無力。

這都是些和我一樣善良忠實的老好人啊，看到他們這樣，我真的不知是該憂傷還是該嘲笑。這些聰明的老人們完全明白：他們早該讓位給年輕人了。對美國政府來說，年輕的、更貼近於政治的人比起他們這些老傢伙來說更適合擔任他們現有的職位。我對此也十分明白，但我卻不知道應該怎麼處理那一張張滿含期盼的臉。於是，就在我的任職期間，繼續有一群危顫顫的身影出入於海關大樓的大門內，經過碼頭上陳敗的台階，再危顫顫地回到自己的床上。

這對我的政治名聲當然不甚光彩，而且他們也害我由一個忠於職守的人腐化到了感情用事、溫情主義的境地，但我就是那麼糊裏糊塗地容忍了這些人在辦公室裏繼續將椅子後腿仰靠在牆上，躲在自己的小角落裏繼續睡大覺。只是偶爾醒來一會，大概一上午兩三次，擡頭看看其他人，相互間重複講上一個已經講過千百遍了的海上見聞或已經發霉了的下流笑話，然後再繼續回到他們安詳的晚年世界裏。

或許我的面孔過於慈善，或許他們從小心翼翼的觀察中已經發現了這個新來的稽查官並沒有惡意，因此這些老先生們又開始心情愉快的在辦公室間進進出出，各謀其職，爲他們能繼續留在這裏而暗暗開心。如果形容他們是一群只關心自我利益，而不考慮國家大事的人，可能會對他們的心靈造成傷害，至少他們也經常在小事上大張旗鼓，小題大做。但如果說個人利益總是比國家大事重要，這在他們身上倒還真合適不過。

這群透過古老的眼鏡片緊緊地、悄悄地盯著每一艘船貨的海關稽查員們，不會發現有一船貴重精美的貨物正在他們的眼皮底下登上碼頭，但他們會在隨後的時間裏萬分利索又堅定地把各個船艙的門封好，鎖上兩把鎖，再貼上封條打上印章，然後，不受到總稽查員對他們疏忽職守的懲罰，而受到出了差錯後及時改正、工作認真、熱情無比的獎賞！

除了那些脾性乖戾的人，我和一般人都可以大大咧咧、真誠相待。我很願意也很善於常常記起朋友們的可愛優秀之處——倘若他果真有這樣的地方——並把它們作爲評判他爲人的標準。在海關的那些日子，我發現每一個老人都有他們可稱道的地方，由於我對這個地方有特殊的感情，在我的任職裏總有一種保護式的、親屬式的感情，因此很自然地，我和他們的關係不久之後就取得了突飛猛進的發展。

在夏日那些最美好的時光裏，我常常受到他們的邀請坐到海關後門的那個地方，聽他們像小孩子一樣爭搶著講述那些連珠炮似的笑話。夏天陽光的溫暖對冰凍了四分之一年頭的熱情來說，就像是一劑催化劑，人與人之間的隔閡在這裏融化得蕩然無存。其實老人和小孩子之間相似的地方很多，沈深的、智慧的或者是正統的幽默對他們來說毫無影響力，在那些笑話裏面閃耀的是快樂的、明亮的光芒，雖然一個是正冉冉升起的太陽，另一個卻已是躲藏進林木中最腐朽的大樹下的熠熠磷火。

也許有些讀者會在這個地方問上一句：難道你的朋友們就都是些年老體弱、渾渾噩噩的人嗎？也許我該承認我確實偏頗了一些：在那座海關大樓裏並不乏一些才華橫溢、精力充沛的年輕職員，他們都把拒絕接受懶散的魔鬼的誘惑當成目前最重要的事情；並且，就是在那一群上了年紀的老人中間，也還有一些蒼蒼白髮下隱藏的是一顆年輕而智慧的頭腦的好人。如果把他們全都歸於我的該辭退了的老兵團中，可能對他們太不公平、也大傷讀者的心。不過，對於我把我的老兵團中的大多數稱爲一群令人生厭的人這種說法，我卻並不覺得有什麼不妥。

這些面容滄桑的老傢伙們，可能在以往的歲月裏並沒有平平如水、渾渾噩噩，但走過了生機的春天、繁華的夏天，他們從秋的田裏收到的可不是金光閃閃的穀穗，而是無用的、毫不令人口舌生津的穀皮，是被人們扔掉的乾癟癟的穀糠。他們把這些東西仔細地從五彩繽紛的經歷中提煉出來，小心翼翼地珍藏在記憶的寶庫裏，無論是今天明天還是後天，談論吃喝玩樂永遠比談起幾十年前在海上經歷的風險或在他鄉看到的美景更有勁。

塞林鎭海關的最初創建者、那位終身稽查官，是一個真正出身名門世家的優秀稅務官。他的父親在革命時期是一位上校，後來在某個舊港口任稽查官，負責上船查檢。這個嚴厲的稅務官在他的地盤上早早就爲兒子謀好了一份差使——那時他還很年輕，具體年歲現在的那些老人都已記不清。這個稅收制度的純正產兒，在他任職的年歲裏風風光光地走過，到八十歲高齡的時候，還不顯身體虛弱的徵兆。

我見到他時，正是這個時候。這健壯的老人身穿一件筆挺的藍制服，滿面紅光，聲音響亮，毫無一般老人的顫抖或含混。你會覺得他是一位真正有教養的老紳士，風度翩翩，如果和他有一段接觸，你還會發現，他就像他外表表現的那樣，深受人們的喜愛，比一隻可愛的小狗還讓人喜愛。這老人由於身強體壯，絲毫不用擔心會突然失去享樂的本錢，而且他的德高望重，以及受人敬重，讓他在海關機制裏的地位牢不可破，按時可以領到豐厚的薪水。所以，這老人就整天樂呵呵地舒心無憂地過著日子，靠著他健壯的體魄，恰如其分的智慧，以及一些不足掛齒的品質與道德，而最後的這兩點又恰好讓這個老人不至於完全淪落爲一頭純粹的四肢動物。

他乏於思考，情感蒼白，不會有令人乏味的多愁善感，除了最普通的本能之外，一無所有。

他就依靠著這些近似於動物，或者可理解爲是超脫了人類普遍本性的本能，來體面地完成他自己的義務，並得到所有人員的認可。他一生中先後有過三次婚姻，雖然每任妻子都命不長，而且他那二十幾個孩子中也有很多已因爲種種原因先他而去了，但如果你們以爲這樣就會令這個老人改變原來歡快無憂的心情，而在自己的臉上蒙上一層痛苦的黯紗，那你們可就大錯特錯了。這老人的痛苦還沒有他的那一聲短歎在這個世界上存留的時間長一些。他就像一個還沒到穿褲子年齡的小孩一樣，憂傷的時光總是不如快樂的時光多。看起來，他那位年僅十九歲的書記員比他還要心思老成。長久以來，我都很留意觀察這位族長般的大人物，愈對他分析的多，就愈讓我感到一種無比的驚奇。在他身上，真的存在一種全異於人的品性。

記得我在前面說過，他就像一隻動物一樣讓人喜歡，確實，除了動物的本能，我們不能在他身上再發現更多的東西，或者說，幾乎不能再發現更多的屬於人的道德品性和情感。這是一個真正淺薄無知的人，沒有頭腦，不會思考，情感冷漠，靈魂空虛。除了本能，他什麼都不會。但就是他本能中所體現出來的那一點難能可貴的、屬於人的東西──就是那種膚淺的道德和智慧──反而在他的身上與他的本能有一種完美的結合，以至讓人看起來他當屬那種至善至美的人了！

我不能想像這樣一個人來世會怎麼樣生活，他似乎只看重今生的吃吃喝喝、安逸享樂，而毫不擔心他將來的命運是到天堂去，還是到地獄裏去。而事實上，這樣一個人也的確過得愜意，沒有比野獸更負有應該承擔的責任，卻大大地享受了人間的權利。他生活的重要事情就是吃與喝，能把享受過的美味佳肴細細地重新回味一遍，這是他可以區別於那些四腳爬行的志同道合者的最大特點。正因爲如此，就他品嘗美食的經驗而言，還是能讓人比較愉快地接受的。親耳聽到他講述吃烤肉時的美妙感受，能令你感覺到像自己口中此時正大嚼著醃菜和牡蠣一樣，非常可口而且滿意。他把精力和智力完全擺放在讓他的腸胃愉快地接受利益上，所以他不需要有更高尚的品質和考慮具體思想問題的精神；聽他在談論著如何把雞鴨魚肉變成各種能送入口中的美味佳肴，可以讓你感受到某一個貴族家的宴會正你身邊舉行，薰腸和豬肉的香氣繞鼻而走，就是六七十年前吃過的佳肴香味也像是剛剛才在早飯上吃過一樣。真不能想像在一些參加宴會者都不能與我們再在人間同分享這份快樂的時候，我們怎麼會那樣心平氣和地咂著嘴給別人回憶當時吃喝的樂趣！

他似乎能把當日同宴的食客一個個拉到你的面前，同席而坐，不帶一絲嫉妒，滿臉的欣慰，激賞他的品嘗能力，共同分享他的快樂，並排斥著各種其他感官刺激帶來的享受。鮮嫩多汁的牛排，小羔羊的肉，豬身上最嫩的小排骨，精心調製味道無可比擬的雞肉和火雞……這些曾經在老亞當斯總統執政時大大小小宴席上能見到的佳肴，都永遠地留在了他的記憶中，讓他能在回憶時不斷添加新的滋味；而相對於個人本身經歷來說，其他在一般人看來足能影響一個人情緒的歡樂或痛苦的事情，則在他的記憶中添不上任何可以持久的痕跡。

我推測對於他來說，這一生中最重要的一件悲劇大概就是慘失那隻大鵝了。也許是在二十年前或者四十年前，那隻鵝不幸慘死。從外形上來看，牠本來可以稱得上身肥體胖，但誰知上了餐桌才發現，牠的肉已經老得超乎想像，用最鋒利的餐刀也不能在牠身上留下一絲痕跡，只能用叉子鋸子將就著切割，看來，這真是悲劇之上的悲劇。

至此，本該停筆，但對於這個頗能代表海關官員習氣的特殊人物，我有興趣再多花點時間和精力對其進行描述。其他大多數人在此種特殊的生活方式下，常常會造成無法估量的道德損傷——種種原因，由於篇幅有限我們暫且略去——但我們這位資深的老稽查官，卻能安然若素地對付一切早已習以爲常的事情，克勤克儉，一成不變，一如他原先的好胃口。

與上面描述的那個人相似，還有一個人也很值得我對他添上幾筆，否則的話，這幅海關眾生相圖就不算是完整的。不過，由於我對他並沒有多少機會可進行比較細緻的觀察，因此對他的敍述難免有粗略之嫌，我想慷慨的讀者一定會原諒我這個不足的。這就是我們勇敢的老將軍，那位幾近七十歲高齡的稅收官。他在結束了輝煌的戎馬生涯之後，曾經在西部的一個荒蠻邊陲之地做過七八年的統治者，二十年前來到這裏，安度他顯赫人生的最後時段。

這位英勇的軍人曾經有過七十年的快意人生，馳騁戰場如捕食的猛獸。但現在，他被衰老的蛀蟲啃噬得幾乎連走路的力氣都失去了，只能在僕人的攙扶下極其緩慢又極其痛苦地走上海關大樓的台階。

我想就是有一面最響亮的軍號正在他耳邊吹，也很難令這個老人的心再興奮起來。他現在最喜歡做的事就是坐到海關大樓房間裏的爐火邊，一邊看著來來往往的人進出於此，一邊保持一副安詳平靜的表情。他在那張他慣坐的椅子上，常常一坐就是好半天，一副慵懶不堪的表情，好像那些忙忙碌碌的人影、嘈雜的或竊語的聲音對他已經絲毫沒有了影響力一樣，他的思緒永遠不在面容上表露。也許，他並沒有在思考什麼，沒有回憶過去的光輝人生，只是就那樣腦中一片空白地坐在那裏，等待又一個陽光落下的日子。不過，有時你能看到他也會表現出一種專心致志、雙眼放光的表情來，這定是他發現了什麼好玩的或有趣的小動物，比如一隻蒼蠅，正從他面前經過。這顯示出這老人還沒有完全失去生命的光輝，只是他的燈罩過於厚重，幾乎遮蔽了那些光芒。

對這個老人，如果你觀察得仔細且深入，就會發現，其實他的心智還是健全的。只是，無論是說話還是聽話，對他來說都已經非常吃力，所以能不和人講話或者聽別人講話對他來說就是最大的幸福了。那時，他的臉上雖然看起來還很陰鬱，但至少比呆滯多了一分生動，因此我們的心也會好受些。他原先強健魁梧的身軀看來還沒有被完全壓碎，腐化爲塵土。但是，現實條件是如此不利，我們要觀察和描述他這樣一個人物，就好比是在一堆頹喪的廢墟景物上虛構一座提康得羅格古堡一樣困難。或許，這裏或那裏還有一些雕刻美麗的大理石圓柱或牆壁，但在另外的地方卻可能只是一個光禿禿的、破損的土堆，既笨拙又沈重，長期沒人照看，上面遍佈荆棘和莠草。

不過，當我懷著一種真誠的感情長久地打量這位老軍官的時候，還是可以從他整個氣質中找出那些支撐了他生命的閃光點。也許我和他的交往並不算密切，甚至相互了解都談不上——我是說他對我幾乎一無所知。但在我的內心深處，並不比那些熟悉他的所有生物對他的感情少，相反，我還可以用兩個字來表達我對他的感情：摯愛。

他的生命裏最足以稱道的是那種稱爲「高尚」的品格和「英雄」的氣概。這些精神充分說明了，他決非一個靠著偶然的小機會一夜成名的庸俗之輩，他的聲名來自光明正大的努力，來自一種對任何困難或危險都毫不畏懼的、義無反顧的英勇。這種精神是一種永恒的動力，在他身上不會被磨盡也不會自動消失。雖然它們在經歷了身體的衰敗和精神的折磨以後，顯得好像不如從前那樣光芒四射，但這絕不是說它已經變成了殘存於世的磷幽之光，相反，它仍然是一種深沈的紅光，就像那火紅的熔爐裏，火熱、沈重、厚實、蘊含著無比的光輝——這就是他安詳的表情。

儘管在我說這話的時候，他的生命已經進入了那被人稱作是老朽年邁的境地，但是，即令在那樣的情況下，我仍然可以從他的神情上想像到，只要再把那種早已深入到了他意識裏的激情喚醒，比如用一聲響亮的號角聲，那麼他定然會在瞬息間把他身上那件寬鬆的老年服脫掉，換上筆挺的軍裝，把手中那根拐杖扔掉，握起跟隨了他多年的鋼刀，重新奔赴戰場。即令那樣緊張的時刻，他的神態依然十分平靜沈著。

當然，以上這種表現只不過是我現時對他的一種想像而已，我既沒有親眼看過，將來也不可能再見到。現在，我經常能從他的臉上看到另一種屬於老年人的東西：固執、拙笨和忍耐。這些特點，如果放在他年輕的時候，則應該用另一個詞來表達：剛強倔強。就如我們前面已經用過的那個最恰當的比喻一樣，提康得羅格古堡周圍堅固的土牆，這些品質既鑄成了他年輕時的那種堅毅品性，使他像一塊巨大的磐石一樣無法被外界事物隨意移動或改變，而且在他的內心深處牢牢地把握住了那種對現代的慈善家們來說至關重要的仁愛之心——我敢斷定即使在領導部隊進行殊死攻殺的時候，他的心中也是滿含仁慈善愛之情的。

當然，關於他是否親手殺過人這一點，我們不得而知，也許他曾經揮動那把鋒利的大刀，使得面前的敵人就像在巨鐮揮舞下的樹葉般紛紛落倒，但那樣的時候，誰又能斷定他不是含著憐憫和悲苦的心情呢？他甚至連一隻蝴蝶的翅膀都不忍扯下，我們還能說他沒有內在的偉大良知嗎？

大自然的心性總是更喜歡讓人在愁苦的情緒中長久地耽擱，而對那些非常美好的東西只賦予短暫的光輝，根據這個原則我們可以想像到，當我遇到這位老將軍的時候，他的如前面我們所說的種種美好的東西已經處於即便沒有消失殆盡，也是黯淡無光的境地了。一切華美在轉變成廢墟之後，就只能在破磚爛瓦的縫隙間汲取貧瘠腐敗的養料了，就像在提康得羅格古堡上現在只剩下夾竹桃的種子，而沒有了各色鮮花一樣。但是，要說到高雅與唯美，這老將軍還是堪稱一提的。

那種不時閃現出的幽默之火總會穿過他沈重、了無生氣的厚厚面紗，在他臉上顯現出一種健康的活力。也許人們會認爲一個軍人只喜歡了解血紅的桂冠，但是在這兒卻有這樣一個戰士，他似乎重返了少男少女的時代，在天真爛漫的表情上體現出了一種對觀花賞花的濃厚興趣，而且看的還往往是那種嬌豔美麗的小花。

英勇的老將軍通常坐在火爐邊，被遠遠站立的稽查官悄無聲息地仔細觀察。稽查官很少與他交談，能躲則躲，因爲與他談話，對雙方來說都是一件艱巨的任務。雖然他和他相距不過幾碼遠，一擡頭就能互相看見，但那火爐邊的人卻始終像一個虛幻的影子一樣，離人的感覺那麼遠。雖然我們可能剛剛才從他身邊經過，但卻總覺得他遠在千里之外。他的手似乎我們伸手就能觸及，但實際上那遠不可攀。也許，對他來說，沈思與回憶，活在以前的歲月中，遠遠要比他現在待在這個稅收官的辦公室裏，更顯得實在與幸福。那樣的列隊閱兵，那樣參加戰鬥，那樣領取獎章，三十年前雄壯的樂曲和軍旅生活才是這個人生命的真正意義所在。雖然此時他所面對的正是一群又一群的商人、船長、文靜的職員和粗暴的水手，他們進進出出，在他身邊吵吵嚷嚷，但這種濃烈的商業化的海關生活，在他來說雖有猶無。

這位老將軍對這裏的人和事都很漠然。他就像一把放錯了位置的老戰刀一樣，雖然曾在戰場上發出過閃閃的亮光，雖然它今天已是鏽跡斑斑，但依然在刀刃上閃著寒光，可現在他卻被無情地放置到了稅收官的辦公桌上，與那一堆沒用的墨水瓶、文件夾、廢舊報紙等混在一起。不過，在這位老將軍身上有另一件事情讓我又重新對他樹立了往日的敬愛。這位尼亞加拉邊疆上的偉大而強悍的人物，曾經在那次殊死決戰的時候說：「長官，讓我上吧！」這句充分體現了新英格蘭人英勇無畏、不怕一切艱難困苦的精神的話語——如果我們國家盛行以勳章獎賞勇敢行為的話——自然當之無愧要被刻於將軍的盾牌上最貼切和最合適的評價了。

這句話看似很簡單，但是除了他，誰又會在那樣一個危險而又光榮的時刻面前說出來呢？據說，經常和自己不同類的人結交，有利於一個人的思想道德健康全面地發展，因為這樣的人不會關心或妨礙你的本職工作，而且這需要我們自己本身去拋棄舊念、超越自我地看問題。我在海關工作的那一段時間，尤其有這樣的機會，比如我在那裏遇到的一個人，他的性格使我對一切事物都有了全新的概念。那是一個多謀善斷、頭腦縝密、一雙眼睛明察秋毫深具洞察力、又具有實際的解決事務的能力，像一個魔術師一樣，能在剎那間使所有困難都煙消雲散。

由於他很小的時候就已經在海關裏進出，所以這裏是他最適合的生存和活動場所。他對這裏的一切都瞭如指掌，能按照本地人的習慣和喜好把那些在外來人看來異常困難的事處理得頭頭是道，簡潔明瞭。在我看來，他是海關人員中的典範，本身就是一座巍然的海關，或者說，他是一個使各種齒輪或發條運轉起來的主動力。

在海關這樣的機關裏，官員們幾乎都是上面任命的，每個人都有以權謀私的惡習，而且不用擔心會有人來視察，因此他們往往喜歡拋下自己的本職而到其他地方去尋找實現自己聰明才智的事情。但這個人不同，他就像一塊磁鐵一樣，對於人們不屑的、或躲避的許多困難卻總是主動地吸引，這樣就常常引火上身。爽快地答應幫助別人，對我們的愚蠢寬宏大量，這是他最義無反顧的本能，也許在他本身來說，可能常常認為愚蠢無異於犯罪，但他寬恕我們的愚蠢。在他手上許多問題一經點撥，就立刻迎刃而解。因此他不僅贏得了我們這些同職之人，也贏得了與他交往過的所有商人們的尊重。我們許多人常常奉為口頭禪的廉潔奉公，對他來說，既不是一個選擇也不是一個規定的原則，而是一個人在這世上的自然本質。

在處理公務上公正誠實踏踏實實對他來說是保證思維清晰無暇的根本條件，良心上的一個污點，任何有辱他職業的事，都會令他忐忑不安，就如同小夥計被主人查出在賬目中出了差錯一樣，或是在一個精裝的嶄新的珍藏書上滴上了一塊汙跡。總之，我一生中很少遇到這樣的人，他是我們這個環境中最適合的生存者。

以上就是我在海關大樓裏經常面對與相處的一些人中的幾個。扔掉過去的生活，來到一個沒有想過又很不習慣於自己以前品性的場所，一個工作的地方，我把它認為是天意的安排，很樂於享受其中不同的滋味。想想以前，曾經多麼歡快地與布魯克農場那些好高騖遠的兄弟們一起勞動幹活，實施我們想像中的計劃；還和愛默生等一類的人相濡以沫長達三年之久；在阿薩巴斯河上我放縱不羈，與埃勒里．錢寧等人圍守在篝火旁談天說地，不著邊際；在沃爾登湖畔的小屋裏我與梭羅激烈地爭辯過松樹與印第安人的古老傳統有什麼關係；因爲同情希拉德文化中的典雅，而使得自己不知不覺中對其他事物開始苛刻地批判；因爲到過朗費羅家，所以就時時以詩的情緒和標準來看待事物——想想這一切吧，終於在今天有了新的世界可以讓我從舊俗繁事中脫解出來，品嘗一下別種滋味。對於一個了解奧爾科特的人來說，甚至結識一下那位老稽查官以此換換口味也不是完全沒有可能。我既然有一種能力，能讓自己在與自己一類的人打交道時能應對自如，又能讓自己在與不同類的生物打交道時如魚得水，那不是證明我的生命機制還是很和諧健全，沒有缺乏任何重要的零件嗎？

在這段時間裏，以前的生活漸漸離我遠去，包括寫作——用文學生活的目的和方法對我來說，已經沒有什麼大的意義了。除了天性中還有一些東西殘留在我身上之外，那在以前生活中點點滴滴聚養起來的習性，已經被隱藏了起來；還有那種超凡脫俗虛幻的精神生活，也逐漸在我心中消失，也許不能說消失殆盡，但至少可以說已對我毫無影響力。所幸我還有一種可以隨意支配記憶的能力，能讓我在既往的閃光中不停地咀嚼體會，否則那真是一種悲哀——我將完全變成不同於以前的我，但絕不是我所期望的我。

當然，任何生活，即使是這種如同白開水般的生活，也不可能在一個人身上持續太久，雖然它不可能一閃而過，但至少不會長久不變。我的耳邊似乎總在迴響著一種聲音，不停地提醒我，過去的生活會發生改變，現在的生活也不會持續太久，而且我將面臨的任何變化都會對我的人生大有益處。

在海關，我是一名稅務稽查官，據我私下了解，我在那裏的名聲還不錯，稱得上是一名盡忠職守的好稽查官。一個人只要有頭腦、有想像力、有能讓自己清醒克己的理智，如果他的這些品質遠遠超出一個稽查官應該具有的品質，那麼再加上他天生的耐心，不怕被瑣事麻煩，他就能在任何時候都被稱爲一個合格的管理人員。

在我的同事和那些因公事與我有過交往的商人或船長的眼裏，我就是這樣一個人，除此之外，我性格中的另一些東西在他們眼中如同草芥般視而不見。也許他們從沒看過我寫的任何詩文，或者他們統統讀過了，卻沒有放在心上——這對我來說真是一個好的教訓。我一直希望能做喬叟和彭斯那樣的人——他們曾經也是海關職員，但都成了大文豪。但是我想，即使我有他們運用筆墨的那種能力，也不可能讓我所寫的任何詩文在這些海關碼頭人員中引起任何的影響，因爲這些對他們來說無疑是沒有任何一點利益可圖的。

這對每一個日日夜夜想著以文學出名的人來說，都是一個好教訓，讓他們明白，除了在那個與他們同類的小圈子中，他們被敬爲神外，在外面這個浩如煙海的世界裏，其實他們都是一文不值，他們所追求的東西在世人眼裏看來不過是一些沒有用的廢物罷了。這樣一個教訓，並不是我在生活中盼望能夠接受到的，但它作爲一個事實卻實實在在出現在我的生活中，並且我敢說，不管是作爲批評，還是警告，我對它的領會都是非常深刻的。

這樣一個教訓，我看到了，也理解了它，在沈思中我覺得很可怕，但卻沒有感到痛苦，也不想隨手就把它拋棄掉。我經常和海關的另一名職員，一個年輕的軍官，在一起討論一些他喜歡並且希望能有所發揮的題目，比如拿破侖或莎士比亞，這年輕的軍官和我一起到海關來工作，但很明顯，他離開的時間要比我晚很多。在海關還有一個人値得一提，就是稅務官那個年輕的書記員。據說他常常寫一些類似詩文的東西在公文紙上，不過距離太遠，我從來沒有看清過他寫的內容。這個小夥子，也許是認爲我對書籍很熟悉吧，經常來找我談論一些有關文學的東西，我對此倒也非常滿足。

能不能將我的名字印在書的封面上，已經不再是我熱心追逐的事情了，對於自已的名字能以另外一種方式傳播，我暗自開心。裝胡椒的袋、盛染料的筐子、雪茄包裝箱以及各種上稅商品的外部外包箱，在證明徵稅已經完畢、符合所有規定的條件後，就由海關標號員用模板和黑漆在上面打上我的名字，這樣，一列古怪的列車就載著我開始周遊世界，離開我的生活和我的名字的實際所在地，到各個陌生的地方去。

然而，正在我慶幸已經有了一個全新的我的時候，一件突然的事情發生了：我發現過去那些曾在我的腦海裏極度活躍過、並且留下了深深印痕的東西又在我身上重新擡頭。人們總說，發生過的事情永遠不可能抹去它的印痕，看來不假。最有力的證明就是我心中那種蠢蠢欲動的文思又在流動，催促我又重新拾起筆，把我目前正在寫的這個東西奉獻給讀者。

海關二樓有一間房子，面積很大，磚牆和椽木全都裸露著，沒有用木板或泥灰遮蓋起來。這樣一個本來寄望於在海關的現時和將來大有作爲的房間，隨著海關碼頭的凋零也遭到了人們無情的擱置。以後的用戶不知道該拿這樣一個過於闊大的地方作什麼，就任由黑黑的蜘蛛網在裏面累結成堆。

這個房間的一端有一個大大的壁凹，裏面堆放著許多大桶，海關所有的過期文件，一捆一捆地被放置到這裏。地板上也都是些這樣的垃圾。想當初，這些文件花費了多少人的心血和精力，成年累月、日以繼夜，而如今卻處處散發著一股令人作嘔的霉味，這多麼讓人心寒啊！而且，它們現在又成了無法處理的累贅垃圾，被遺忘在這個角落裏，不會再有人多看上一眼。

這些東西，不同於那些枯燥無味的公文報表，也不同於一些隨手的塗鴉，而是許許多多兢兢業業海關人員的智慧結晶、思想的凝聚，以及深注了他們豐富情感的東西。這些東西並不是因爲它們沒有自己的價值，而是沒有機會來實現這種價值，它們一出爐注定要成爲沒有用的廢物；更讓人傷心的是，這些手稿並沒能爲它們的主人帶來什麼可資享受的生活——他們的本職工作本來就是在紙上塗塗寫寫，如今這都成了浪費。

當然，這些也曾經過一番努力的塗塗抹抹也並非沒有任何的作用，在寫地方誌的時候，它們將是極好的素材。從這裏你可以發現塞林鎮港過去許多年間的貿易狀況，以及那裏許多商界巨頭的發跡史——他們包括老船王德比、老比爾·格雷、老西蒙·福瑞斯特以及其他的很多富豪巨商。不過，他們堆滿脂肪的臉還沒有埋入棺材裏的時候，那些小山般的家產便已經在遞減。

這些材料還向我們提供了一個證明：在這些商賈們興盛之初，他們不過都是一些名不見經傳的小人物罷了，從小買賣上做起，直到大革命後的時期，終於發展成爲一方霸主，聲名顯赫，事業蒸蒸日上，以至他們的子孫們還以爲他們家族的地位能夠源遠流長永不衰敗呢。大革命前的資料在這堆廢紙一樣的文件中沒有什麼蹤跡，我想大概是那些官員帶著它們同英王朝的軍隊們一起從波士頓逃到了哈利法克斯去了吧，這真是一件令人遺憾的事，否則，說不定就像我從「古屋」外面發現了一枚印第安人的箭頭一樣，從那裏面也許我還可以發現一些克倫威爾攝政時期的東西呢。

在一個窮極無聊的雨天，我在一大堆這樣的文件中胡亂翻看著，竟然很幸運地發現了一個別有意思的東西。

我打開一份又一份的文件，憑靠著強打起來的精神和一點點興趣閱讀著那早已經沈沒在大海深處不知什麼地方或在碼頭邊上已變成一堆廢鐵腐木的船隻的名字以及它們主人的名字——這些商人的名字在現在的證券交易所裏從未聽見過，甚至在公共墓地裏也很難再找到這樣的名字。同時，竭力運用我因很少運用幾乎已經變得鏽跡斑斑了的思維對這些乾屍賦予我最大能力的想像，爲它們穿上美麗華貴的衣服，並賦予它們靈動的血和肉。

這樣，我就在一堆腐爛的東西裏見到了一些光輝燦爛東西，都是這個古鎭不該被人們遺忘的方面，比如在美國初次把印度發展爲它的一個新貿易區時，這個叫塞林鎭的地方就是唯一與它通航的港口。這樣的幻想在偶然發現了一個小包——一個被細心地包在一張泛黃的羊皮紙裏的小包後，達到了最高潮。我想像著這東西很可能是過去某個時期的官方記事，因爲它上面有當時流行的端端正正的手抄字體。本能的好奇心，促使我解開紮在那上面的一條褪了色的紅帶子，希望能在眼前馬上見到一個稀世珍寶。

拆開包得嚴嚴實實的羊皮紙套封後，先露出的竟然是一張官方委任狀，上面有舍利總督署名的蓋章，內容是任命喬納森·皮尤爲英國國王陛下麾下駐麻塞諸塞海灣地區塞林港海關的稽查官。

我記得大約在四十年前，很可能在《費爾特紀事》上，我曾讀到過一則有關稽查官皮尤先生去世的通告；而且在不久前的一份報紙上好像還發布了一則有關他遺骨的消息，說是在重新修建聖彼得教堂時，從小墓地裏挖到了他的骸骨。如果我沒有記錯的話，我的這位受人尊敬的前任，在這世上留下的東西除了這一副不完整的骸骨，外加一些衣服的殘片和一個莊嚴的捲曲髮套——這個假髮套保存得很好，不像它曾裝飾過的那個頭——再沒有其他什麼東西。但爲什麼會在這裏再發現一些有關他的東西呢？我想很有可能是因爲他死得過於突然，對於他深鎖在辦公桌裏的東西，他的繼承人根本一無所知，而在往哈利法克斯逃跑的時候，繼任他的官員們可能覺得這和他的稅務工作毫不相干，就把它留在這裏，而後作爲垃圾被人們處理到了這個小角落裏吧。

不管怎樣，在仔細地查看過包在這張羊皮紙委任狀裏的文件後，我找到了一些有關皮尤先生智力方面的另外的事，這大大超出了一般人對他的認識。

這位老稽查官，我認爲他對於自己的工作很少傷神勞心，爲了讓悠閒的腦袋不致停滯生銹，曾把很大一部分時光花費在了研究當地的古物或類似的事情上。他所記敘的一部分事實很快便成了我寫〈大街〉的文章素材。還有一部分有用的東西，我寄望能在不久的將來也成爲我的寫作素材，至少可以作爲塞林鎭的史籍資料；或者作爲大衆的東西，我將號召別的人也能拿它來隨意使用，只要有能力並自願從我手中接過這個無利可圖的任務；或者我將把它們交給艾薩克歷史學會。

在這個被精心包紮的神秘包裹裏有一樣東西吸引了我全部的注意力，那是一件用非常華貴的紅布做成的東西，雖然已很陳舊，且褪了色，但還可以明顯看出花費了不少心血。在它的邊上有一圈金絲線刺繡的痕跡，磨損得很厲害，已看不清楚了，也沒有了什麼光澤。不過這塊布的針腳很是精巧細緻，說明它是一個擅長女紅的女子用心縫製。這樣的手藝只怕已經失傳，即令按著它的線頭紋路重新加工出來，也不可能再恢復原有的神采。這塊紅色的破布——除了時間的腐蝕，曾經長期使用的磨損，還有一隻小蛾也真正把它弄成了一塊破布——經過仔細比劃察看，可以看出它原先的模樣其實是一個大寫的字母A。我用尺對它進行了精確的丈量，發現字母的兩條腿長三又四分之一英寸。毫無疑問，它是做爲服裝的飾品；但是這個東西是怎麼佩戴的，代表什麼樣的身分或有什麼流行的含義在裏面呢？我對此一無所知。我們都知道，時尚的東西總是來得快去得也快，沒有人會對它們長加留意。但是，我敢肯定這個字母肯定不是一個一般的字母，也不是一種平常的流行，因爲它若隱若現地好像總是在激蕩著我感情深處的某一地方，但一旦我想到要用理智來把握它的時候，它又悄悄地爲它設下許多混沌的陷阱而自個循去了。

我在迷惑中作了種種假設，設想它很可能是當時的白人們爲了吸引印第安人的注意力才想出了這種形式，於是，我就依著自己的想像力，拿起它在自己的胸口比劃了一下——也許諸位讀者不會相信，甚至還要發笑，但我還是要說，就在我把那個東西剛剛放到胸口的時候，我似乎感覺到了一種不能自制的熱浪朝我捲來，就像正有個火紅的烙鐵正在靠近我，並要烙進我的皮膚一樣，我的手不由自主地一鬆，任由它飄飄滑落到地上。

我全神貫注在紅字上，終於注意到它的旁邊還彎彎扭扭地塞著一小卷髒兮兮的紙，我大喜過望，打開一看竟是這位老稽查官的親筆手寫。有好幾張八裁紙那麼大的記述，相當詳細地對這個紅色的東西作了解釋，並且不厭其煩地對一個叫海絲特・白蘭的女人的生平和要事做了記載。據我看來，她可能是在我們的先祖時候有相當的影響力，至少很多人知道她的名字。她大概生活在麻塞諸塞初創至十七世紀末葉時期，在稽查官皮尤先生剛剛上任的時候——那時他還很年輕——許多熱心的老人們給他講述了這個故事。這些老人們在自己年輕的時候，這個女人已是老態龍鍾，但她的身體一直很好，不像其他老人一樣令人擔心，而且看起來還神情端莊。她在那個她生活的地方，一直是孤人獨處，卻有一個習慣就是到四下裏走訪當一名義務的看護員。她施捨過許多窮人，也帶給生病的人許多溫暖，而且還幫助那些心靈上受到創傷的人度過難關。像她這樣具有高尙品性的人，理所當然得到人們的尊敬，被視爲天使，但也不能排除另一個可能，就是有些人也會把她看成是一個討人厭的多事人。

繼續往下讀，我發現這手稿還很詳細地記載了一些有關這個女人不同尋常的遭遇和悲苦經歷，我把它運用在我的《紅字》裏。我可以發誓說，那個故事裏的人物和主要事實都是以稽查官皮尤先生寫的手稿爲根本依據和佐證的，原始文件和那個紅色的字母仍然在我這裏保管，如果有誰對這個物質的遺物感興趣，不妨親自到我這裏來看一看，我隨時歡迎人們的光臨。當然，在記述這個故事、還原故事主人公的思想情感和理智活動時，我也並沒有完全局限於老稽查官給我設立的那個框架，而是充分給予了自己構思的自由和空間，只把握住事實本身的整體面貌沒有改變。

這件意外的事情就是把我拉回原來的習慣中的主要事情。我在前面說過，我幾乎已經適應於海關大樓裏那種並不需要多少思維的生活了，文學的構想離我愈來愈遠。但就是這件事卻又讓我發揮了自己對現實的幻想，好像在冥冥之中看到了那個老稽查官正穿著他一百年前的服裝，戴著那個與他同生卻沒有共死的假髮套，正與我一同站在海關大樓裏這間廢棄的房間裏。他的身上因爲懷揣著國王陛下的委任書，所以好像也分得了一分國王的光芒而顯得莊嚴威風。唉，這跟那些共和國官員們的怯懦卑下的表情是多麼的不同啊！他們沒有一個不是不覺得自己是最低下的窮人，需要別人的憐憫與同情過活的人。

這個外形模糊不清，聲音尖利可怕的鬼魂，用他威嚴的聲音對我說——好像他認爲自己完全應該稱得上是我職務上的老祖宗，並且完全應該獲得我對他的尊敬與服從——他對我說，就在他把那卷文件和那個紅字交給我之後，說：「好好幹吧，這對你有利。」爲了強調自己說話的重要性，他使勁點了點頭上那頂自以爲很莊嚴的髮套，然後又說：「今不如昔了。我們那時還是世襲制的職務，是終身制的工作，現在你們要爲錢而發愁了。不過不要緊，你很快就能解脫——把這個故事好好公佈於眾，流傳於世吧。相信我，一個稽查官的記憶力不會出錯。」

我對這個鬼魂說：「一定遵命！」然後就開始構思這個完整而有沈思意義的故事。我在房間裏踱來踱去，並且上百次從海關大樓的後門走到前門邊上的大路上。苦思冥想花費了很多時光，但結果卻是我的腳步聲爲我招來了不少的怨氣和指責。樓下那群老稅收官和檢查員們，因爲他們的睡眠經常被我沒完沒了的腳步聲無情地打斷，於是他們就用了一個從他們唯一熟悉的生活中提煉出來的比喻說，「稽查官先生就像是一個在後甲板上散步的船長一樣。」

他們或許以爲我這樣一個反覆的長時的動作，只是爲了想要解決生理機制上的一個困難——對胃口的刺激。確實，在經受了多少次冷風呼嘯的侵染之後，我所取得的唯一成效就是胃口對食物的渴望。因爲海關這個粗陋的空間與文學創作的豐富細膩的想像和情感是格格不入的，所以我非常擔心，如果在未來的十屆總統的任期內我還繼續留在這裏工作，那麼這本《紅字》就很有可能無法與讀者見面。

在這裏，我的想像力好像成了一面失去光澤的鏡子，既映照不出那些我想表現出來的影子，也映照不出我自己的情緒，或者說它們只是很模糊地存活在我的想像裏，而要在我思想的熔爐裏爲他們加熱，賦予他們熱情四射的活力則是不可能的。我感覺到，這群本來在他們那個年代裏血肉豐滿的人，現在在我的腦海裏就像一具具的僵屍一樣，既沒有活力也沒有溫柔的感情，更沒有熾烈的激情，他們的身軀是冷的，表情是猙獰的，還常常用一種不屑的口氣冷冷地對著我說：「你算什麼人？你現在還有什麼資格談論我們？你本來還有那麼一點點的權力可以掌管你筆下的諸多人物，但現在你用它換取了微薄的薪金，還奢望想要和我們打交道——賺你的錢去吧！」就這樣，本來應該感謝我把他們重新帶到這個世界上來的一群人，就那樣毫不留情地在一邊對我大加挖苦。不過毫無疑問，他們的話非常有理。

在大多數的時候，我就是處於這樣一種混沌未開般的麻木不仁之中。在政府規定的每天三個半小時的辦公時間裏，在偶而到海邊散步時，或是晚上回家時，它依然如此。在以前我常常走出「古屋」到大自然中去尋求靈感，但現在那東西對我來說總是可望而不可求。只有到了夜間，當四周空寂無聲，所有的俗事都從我身上卸下之後，當微微跳動的爐火之光與皎潔而又朦朧的月光交融在一起的時候，我的思緒裏才湧動出流暢的情思。我努力依照想像中的情境感受那個故事，把它用文字表達出來，這樣到第二天，就會有一些片段的東西躍然紙上，並栩栩如生。

沒有想像力的寫作將是最糟糕的寫作。好在月光給傳奇作家提供了最好的環境，讓他可以與自己想像中的人物互相交通。在一間熟悉的房間裏，月光透過窗戶在地面上映照出淡淡的銀光，屋內的一切都籠罩在一種溫柔的光芒中，顯得清晰無比。但這種清晰，又不比白晝裏的清晰，似乎所有事物的細微之處你都能看到，又好像都看不到——月光爲它們橫添了一種朦朧與模糊的情韻。

這座頗爲有名的住宅裏，每把椅子都各有自己的特色，靠中間一張桌子上擺了一個針線盒、幾本書，以及一盞古式的熄滅的燈，四周是沙發、書櫥，牆上掛著各色各樣的畫，無論是一件很小的東西，比如孩子的一隻鞋，一個小小的玩具，牆角的一個小竹篾籃子等等，還是一件龐然大物，都脫離了白天裏的真實感，變得既模糊又清晰，既熟悉又遙遠，好像一個個都穿上了一件半透不透的暗紗，讓你感到一種靈動的氣息在裏面。

在這間熟悉的房子裏唯一的真實體只有那塊正中央的地板，在這裏，真實的世界和想像的世界相互見面，互相談話。鬼魂們也來到這裏，不過，不是帶著恐嚇，而是帶著溫馨和喜悅。想想吧，就在屋子的中央，或在那個壁爐旁，一個熟悉的又爲你所喜愛的人影正坐在那裏，臉上一副安詳與平靜的神情，看著你，或伸著手正在烤爐火，這是一個多麼讓人懷念而又覺得真實的場景！你會覺得他好像是剛剛出門旅行回來，或者說從來沒有離開過你，過去發生的事實不過是你的一場擔驚受怕的夢罷了——這就是月光帶給我們的東西，它能讓真實的虛幻起來，虛幻的真實起來。

對我的寫作產生極大影響的就是這種月光的環境。它讓整間屋子蒙上一層淡淡的光輝，天花板是暗紅色的，圍牆稍稍比它淺一點，明亮一點，爐火跳動的火光與月光的寧靜鋪灑交彙在一起，照到鏡子裏，反射出一種冷暖結合，動靜交融的情境。在這樣的屋子裏一切東西都帶有了一種呼之即出的靈動性，世界好像在你眼前擴大，想像能帶你飛躍時空，到達任何你想到的地方。在這樣的情況下，要是還有誰能閉上眼睛，而感受不到一種異樣的情思，那麼他也就沒有必要試想著要運用文字的韻律把這個世界描繪出來了。

在海關的時候，我就是處於上面那樣的境地。月光也罷，日光也罷，還是爐火之光，在我看來好像都一樣，沒有什麼能夠誘發出我一點點的才華——如果我還有可以稱之爲寫作情思的那種才華的話，我認爲它們也從我的身體裏悄悄溜走了，一直沿著海關的那個大門，去了不知什麼地方。

有時候我也在想，也許寫些其他的東西可能會更好，比如一位老船長的生平經歷，一個老稽查官的佚聞趣事。我每天都在聽著這樣的老人用令人驚歎的幽默來述說他怎樣在美麗的人生中畫畫，如果我能把他們的色彩保留下來一點，也許不會如此平庸，一事無成。或者我可以把完全脫離真實的世界，在腦海中給自己一份虛幻的生活，這樣我就可以回歸到一個希望的時代。但是這種願望實在愚蠢至極，就像美麗的肥皂泡一樣，一碰就破。如果我在現實中採取一種更輕鬆的做法，也許效果會更好，就是把所有的想像與思考都回歸到大自然中去，回歸到現實中去，從上天造就的這個奇妙的真實世界裏去尋找那些凡人凡事內在蘊含的美——我相信，上帝創造的這本書要比任何人用任何方式寫出來的書都要精彩，內容更豐富，意義更深遠。即使這樣的書頁翻過得很快，而且翻過去了就永遠不可能再倒回來，但只要我的頭腦稍微清醒一點，筆觸流利一點，我相信還是會有很多閃著金子般迷人光彩的東西被我保留下來。可惜，這個認識來得太晚了。

在海關的日子裏，我以前的愉快享受成了一種無法掙脫的苦刑，我已經不再是一名蹩腳的小作家了，而是實實在在的一個海關稽查官。我痛苦地看到，自己就像是一個裝著酒精的瓶子一樣，明明知道那一點點脆弱的情思正在漸漸揮發，卻只能眼睜睜地看著它愈來愈少而沒有辦法。看看自己，再看看其他人，我得出了一個關於公務對性格會產生不良影響的結論。不管怎麼說，有一點可以肯定，海關工作並不是一個可以長期幹下去的好差使，不是說這項工作本身不正當，而是它的制度：終身制和獨立制。這兩面三刀使得海關人員高高在上，並且孤立冷僻的生活在自己的世界裏，而非這個全體人類的世界裏。

有一個結果很明顯，共和國給了每位海關職員一個強大的臂膀，當他們依靠它時，就拋棄了自己的力量。這些人開始喪失原本獨立自主的能力，而喪失的程度和他原來本性裏這些東西固有的程度成正比。也就是說，如果一個人天生具有非凡的能力，即使他陷在了一個令人不振的泥淖裏，只要時間並不太長，他還有可能會從這種泥淖中清醒過來，並設法把失去的那部分力量補回來。

但這種情況並不多，那位被迫離職的員工真是太幸運了，無情的一擊反而把他推入了一個真正有激情的鬥爭世界裏，從而反獲得了另一次的重生。大多數情況下，這些人總是以筋疲力盡、回生無力而告終。他們自以爲時間可以解決一切問題，先是在時間裏享受這種薪金的生活，直到老弱體殘的時候，鋼一般的意志力開始瓦解，創造價值的能力已經消失，這時他開始愁眉苦臉，四處張望，希望能找到另一種外界的援助。

他總是抱著一種幻想，認爲最終會在某個巧合的時候，重回到原來的職位上工作。他們以爲山姆大叔口袋裏的金子總是時時替他們準備著，爲什麼自己要辛辛苦苦地勞動，費盡力量從泥淖中爬出來呢？山姆大叔會伸出他的臂膀拽我們出來。爲什麼他要冒了風險到加利福尼亞去挖金礦？山姆大叔會把一枚一枚金光閃閃的硬幣裝到他的口袋裏。一個人才淺嘗了一點山姆大叔給他的甜頭，就以爲終生可以靠著他生活。這種念頭像是一條毒蛇一樣時時盤踞在他的心頭，從年輕直到老，決不會因爲屢遭挫折就喪失對它的信心。我想就是在他臨死的時候，也可能會靠著痛苦的抽搐在這個世界上多等待一會兒。

我這樣說，可不是對山姆大叔不尊重，即使他口袋裏的金幣真的就像是魔鬼的薪金。在這裏我只想對那些政府裏的職員說，好好看管自己，否則那傢伙也會和你過不去。他即使不把你的整個靈魂勾了去，也要消磨掉你許多的品性，比如毅力、鬥爭力、堅強勇敢、追求真理，自立自主等等一切男子漢的氣概。

我每天都在爲一些問題而驚慌，由此人也變得憂鬱起來。我時常在懷疑自己究竟哪些品質已經沒有了，哪些思想遭受到了一定程度的傷害，不過還沒有完全變成白癡。我絞盡腦汁計算我在海關再待多長時間之後，還能像一個「人」一樣地端端正正地走出來。說實在的，因爲我的安分守己、盡忠盡職的表現，我不相信有哪項政策或措施會把我無情地掃地出門，但作爲一個公務員，主動辭職又有損他的忠貞形象，於是我就不得不擔心自己會不會也在這樣沈悶的機構裏永遠地待下去，直到像那位老稽查官一樣變得衰老無力，吃飯成爲一天中唯一最重要的事情，然後就是像一條老狗那樣無所事事，在陽光下或者樹蔭裏昏昏欲睡。

這一切難道不可能嗎？要是必須把所有的情感與思想都浪費在一成不變的孤立生活中，這是多麼恐怖的人生之路！不過，我後來發現這種恐懼感實際上毫無必要。對於這些事，上天的安排往往比我們自己所預想的要周到得多。

在我當稽查官的第三年，發生了一件很重要的事，採用《教區司鐸》一書的語氣來說，那就是泰勒將軍當選總統。爲了對公務生活作一個全面的估價，新的敵對政府很有必要在接管前先考察一下現任的官員們。對一個這樣的公務員來說，在這樣的情況下往往沒有任何選擇的權力。也許對他來說，一個最壞的結果恰恰是另一個最好的結果的開始，但誰知道呢？不過，對一個有強烈的自尊感而神經又極其敏感的人來說，等待總是不舒服的。他寧願爲一個既不愛他又不理解他的傷害，也不願被他們操縱著，至死替他們賣命。即使是一個並不熱衷於政治鬥爭的人，在這樣的時刻也不會舒服，因爲他必將看到人們獲勝時囂張而充滿暴力的嘴臉，並事先意識到自己早已注定了人爲刀俎我爲魚肉的命運。

在人類的本性裏總是有一種傾向，只要擁有了主宰他人命運的權力，就會變得殘忍起來，這是人類最可恨的本質了，比禽獸還不如。如果說把公務員送上斷頭台，是一個事實，而非口頭的比喻，那麼我可以想像到，那些勝利者在想到我們的頭顱即將被他們砍下時有多麼激動！感謝上天給了他們這樣一個機會！對於我——不管是勝利還是失敗，都會保持旁觀者的冷靜與好奇。我從來沒有爲自己黨派，或者說比較喜歡的黨派的勝利過分激動，也就不會爲其他黨派的勝利而氣憤不平了。不過，我的處境雖然是令人不愉快的，但有一點可以慶幸：我是站在了輸的一方而不是在贏的那一邊。在此之前我雖然不是個熱衷於政治活動的黨員，在危險的兩軍交鋒的時候，我卻對自己偏向的黨派開始緊張了，這說起來多少有點慚愧。還有一點更令我後悔，根據對機率的科學推算，我本來已經看到我留下來的可能性要比其他的民主黨員高得多，但是，誰能料到是第一顆落地的人頭竟然是我的呢？

沒有人會在人頭落地的時候還面帶微笑。不過，就像我們一生中有可能面對的大多數不幸一樣，假使出現一件極爲嚴重的事件傷害了我們的心靈，後來總會有另一些出路作爲安慰，只要罹難者善於因禍得福而不會讓厄運雪上加霜。拿我碰上的事說吧，我很容易就尋找到了安慰；確實，在這之前我考慮了很久，本來想辭職，因爲厭倦了這種沈悶的工作，但是這個念頭只是一閃而過，並沒有付諸實施，誰知道後來來了一個新政府，我就趁機被刷下職。這就像那樣一種人，他本來正在盤算著自殺，卻恰好被別人殺了，這是一種幸運，雖然也許這並不是他所想要的。

就像以前我在「古屋」那樣，我在海關又整整熬了三年。這段時間對於打破一種舊習慣，培養起一種新的生活方式來說是足夠了，尤其這種生活還是一種不正常的令人煩悶的生活，這段時間就顯得太過於長了，簡直都難以忍受了。當然，最好的方法就是及時從中抽出身來，不管是主動的還是被動的，都大有好處。

還有一個情況，令這位過去的稽查官滿不在乎被輝格黨看成敵人並且被很無禮地逐出海關：在這裏，他常常因爲自己政治上的不活躍被他的民主黨朋友們看成是不配做他們兄弟的人，但這一次，他真正和他們站到了同一條戰線上，而且還身先士卒。

這個人本來喜歡在一望無際的田野裏和別人一起分享大自然的美景，而不願獨自一人在那些曲折迂迴的小徑上徘徊，脫離同道的弟兄們，現在，他已經贏得了烈士的桂冠——雖然他已經沒有頭可以戴上它——這個問題就順理成章地得到解決了。這個舊政府的稽查官並不是個十分英勇的人，不過，要讓他在許多更可敬的人紛紛倒下的時候一個人留下來，在一個敵對政府的庇護下夾著尾巴度過四年，然後再在另一次選舉中重新確立自己的立場，並懇求另一個政府饒恕他這段屈辱的經歷，這倒比讓他與他喜歡的人一起被趕下台更讓他不能忍受，英勇的死總比殘喘的苟活更體面一些吧。

不過之後的大肆報導讓我吃了一驚，深深感到這次選擇的重大意義。有那麼一兩個星期，我就像一隻沒頭沒腦的蒼蠅一樣，在各種報刊上橫衝直撞，名聲簡直超過了華盛頓·歐文《睡谷傳奇》裏那個無頭的騎士。雖然我的頭一直都舒服地扛在肩膀上，雖然現在溫暖的陽光正輕柔地撫摩著我，但人們此時卻把我想像成恐怖陰森、時刻準備著被埋葬的政治僵屍。

於是我不得不再次拿起紙筆，重新匍匐在書案前，做一個記述往昔生活的拙劣作家。我已經在歲月中蹉跎多年，文學的神經鮮被觸動，懶得再去咬文嚼字。還好我的前任稽查官皮尤先生費盡心思為我提供了一個可以繼續攀登的階梯。不過，雖然我儘量採用了輕鬆的、明亮的字眼兒，這個故事本身還是像一個根本照不到陽光的死角一樣令人感到陰暗冷峻。本來，陽光和一顆溫暖的心可以使這些變得柔和起來，或許是因為它的真實場景是在混亂年代，革命還在繼續，一切都顯得動蕩不安，或是其他原因，反正，這個故事取得的效果就是這樣。不過，這並不能暗示出這個拙劣的文人心中沒有愉悅的感情，恰恰相反，當他在陰暗的世界裏策馬馳騁的時候，他有著許多其他人感受不到的歡欣體會，這比他離開「古屋」之後的任何一個時候都更令他興奮。在完成了老稽查官的遺命之後，我還在這個故事集中收入了另外一些短篇，有的是在脫離了那些束縛人的義務和榮譽之後的隨筆書寫，有的則是很久以前在年刊和雜誌上發表過的，轉了一圈，又回到了它們的起點。③

既然我在前面沿用了一個政治性的斷頭台的比喻，那麼不妨再在這裏爲這個故事集起個名字——《一個走上斷頭台的稽查官的最後的聲音》。這篇自序是他即將去往天堂的臨行前話語。如果有人認爲這樣一部過度涉及一個人的隱私的書不宜在作者生前發表的話，那麼你們說把它想像成是一個紳士從墳墓那邊傳過來的聲音吧，因爲他們身體雖然還沒有離開這個地方，靈魂卻已入了天堂，所以他寬恕他的敵人，祝福他的朋友，願這個世界更美好！

海關的生活就像一場夢。在夢的最後順便提一下，那位老稽查官不久前剛從馬上摔下來，結束了他在這世上被奴役的生命。現在，他在我的腦海裏還有淡淡的印痕，但可以肯定，過不了多久他就會隨著其他事情被撫平，包括那些和他一樣雙鬢斑白、滿臉波紋、同樣在過去的六個月裏受到我的尊敬的海關收稅稽查官們，以及那些我曾經每天聽到、彷彿他們是世界的主宰的名字：平格里、菲利普斯、謝潑德、厄普頓等等——現在，我只有憑靠了努力的搜索和回憶，才能勉強拼湊出幾個人的形體和神態來。

在漫漫的時光中，那個我稱之爲故鄉的小鎮也開始離我愈來愈遠，在幽暗的光線裏，在朦朧的情景中，我彷彿只能看到一些模糊不清的人影進出於那些虛幻般的小木屋。整個古鎮荒草迷濛，毫無實感也沒有美感。雖然在過去，這是我曾竭力想表達的最珍貴的東西，但現在它已離我遠去。我也離它遠去了，做了另一個地方的居民，那裏沒有人爲我的到來而感到歡欣，我也不曾有過特別的喜悅，雖然這對促進一個作家的文思情懷、思想成熟是那麼的重要。我在新的地方安然地生活，毋庸置疑，故鄉的人們離開我之後會依舊幸福和快樂。

也許有一天，我的子孫後代會讀到我的作品，開始順著歷史的脈絡懷念起那位曾經當過海關稽查員的拙劣文人；那些歷史學家們也會把那個我稱爲故鄉的小鎮當成文物，在它其中的一個地方標出：小鎮喞筒井所在地！每當我想到這些，就感到無限的歡欣，倍受鼓舞！

③原意在本書收錄一些短文，後未實現。

第一章　監獄之門

一所高大的房子，一扇結實的、釘滿了讓人心驚的大鐵釘的門，一群留著漂亮八字鬍的男人，幾十個圍著頭巾或任由髮絲飄揚的女人——這就是波士頓康海爾旁邊那所大監獄門前的情景。

新殖民地的開拓者們，無論最初懷抱著如何美好的道德與理想，想要建造一個與眾不同的幸福家園，總不會忘記在那片新土地上先劃分出兩塊特殊的區域，一塊作為墓地，另一塊則留作建造監獄使用。

依照這種慣例，我們能推斷出在波士頓，那些拓荒者們在谷山修建第一所監獄的時間大約是跟艾薩克·約翰遜家墓地裏第一個墳頭的崛起相合的，以後，環繞著這塊墓地，又有許多冤魂野鬼，或高貴的肉體葬在那裏，逐漸就形成了大教堂的古老墓園。

可以確信的是，在城鎮建成的十五年或二十年後，那座木頭的監獄就已飽受風雨洗涮而變得越加陰森晦暗，因而橡木大門上大鐵釘的鏽跡看上去比新大陸的所有古蹟更加年代久遠，監獄從來沒有過所謂青春韶華的歲月，這就是一切與罪惡這個字眼有關的所有事物的宿命。

從這所可怕的大房子到坑坑窪窪、滿是車轍的大道之間，有一片叢生著狗尾巴草、臭蒺藜草，以及一些不知名的惡草，它們同人類文明孕育的特別的花朵——監獄——共生，顯得格外地協調。

然而，出人意料地，就在那緊緊靠近監獄門檻的地方，竟然還盛開著一叢野玫瑰！這六月裏彷彿寶石般珍貴的花朵，不禁令人遐想：它們選擇了監獄這可恨的地方展開芬芳和美麗的身姿，是在向鋃鐺入獄的犯人或正邁向絞架的死囚預示著什麼嗎？或者，只是想給他們在這人世間的最後一刻或艱難時刻，奉獻些什麼？

肯定有著某種奇緣在內，否則這一叢美麗的野玫瑰怎麼能歷盡劫難而經久不敗？難道僅僅是因爲原先那奪去了它們陽光和水分的巨大喬木早已從它們身邊被伐走？或者，是像許多人所深信的那樣，它是當年聖徒安妮·赫金森踏進獄門時用腳碰過的東西？種種原因，到今天早已無從考證。

既然故事要從一個不祥的大門前開始，而門前又開著這樣一叢鮮麗的花朵，爲什麼不摘一朵來獻給親愛的讀者呢？願這株玫瑰花在敍述這篇人性脆弱而悲哀的故事當中，能夠發出馥郁芬芳，使我們的靈魂在讀完那陰晦淒慘的結局時，能多少獲得一點安慰。

第二章　集市

時光倒回兩百多年前，到那一個充滿了陰森與恐怖的夏日上午去看看，看看爲什麼有一群波士頓居民正圍擁在我們前面說過的那所牢房門前的草地上，爲什麼人們眼中都流露一種嚴肅與冷酷的目光，對準那扇釘滿了鐵釘的橡木牢門。

這種情況，若是放在其他地方，或是就放在我們新英格蘭稍後歷史上的某一時刻，各位讀者可能會從那些有著一副善良心腸的大鬍子現在冷冰冰的目光中，想像到現在可能正是要把某個罪惡昭彰的囚徒押向刑場，結束他在這人世間的一切善與惡的呼吸，因爲那時法庭的判決無非是在履行早已經由公眾輿論決定了的事。

但這要是放在了早期生性嚴峻的清教徒時代而言，這樣說就過於武斷了，在那個時代，像今天這種情況可是有多種原因。也許，只是一個偷懶的奴隸或是被父母揭發的一個忤逆子當眾領教一下鞭刑；或者是爲了要把一個蔑視道德的唯信仰論者或是教友派信徒用鞭子一路趕出城；還有可能是一個印第安人偷喝了白人的酒在街上發酒瘋，被人逮住後正要押往城外的樹林，從此永遠流放出城；要不然就是準備處死一個像鎮長寡婦希本斯夫人那樣刻毒的女巫。無論屬於哪種情況，圍觀者總是儼然的神情，這和早期移民將宗教和法律視同一體的品性完全吻合。

無論是對公共紀律的輕微冒犯，或嚴重觸犯，都會令他們嚴陣以待。在這個地方沒有同情和憐憫，一個站在大眾面前的囚犯所能得到的，除了冷漠與譏笑外，絕不會再多出一點其他東西。而現時看來也許只需要冷嘲熱諷一番的事情，在當時卻彷彿末日降臨一樣令人不寒而慄。

就在我們的故事發生的那個夏日的早晨，有個情況很值得一提：那些擠在人群裏的女人們，看起來好像對將要發生的刑罰比男人們還起勁。當然，這和當時人們的文明程度還沒有進化到極至有很大關聯。

那時，還沒有那麼多像我們現在所謂「文明」的顧忌，即使是身著襯裙和撐裙的女人們扭著龐大的身軀在大街上招搖過市，或者是見人群就朝裏面擠，這也沒有什麼不得體。那些土生土長的英格蘭女人們，要是能看到她們之後六七代出生的漂亮後裔們，看到她們那纖細的身材，溫柔的氣質，我想肯定會比我們今天看她們時的樣子還要驚奇。

因為所有人類祖先的繁衍，都有一條不變的規律，就是一代一代的女性遺傳，總是會隨著世代的變遷，在氣質上變得弛靡，而身形體格上則越發地嬌小和孱弱。

當時在牢門外擁擠人群裏的女人們，和那位堪稱具有男子氣概的伊麗莎白時代相距還不到半個世紀。作為那位女王的同胞，英國特產的牛肉啤酒還有鄉間粗鄙瑣屑的「精神食糧」，以及英格蘭明媚的陽光都是她們健康成長的有利條件。寬闊的肩膀、發達的胸脯、紅撲撲的圓臉蛋，這些土生土長的英國女人與經過新英格蘭氣氛薰陶的女人們比起來，毫無疑問，她們和淑女們側目不已的。

「蒼白」或「憔悴」沒有一點關係。古老的英格蘭女人們還天生有一副嚇人的大嗓門，她們粗俗野蠻的言談舉止要是放在今日，我想，即使不招致人們的譏笑和鄙罵，也肯定會讓那些紳士淑女們側目不已的。

「女人們，」一個面目猙獰的五十來歲的老婆子說，「大家聽我說，那個叫海絲特·白蘭的女人，簡直就是我們的敗類，是所有女人的恥辱。要是我們這些一把年紀品行端正的教友們不能夠好好教訓她的話，那就是放之危害社會。女人們，你們覺得怎樣？要是把那個破鞋交由我們五姐妹來發落，我就不相信她還能夠憑著那些當官的輕描淡寫的判決蒙混過關——上帝，我絕不相信！」

「聽說，」另一個女人說，「尊敬的狄米斯戴爾教長先生，就是她的牧師，爲了教區中出了這樣的醜事，他簡直傷透心啦。」

「當官的都是些敬奉上帝過了頭的人，讓慈悲心蒙蔽了他們公正的眼睛。」第三個老女人補充說，「要我說，最起碼應該在海絲特·白蘭額頭上烙上個印記，要讓她終生都有所畏懼才行。要不然那個爛貨才不會在乎她身上貼了個什麼東西呢！哼，等著瞧吧，她肯定會別上個胸針，或什麼異教徒的首飾遮在胸前，照樣在街上拋頭露臉！」

這時，一個手裏牽著孩子的年輕媳婦略微有點膽怯和溫和地說，「她要是想遮遮掩掩地過日子，就隨她去吧。那種心裏的折磨和痛苦，是遮不住的。」

「管什麼記號是貼在衣服上還是燙在皮肉上！」另一個長相最醜，神色最兇惡的女人猛地大喊一聲，「這女人讓我們所有人蒙羞，早就應該被絞死。聖經裏和法典上全都寫著呢，難道真的無法無天了嗎？總有一天，那夥只會敷衍塞責的法官們自己的老婆女兒也會墮落到這一步！」

「上帝啊，讓這些女人們住口吧！」人群中一個男人驚呼道，「難道除了絞架，她們就再也沒有其他懲罰方法了嗎？女人們，積點德吧，講話別太不留情面！嘿，現在小聲點，白蘭太太就要出來了，你們看——牢門不是已經開了嗎？」

陰森森的牢門終於打開了，一個長相兇狠、手裏拿著警棍、腰上別著腰刀的獄吏最先走出來。那副嚴謹冷酷的模樣就像是一道突然出現在陽光中的陰影一般，完全是冰冷的讓人膽寒的清教徒法典的象徵。他的職責就是給違法的罪犯以最後致命的一擊。

此時他左手高舉著警棍，右手抓住一個年輕婦女的胳膊，正要把她拉出牢門。但那年輕的女人卻毫不領情地一把推開獄吏，彷彿是想證明她天生倔強的個性和尊嚴一樣，又好像要向眾人表明這一切行爲均出於她自主的意願。這樣，她步出獄門走到露天裏來，懷裏還抱著一個看起來僅三個月大的嬰兒。那孩子起先還眨著眼睛向四周看，但很快地就把那張小臉轉了過去。因爲打她一降生人世就擁抱著她的那種牢房暗室陰晦的光線，已經造成了她對這種刺眼陽光的本能反應。

那懷抱孩子的女人站到了所有人面前，下意識地，她的胳膊一收縮，把孩子緊緊地摟到了胸前；這種行爲，與其說是出於母愛的關心與照顧，還不如說是她正想到了一個特別的東西，就是那個縫製在胸前的東西，想用另一件物品把它遮擋起來。但很快地，她就醒悟到：以一個本身就是恥辱的標記來掩蓋另一個恥辱的標記完全是無濟於事的，除了只會再增加一些人們的鄙視外，決不會讓那些冷酷的人們忘卻自己過去做下的事情，或者現在正在承受的事。想到這，她乾脆把緊抱改爲單托，讓孩子離開自己的正前胸，這樣，就露出了胸前那個鮮豔奪目的紅色A字來。

匠心獨具、精工細作，還用金絲線滾上花邊的紅色A字，簡直就是一個天然的裝飾物，配在這個女人超出世俗的華美衣服上，再合適不過了。這個女人，雖然臉上漸漸地泛出了一陣潮紅，但卻擺出一副高傲的微笑，用毫無愧色的目光，環視了一下簇擁在一起的市民和街坊鄰里們。

這年輕的女人身上有一種特殊的氣質。那苗條優雅的體態，光亮烏黑的長髮，豐潤的皮膚，比例勻稱的五官，以及那雙漆黑的眸子和一對鮮明的眉毛，簡直讓所有人都爲之心動。不過，這種端莊高貴的貴婦氣質並不同於我們時下正在推崇的那種嬌媚柔弱或讓人肉麻的優雅。這是一種完全超越了時代限制的高貴和端莊。即使在當時，人們也不得不承認那剛從監獄裏走出來的海絲特．白蘭夫人，不像一個囚犯，倒像是一個正要接受眾人禮拜的貴人。她的舊識們，原以爲經此磨難，她原有的光彩會迅速消失，代之而起的是憔悴和呆滯的神情，但現在他們無不感到難以言喻的驚愕，因爲在他們眼中那種所謂的不幸和恥辱，竟然在這個女人特殊的氣質中被凝化成了一道光鮮豔麗的光環。這讓所有人從心裏感歎。

不過，明眼人還是能從中辨認出一絲劇烈的痛楚。在獄中她依照自己的想像，爲今天這個特殊的場合設計了這一身裝束，配合著現在她看起來從容不迫的神態，似乎是想顯示自己的清白無所畏懼，但這反而讓人看出了一種徹底的絕望。所有人的目光都對在女人胸前那個鮮豔的紅色字體上——一個鮮紅的A字。它被繡得那麼精緻，在胸前閃閃發光，配上海絲特·白蘭美麗形象的映照，好像散發著一種讓人倍感清新的魔力。那些與她熟識的男男女女們，簡直覺得這是第一次與她相識。這個紅字具有的震懾力，竟把她從普通世俗的氛圍中分離出來，創造了一個傲然獨立的個性空間。

「她做得一手好女紅！」一個旁觀的女人憤憤地說，「這個不要臉的蕩婦居然用手藝來炫耀自己，這在以前可從來沒聽說過。我說，女人們，這不是不把那些仁慈的長官們放在眼裏麼？不是抓住這大好的機會向大家示威麼？」

「可不是嘛！照我看啊，」一個臉像黑鐵板似的老太婆接上話說，「把海絲特身上的衣服從她風騷的肩膀上扒下來才讓人痛快；還有那個稀奇古怪的紅字，用一塊那麼上等的布來繡它真是浪費，倒不如讓我賞她一塊我患風濕時裹關節的碎布頭。」

「小聲點，小聲點，朋友們！」一個比較年輕的女人低聲說，「別讓她聽見我們講話！願她繡的那個字針針紮在她心上。」

「讓路，讓路，好人們！」獄吏用警棍向著人群揮了揮大聲喊道，「看在國王的份上，請各位尊敬的先生太太們讓讓路吧！我保證，要讓白蘭太太站在一個大家都看得見的地方，無論男女老少都來欣賞欣賞她的奇裝異服。從現在起直到下午一點，你們可以看個夠了！上帝啊，保佑麻塞諸塞殖民地的老百姓吧，讓他們在陽光下把一切罪惡都看清！快走，海絲特太太，到集市上去，炫耀炫耀你身上的紅字吧！」

人群中閃開了一條縫。獄吏在前頭開路，帶著一大幫冷眉冷眼的男人和面目猙獰的女人，簇擁著海絲特向指定地方走去。

一大群放了假的小孩子們在前面跑著，好像開路先鋒一樣，雖然他們並不明白學校爲什麼要放假，但有熱鬧可看在他們來說已經足夠了。這幫快樂而好奇的小東西們，不時回過頭來看著走在人群中間的漂亮女人的臉和她懷中眨著眼的小嬰兒，不時地還瞟一瞟她胸前那個象徵罪惡的紅字。

當時，從牢門到集市中心只有短短的一段路，但對於海絲特來說，好像已經經歷了她人生中最長的一段時光。她那高傲的舉止下是一顆破碎的心，尾隨的人們每走一步，都好像正踏在她的自尊與堅強上，她感受到了一種心被撕碎、被隨意踐踏的痛苦。

不過，在人類的本性中，天生有一種後知後覺的防衛能力，就是說那些遭受屈辱和苦難的人，雖然就在當事的場面中行進著，但那時的痛苦好像還不如要求自己堅強面對的心聲來得更強烈。因此，只有在最後那一刻，也就是整個事情已經過去以後，這些人才會在回味時深深體會到那撕心裂肺般的痛苦。

對此，海絲特．白蘭的情況就是最典型的代表——幾乎可以說她是非常安詳、平靜地度過了所有的難堪和折磨，最後來到了集市西端那緊挨著波士頓最早的教堂、看上去幾乎已與教堂融爲了一體的絞刑架前。

這座絞架，事實上，就像法國大革命時代的斷頭台一樣，只是整個暴力懲罰機器的一部而已。那台上的一座可以把人的手和頭顱夾起來的平台，讓犯人們只能彎弓曲背地站在那裏，不是被砍下頭顱，就是被人瞻仰關注。這樣，就完全可以用血腥的或恥辱的方式達到教育恐懾他人的目的，而不是像我們今天一樣，僅僅只是作爲歷史紀念物被擺在那裏。當然，海絲特夫人的情況是屬於後者的，就是說，她並不需要害怕會失去性命，只要能忍受住那讓人譏笑和議論的醜相就可以了。

唉，要我說，這世上再沒有比這樣的刑罰更讓人難以忍受的了，它完全違背了上帝賦予我們的人性——不管哪個人犯了什麼罪，難道連最後一點低下頭來掩住自己羞愧的權利都沒有了嗎？——但這恰恰就是這一刑罰的本意所在，所以海絲特·白蘭完全知道她該怎麼做。海絲特夫人沒有停頓地直登上了那個遠遠超過一般人肩高的刑台，面向觀衆，把她自己完全展示出來。

如果在這夥清教徒當中有一個天主教徒在場，那麼他肯定會從這位儀態端莊、一身炫人裝束的美麗女人以及她懷中的嬰兒身上，聯想到無數名畫家筆下光輝的聖母形象。雖然聖母懷中的嬰兒命定是到世界上來拯救人們的，而面前這個嬰兒的身上卻天生就帶有罪惡的象徵，但正是這種強烈的對比，才更能使一個人從現實聯想到理想。

想想聖母的品性，再看看眼前這個女人的情況吧，我們不難看到：這個女人使世上最貞潔的東西變得醜陋，這個嬰兒讓人想到了未來的黑暗。

不過，世界末日還沒有來臨，時代還沒有墮落到會對一切罪惡都淡然一笑的地步，因此人們對於眼前這種嚴肅的情況還是會生出些敬畏感。對於海絲特・白蘭，圍觀的群眾們還未完全喪失他們作爲下層人民的純真和善良，也就是說他們還不會像那另外一個地方的人一樣，完全冷漠地對海絲特橫加指責。人們會對她的所作所爲加以恥笑或責難，但一旦這種行爲的結果變成了一種嚴厲的懲罰，那這些人的心情會變得嚴肅起來。即使是有人想把這個事情當作一個笑料來說幾句俏皮的話，但一看到對面議事廳那高高的窗口中露出的幾張臉，這些人還是很快地閉上了自己的嘴巴。

那些板著的臉，有總督的、法官的、將軍的，還有幾個牧師的。他們或站或坐，全聚在市政廳的露台上俯視著絞架上的事情。這些達官貴人們作爲圍觀者中的一員也不感到是降低了自己的身分，由此可見，這次刑罰的判決對整個殖民地來說是多麼地重要。因此，幾乎所有人的臉色都顯得比平時任何時候都更陰鬱和嚴肅。

海絲特，這個不幸的女人，承受著幾千雙眼睛的直視，感到彷彿有千斤的重壓頂在胸口。她本是一個充滿熱情性情剛烈的女人，不喜歡怯懦與拘謹，但此刻卻必須盡一個女人的全部力量支撐起來，以作好迎接一雙雙如毒箭如寒風般的目光的準備；對她來說，此時多麼希望那些人——不管是男人、女人，還是孩子們——能爆發出一兩聲的笑意，或者說幾句嘲諷的話也好啊！那樣她就可以用更倔強的冷笑來回敬他們。但此時，就像是命中注定似的，人們都用一種沈默和冷鬱看著自己，海絲特感到簡直有一種可怕的重負壓在心底。她覺得自己快要歇斯底里地大聲嘶喊出來了，與其這樣沈默下去，倒不如發瘋般地滾到台下去了，她這樣想。一切事情都沒有發生。在這個以她爲中心的舞台上下，還是一片沈默。

有時候，海絲特感到眼前一陣茫然，好像自己的靈魂正從肉體中脫離出來一樣，人群的形象開始變得模糊而不清，她的思緒，尤其是她的記憶，異乎尋常地活躍起來。在她眼前浮現的不再是這個大西洋岸邊的邊陲小鎮，也不再是那些尖頂帽下一張張鄙視著她的面孔，而是許多以前的瑣屑事情，有孩提時期和學校生活時，孩子們爲了遊戲而爭吵的事情；有少女時代的種種瑣事，還有她來此之前所發生的一些事情。這一切同後來她生活中的那些最重要的回憶混雜在一起，歷歷在目，好像是舞台上正在演出的一齣戲。

要我說，這只是她的精神對她耍了一個小花招罷了，用這樣飄忽散亂的記憶方式把她從眼前這種難以忍受的殘酷現實壓迫下解放出來。

這座絞架成了一個瞭望台，在海絲特．白蘭面前展現出她自己從快樂童年以來的人生道路。從這個痛苦的地方，她看到了從前在英格蘭的故鄉，那所父母親住的房子雖然早已經破敗，但門廊上那塊殘存的標誌，卻昭示著遠祖世系的繁榮與高貴。她看到了父親的面容：光禿的額頭和飄灑在老式伊麗莎白環狀皺領莊重的白鬍子。

她也看到了母親的面容，那種慈祥與疼愛的表情一直鐫刻在自己的腦中，就是在母親去世以後，還時不時地從她的記憶裏蹦出來，在她最艱難的時候給以她溫暖和幫助。她還看到了自己少女時代明豔的容貌，就像春天的花朵般映亮了眼前的那面鏡子。

然而，就在這一切美好的事物中，不由自主地，海絲特還看到了另一個人的形象，就是那個面容蒼白而瘦削，長著一副左肩比右肩高的畸形身材的老年人：一副學者的模樣，兩隻眼睛因爲常年在微弱的燈光下讀書而變得昏花朦朧。

然而正是這同一雙老眼昏花的眼睛，在窺伺他人隱秘的靈魂時卻具有那麼堅銳的穿透力，簡直令海絲特．白蘭感到害怕而不願想起他。但那個人和她的關係是那麼地緊密，要想起以前的事，又怎麼會不想起他呢？

在海絲特接下來的記憶畫面中出現的是歐洲大陸一座城市裏的繁密而狹窄的街道。那年深日久、充滿了古典氣息的公共建築物，宏偉的大教堂，還有灰濛濛的莊園住宅，一種與那位畸形學者氣質完全相同的生活，就像長在殘垣斷壁上的青苔一樣，靠著腐敗的營養滋補維持著。

最後，一個突然的跳躍，這些影戲似的記憶落幕了，海絲特．白蘭又回到了眼前的場所中來。這是清教徒殖民地的一個簡陋集市，一群人正瞪著冷酷的目光看著她，看著她那懷抱中的嬰兒，以及胸前縫著的那個滾著金線花邊的鮮紅的字母A！

這都是真的嗎？海絲特用力摟緊懷裏的孩子，想確信自己是生活在夢裏，還是正面對現實。孩子哇的一聲哭了出來，海絲特垂下眼睛看著那個鮮紅的字樣，又用手指頭摸了一下，這終於讓她明白：一切都沒有變，這就是現在的生活！

第三章　舊識

這個佩戴紅字的女人，終於從被眾人嚴厲注視的緊張情緒裏暫時解脫出來，因爲她注意到了人群週邊的一個身影，那個人一下攫住了她的全部思緒。一個身著土著裝束的印第安人站在那兒，這在英國殖民地裏當然不算是什麼稀奇的事兒，因此引起海絲特．白蘭的注意、並能奪走她所有幻想的人絕不會是他——而是那個和他站在一起的人，就是那個身上也穿著印第安服裝，但無疑，卻是一個白人。

很明顯，他是那個真正的印第安人的同伴。矮矮的身材，雖然臉上滿是皺紋，但年紀卻並不那麼老。在他的臉上有一種少見的、常被人們用來和智慧聯繫的東西，好像一個人的身體必然會和他的智力相對應一般，儘管這個人看來像是要裝成隨隨便便地用奇怪的裝束來隱藏自己的獨特之處的樣子，但海絲特．白蘭還是一眼就從人群中發現了這個人。她不由自主地又一次把嬰兒緊摟在胸前，孩子有點疼，哇哇哭叫起來，可母親竟好像充耳不聞。

不速之客在海絲特．白蘭還沒注意他之前，早已經用目光盯上了她。起初他剛到這裏，對這種司空見慣的熱鬧顯得有些漫不經心，像是一個慣於窺伺別人內心的人，外在的一切對他而言既無價值也不重要。然而，他的這種平和很快就由於一個突然的發現而變得尖銳和敏感起來，就像有一條蛇在臉上經過一樣，他的面容裏迅速摻雜進了一種難以自抑的恐怖表情。那臉色，由於某種強大而激烈的內心衝動而變得陰暗怪異起來，不過他很快就用意志力控制住了，並且就在一瞬間的時光裏又回復到原來那種漠然的表情，就像一陣驟雨駛過一般，緊張的氣氛在他如深淵般的天性中幾乎消逝得無影無蹤。當海絲特・白蘭的目光與他的目光相遇，並且看來已經認出了他時，他沈著地緩緩舉起一個手指，在空中做了一個手勢，然後把手指放在嘴唇上。

他轉過身去，碰了碰身邊一位居民的肩膀，溫和有禮地向他問道：「請問，尊敬的先生，」他說，「發生了什麼事？這女人是誰？爲什麼要在這裏示眾？」

「你是外鄉人吧，朋友？」那個本地人一邊回答，一邊好奇地打量這個發問的人和他的野蠻人朋友，「要不，怎麼會不知道海絲特・白蘭太太呢，還有她幹的那些醜事——她簡直令整個狄米斯戴爾牧師教區都蒙羞。」

「是嗎，先生？正如您所說的。」那人回答，「我的確是個外鄉人。從前因爲無可奈何，一直在外流浪。雖然經歷了很多海上和陸上的不幸，但有主保佑，終於活著回來了。現在，我從南方那些異教徒的監牢裏被放了出來，想到這個地方找人贖身，所以找了個印第安人領路。請問，這個女人——叫海絲特・白蘭是吧——是怎樣被抓起來的呢？她到底犯了什麼罪？」

「好吧，朋友，」那個本地人說，「看在你受盡了荒野海地裏種種磨難的份上，我就詳細跟你說說這個不要臉的女人的事吧。她啊——先生，我想，您經歷了那麼多事情，一定想找個敬仰上帝、有罪必懲的好地方吧？這塊新英格蘭土地一定能令你感到滿意和高興的。在我們這個地方沒有一項罪惡不被當眾揭發出來，由官員和市民親自審判或懲處。不信，就看上邊那個女人吧。她原本是一個英國人，不過和丈夫一直住在阿姆斯特丹。據說她的丈夫是個很有學問的人，不知道為什麼想來我們這裏生活。他先是把他的妻子送過來，然後自己趕回去辦理一些遺留的問題，您知道，就是那些手續公務什麼的。但是——唉，好人兒吶，竟然一去不復返——我想，他一定是死在哪一次海潮中或其他什麼災難中了。這女人在波士頓待了差不多兩年，終於憋不住就做出了那讓她丈夫蒙羞的事情。」

「啊！我明白了！」那陌生人苦笑著說，「您的意思是說，那個有學問的人也還不夠聰明，因為他就沒有從他的書本中也學到這個，是嗎？不過，這個問題已是無關緊要了，請問您能不能再告訴我，這孩子的父親是誰呢？我看，那孩子大概只有三四個月大吧？」

「說實在的，朋友，我們還就缺一個智者但以理呢！」那本地人說，「海絲特守口如瓶，法官們也拿她沒轍。說不定那個造孽者正站在這兒目睹這一場悲劇呢，可除了上帝，誰也不認識他。」

「這件官司，」那陌生人冷冷地說著，「應該交給那個有學問的人來親自查看。」

「要是他還活著，自然沒有問題。」那本地人隨聲附和道，「只是，唉，好人兒啊，誰能知道他現在在哪裏呢？也許早就見上帝去了！正因為這樣，我們仁慈的法官們才沒有根據律法判她死刑呢。不過，他們也有另外一個想法，就是這個年輕漂亮的女人，準是受了某種極大的誘惑才墮落的，因此能找出那個可恨的男人來才是更好的事情呢。不過，這女人也逃不脫法律的制裁，你看，她不但要站在這裏示眾三個鐘頭——當然，這懲罰是太輕——而且，從今往後這個女人還必須一直戴著個骯髒的標記，就是那個紅字。」

「多麼聰明的判決！」那陌生人鄭重其事地欠了欠身算是鞠躬，「這樣她就成了抵制罪惡的活誡條了，直到那個恥辱的字母變成她的墓誌銘。不過令人遺憾的是那個姦夫居然沒在上面陪著她，這未免有點美中不足。不過，這樣的罪人終有一人會被人發現的——終有那麼一天——他會被發現的！」

他向那本地人恭恭敬敬地鞠了一躬，在那個印第安隨從的耳邊又說了幾句話，然後這兩個人便一前一後擠出了人群。

他們談話時，海絲特·白蘭一直在高台上盯著那陌生人；她的目光如此專注，彷彿世界上一切都已消失，只剩下她和他。

此時，正午的陽光灼燒著她的臉，把她的一切恥辱大白於天下；她的前胸赫然突出著那個醜惡的標誌，懷裏還抱著一個被判作孽種的嬰孩。全城人像過節似的聚攏在街頭，她那本來只該在壁爐旁恬靜的柔光中享受家庭幸福，或在教堂的莊嚴氣氛籠罩下才能看到的姿容，被大家像看熱鬧似的死盯著。

但這一切，對此時的海絲特來說，好像全不在意。她正陷在一種慶幸中：或許，這比在另外一種場合同他邂逅要好得多。對那人的感覺，令她感到這數以千計的旁觀者倒像是一種庇護傘，在她和他之間隔出一條安全的屏障來。這總比只有兩人對面相見要好得多吧，她想，腦際裏充滿了這種種念頭，唯恐會失掉這保護傘。以至於對她身後傳來的話語竟然沒有聽到也沒有感覺到。直到後來一個莊重的聲音愈來愈高地一再重複她的名字，這才引起了她的注意。

「聽我說，海絲特．白蘭！」那聲音喊道。是從那個市政廳的露台上傳來。我們前面說過，在那個年代，要是有什麼關乎整個殖民地公民的事情，比如重要的審判或是官方通知或布告等，都要在這個市政廳的露台上集中宣告。今天，正是這種情況。

由於海絲特的罪行過於嚴重，所以不但一般的官員到這裏審判，而且，作爲這個地區最高的長官貝靈漢總督今天也不辭勞累，親自出席觀看我們正在描述的這個場面。

只見他頭戴一頂插了黑羽毛的帽子，身上穿一件繡著花邊的大氅，裏面還襯著一件黑絲絨緊身衣，椅子後面站著四個持槍的警衛，這陣仗可真夠威風。這個滿臉皺紋的老紳士，可以看得出來，有過非常不一般的艱苦經歷，他出任這一地區的最高級代表真是再合適不過了，因爲比起那些年輕易衝動的人們來說，資深這種東西，非常適合殖民地初期的發展現實。

因爲這樣的人既穩重又老練，不會像年輕人一樣整天只想著如何對現定的條例進行改變，而是孜孜不倦地爲著鞏固殖民地的政策而努力。而且，這樣的人還有著因年齡增長而愈來愈嫺熟的權謀和手腕，這對充滿了反抗和危險的殖民地統治來說也是非常重要，因此，貝靈漢總督在這個地方的威望極大。

在他周圍的其他顯要們，也個個威風凜凜，非常符合他們那神聖制度下的賢明人士的身分。其實，這些公正善良的人們，正是從整個殖民地的人們中挑選出來的優秀人員，他們不但能坐下來審判一個女人的靈魂，而且還能細細地劃分出她都犯了哪些罪過，觸犯了一些什麼樣的律法。當然，這樣的人物在人類這個世界中總是鳳毛麟角，所以他們也就越發顯得比一般人高貴和威嚴。

因此，當海絲特・白蘭轉過身來面對這夥人的時候，這個女人不由得感到一陣戰慄，面色立時便蒼白起來。她知道，要想得到一些同情和憐憫，只有到那些台下觀看的人群中去尋找，在那高高的看台上，是不可能的。

剛才呼喊她的聲音發自德高望重的約翰・威爾遜牧師。這個波士頓年事最高的神職人員，和他那個時代許多的同事一樣，都是飽含學問又具有仁慈心腸的人。只是這種仁慈心腸並不像他們的學問一樣得到重視，因此難免顯得有點先天不足，對他來講，與其說這是一種值得稱讚的品性，不如說是他們身上的一種恥辱。

他站在那裏，帽沿下露出綹綹灰白的頭髮，那雙在昏暗的書齋中浸染出來的灰色眼睛，就像海絲特懷中的嬰兒眼睛一樣，在這明澈的陽光裏不由地忽閃著。他那樣子就像我們在《聖經》古卷上看到的黑色版刻肖像；然而，比起那些殖民地的真正統治者來說，他即使是有著這麼一張非常神似聖像般的臉，但在挺身而出，爲人類的罪惡和欲望做出宣判的事情上，他的權利明顯不足。

「海絲特・白蘭，」那牧師說道，「我已經同我身邊這位年輕的同事爭論過了，他作爲你的牧師，對你的品性比任何人都熟悉。」威爾遜先生把手放在身邊一個臉色蒼白的年輕人的肩頭，「所以，我很希望能夠勸說這位虔誠的年輕人，由他在上帝的面前，在這些賢明而正直的長官面前，在所有需要公正和明事理的大眾面前，聽從你的懺悔，把你邪惡而陰暗的罪孽挖掘出來。他比我們更了解你的心靈，因此非常清楚如何選擇循循善誘或威刑俱厲的方法來制服你靈魂中的頑固不化，讓你說出那引誘了你犯罪的人的名字。雖然這個才能出眾的年輕人可能仍有和同齡人一樣優柔寡斷的缺點，認爲在眾目睽睽之下，讓一個女人強行把自己心底的秘密揭露出來，過於殘忍強暴和不通人情，但作爲神職人員，我想他應該明白，罪惡的恥辱是在犯罪的時候，而不在坦白的時候，因此，我想再一次問一下，狄米斯戴爾兄弟，你考慮得怎麼樣了？到底是由我來聽從這個罪人的懺悔呢，還是由你來執行這項任務？」

陽台上的大人物們彼此一陣交頭接耳，然後貝靈漢總督出面表達了他們的意見，他說話的語氣如同宣佈政令一樣莊重威嚴，雖然對那年輕的牧師他很尊敬。

「尊敬的狄米斯戴爾牧師先生，」他說，「作爲這個女人的牧師，你應該對她的靈魂負有最大的責任。由你來規勸她悔過和招供，我想不僅是對她的幫助，而且也能證明你對拯救靈魂這一職務的忠誠。」

這番直白的規勸，把眾人的目光一下子都引到了狄米斯戴爾牧師的身上。這個畢業於英國某所著名大學的青年，帶著自己所有的才華和學識來到這個地方，靠著對宗教的無比熱誠很快在神職領域內名揚四海。他有一副頗具魅力的長相，白皙的額頭又高又寬，一雙褐色的大眼睛似乎充滿著悲憫，他的嘴唇除卻緊閉的時間，總是在微微地顫抖著，顯示出他極強的自制力卻又有神經敏感的特點。

這個人物，儘管他天賦學識極高，還有著堅定的信仰，但他的身上卻總是不由自主地流露出一種不可言說的慌恐神情，好像一個人在人生的道路上迷失了方向，不知道走到哪兒才是自己的正確選擇。他那種憂鬱的神色給他平添了一種魅力，使得人們對他既充滿了好奇，又無比敬仰。這個年輕人，總是在工作閒暇的時候到林陰道上去散步，這樣不僅能在獨處中做一次純潔無瑕的思想旅行，而且與大自然的親近使得他長久地保持了自己的純真和稚氣，這樣，人們都說他的思想就像朝露般晶瑩剔透，語言就像天使的聲音般動聽。

由威爾遜牧師和總督大人的公開介紹而引起大家矚目的正是這樣一個年輕人。正如我們前面說的，雖然這個人對那個犯了罪的女人抱著同情和憐憫的心情，認為在光天化日之下對著所有的市民來剖析一個女人靈魂中的秘密，太過於冷酷和不近人情，但現在他受到這種逼迫、被置於進退兩難的境地，除卻面色蒼白，雙唇不停地顫抖外，卻什麼也不能做。

「跟這個女人談談吧，我的兄弟，」威爾遜先生說。「這是她靈魂的關鍵時刻，引導她說出罪惡的人非你莫屬。而且，正如尊敬的總督大人所說，這也是你的職責所在，是對你靈魂的考驗，因此不要再猶豫了吧。」

狄米斯戴爾牧師聽著，慢慢地低下頭，像是在默默祈禱，然後擡起頭什麼也沒看便朝前走去。

「海絲特．白蘭，」他扶住欄杆把身子探出陽台，遠遠地凝視著她說道，「你已經聽到了這許多位善良而公正的好人所講的話了，現在該明白我肩上擔負著的是什麼重任了吧。我的責任讓我必須在這大庭廣眾之下要求你：說出那與你一同犯了罪的人吧——不，是引誘你犯了罪的人！只有這樣做，才能令你在塵世的罪惡得到拯救，而且，你的靈魂從此才能夠得到安息。不要再猶豫了，不要對他抱有錯誤的溫情和憐憫，他不值得你這樣做！再說，與其讓一個人終生都抱著對罪惡的悔恨和擔心暴露的恐懼，還不如讓他與你一起站在這個恥辱的地方懺悔和接受懲罰來得好受。也許他是個地處高位的人，也許他是個名聲極好的人，但這一切比起你承受的罪惡來又算得了什麼？不要再爲這樣一個不敢站出來與你一同受罪的懦夫而隱藏了吧，你這樣做，不是在拯救他，而是在強迫他——在罪孽之上再加上一層虛僞！上天已經給了你如此拯救自己罪惡的好機會，爲什麼還要緘默？大膽地站出來吧，說出你內心的邪惡和外在的罪惡，讓上帝來饒恕吧！」

青年牧師的話時斷時續，音調優美而沈著，感情充沛而內蘊。那話語，聽在所有在場觀眾的耳中，不禁激起他們心中最底層的崇敬和衝動，一致認爲這回海絲特．白蘭定會說出那罪人的姓名了；或者，那個犯了罪的男人，不管他現在的身分是貴是賤，也會被內心不可扼制的衝動驅策著登上絞架，接受眾人的審視。甚至就連海絲特懷中那可憐的嬰兒都像是受到了同樣的感染：她正轉動著純潔的視線盯向狄米斯戴爾，還舉起兩條小胳膊，發出似哭似笑的聲音。然而，一切都出乎意料，海絲特搖了搖頭。

「女人，你可不要忘記：對罪人，上帝的仁慈是有限度的！」威爾遜牧師聲色俱厲地嚷道，「就連你那個小小的嬰兒都聽到了上帝對你的呼喚，爲什麼你還要盲目固守！把那人的姓名說出來吧，懺悔自己的罪惡，你將由此得福取掉那個紅字。」

「我永遠不會說！」海絲特．白蘭回答說。她沒有看威爾遜先生，而是把目光直直地盯在正對面那高台上一個年輕人深沈而憂鬱的眼睛中。「這烙印烙得太深了，你永遠也不可能把它取下來，我甘願忍受我自己和他的雙重痛苦──願上帝給我力量！」

「不要說上帝，女人，他不會憐憫你的！」從絞架附近的人群中發出一個異常冷酷的聲音，「說出來吧，孩子應該有個父親！」那個聲音是如此熟悉，以至海絲特不由得面如灰土。但她沒有猶豫，還是很堅決地回敬了他，說：「我的孩子只有一個父親，就是那天國的天父。除此之外，再也沒有了！」說完，她把眼光又重新盯上前方。

狄米斯戴爾長歎一口氣，站直了身子。他本來是俯在欄杆上，用一隻手捂住心口，等待這個女人聽他規勸做出某種結果，這時聽到了另一種決定，他不由得把頭轉過來對著威爾遜牧師說：「她不肯說。這個女人不肯說！她的心胸真是太深廣了，性格剛硬而堅強。」

年長的牧師早就預料到了這種結果的存在，對此，他早有準備。面對那個執迷不悟的女人，面對著眾多觀眾，他開始長篇大論地闡述他那份對於人類罪惡及其懲罰的理論。他向人們縱述了一遍人間形形色色的罪過，並且時時提及那不光彩的紅字，還敍述了對這種罪惡，地獄之苦的勢在必行。

這樣，透過長達一個多小時的演講，人們似乎又對他們面前那個女人的罪惡有了一層新的認識，在對她的鄙視和指責中又加入了一種恐懼的成分，認爲那個紅字簡直就是地獄之火在熊熊燃燒的象徵，要把海絲特這個女人的身體燒成灰燼。

這時，海絲特·白蘭則始終帶著一種疲憊冷漠的神情，站在她的恥辱台上直視著前方。那天早晨，她忍受了人性所能忍受的一切，沒有憤怒，沒有害怕，也沒有像其他女人一樣以昏厥來逃避這場非人的苦難。

這個女人，有著其他人所沒有的性格和氣質，在她那封閉麻木的外殼下，藏著一顆堅強而充滿力量的心。因此，她選擇了對她的審判的漠視和充耳不聞，任憑那些貌似公正和賢明的人在那裏對她大呼小叫或循循善誘。只是，在她備受折磨的這段時間的最後，那懷裏的小東西開始不安分起來，不僅扭動著身體，還放聲大罵。海絲特下意識地想哄著孩子安靜下來，但誰都可以看出來，她的思想和感情此時並不在這個嬰兒身上。最後，威爾遜牧師終於結束了他的宗教和道德說教，海絲特又被人們相擁著帶回了牢房。

當她走進那釘滿鐵釘的監獄大門，消失在眾人面前後，有人說，他們看到一道血色的光芒投灑在監獄那黑漆漆的通路上。

第四章　相會

海絲特．白蘭回到牢房之後，便顯得神經亢奮難以自控，必須有人時刻看守著她，防止她自殺，或者對幼小的嬰兒作出狂亂的傷害。

天快黑了，看守們不再耐煩對她進行訓斥或者是恐嚇，因為這兩樣事情對她來說已經無濟於事，於是那個叫布萊克特的看守就向上面提出要請一個醫生來給她看看。依他所講，需要診治的，不僅是海絲特本人，連那孩子的情況也頗令人擔心。因為就像吮吸她母親的乳汁才能成長一樣，這個小嬰兒不可避免地也從那種肉體的接觸中承繼了她母親的精神心態，不安、煩躁、痛苦、絕望，海絲特．白蘭在白天中所受到的一切精神的折磨都生動地通過她那痙攣的小身體體現出來。

據布萊克特說，這樣的病情，不僅需要一個精通基督教各種醫術的醫生來診治，而且這個人還必須通曉各種野蠻人的草藥醫術，這樣才能有效地及時讓她們鎮靜下來。

這看守向上面推薦了一個人，得到同意後就帶他進了牢房。這個陌生的人不是別人，正是那個上午在人群中引起海絲特注意的人。

他那時正和一個印第安人在一起，而此時出現在這個牢房中倒也不是因為犯了什麼罪，而是就在這個地方的長官和印第安頭人們就他的贖身問題作出決定之前，這樣的安排對他來說是最好的。他自稱名叫羅傑・基靈歐斯。看守把他帶進牢房之後，還沒開口，就見海絲特突然間就那麼怔在那裏，然後就安靜地再也沒有出一聲。這情況簡直令所有看守都吃了一驚，甚至連海絲特懷中的那個小小嬰孩也像感受到了這種奇特的情況一樣，有那麼一瞬間竟然也停止了哭鬧，甚至連抽搐也停止了。

「朋友，請讓我和我的病人單獨待一會兒，」那醫生說，「相信我吧，好人，你的這間牢房很快就會安靜下來；而且，我還可以向你保證，白蘭太太將從此服從法律，不會再像原先一樣給大家添麻煩了。」

「嘿，那你真是妙手回春的名醫，」看守回答說，「我可要承認你真是手到病除了！這女人一直像被魔鬼附體一樣，我渾身解數都使出來了，就差沒用鞭子把撒旦從她身上趕走啦。」

陌生人帶著一股冷意平靜地走進牢房，看樣子倒真像是一位行業的醫生。看守走出去後，他沒有說什麼話，也沒有在臉上表現出一點不同，雖然我們已經知道他們之間一定存在某種不一般的關係。但這個人只是逕自走到海絲特面前站定，然後才向他面前的一大一小兩個人看去。

躺在床上的嬰兒又哭鬧起來，吵得他簡直不知該怎麼開口。於是，他只好先關心了孩子一會兒，然後，從他的懷裏掏出一個皮匣子，拿出一些大概是藥丸的東西來。他從中取出一粒放進一杯水裏攪了攪，然後說：

「憑我過去對煉金術的研究，再加上和那群精通草藥的土著生活在一起的經驗，我敢向你保證，我的醫術比那些科班出身的醫生還要高明。只是，聽我說，女人：這孩子是你自己的孩子，和我沒有一點關係，因此，她既不會把我這個替她診治的人當成是她的父親，我也就沒有必要親自給她餵藥。」

海絲特推開他遞過來的藥，滿是懷疑地緊緊盯著他的面孔。「你要把報復的手段用在這無辜的嬰兒身上了嗎？」她戒備地說。

「蠢女人！」醫生漠然地回答，「害死這個孽種對我有什麼好處？難道我的恥辱、你的罪惡就能如此一筆勾銷了嗎？給她喝下去就會好，即使是我的孩子在這裏——對，我的，我們的——那也沒有比這更好的藥了。」

女人仍然坐著不動，只是用狐疑的目光盯著他。看得出來，她已經失去了理智和判斷力，所以他只好自己抱過嬰兒，把藥餵到嬰兒口裏去。看來醫生說的話沒錯，這小東西很快就停止了呻吟，而且那折磨她的痙攣也逐漸停止了，過不了多久，她就像一般解除了痛苦的孩子一樣，漸漸地舒展身體進入了夢鄉。這時，醫生開始轉過身來為她的母親診療：他仔細地為她把脈，還檢查了她的眼睛——他注視的眼神本來是多麼熟悉啊，此時卻變得陌生而且冷酷，看得海絲特的心都在抽搐——最後，他檢查完畢，開始調另一劑藥。

「我不會配什麼忘憂的秘方，女人！」他說，「比起一顆純潔的良心來，這世上再沒有什麼更能令人心情平靜，身體舒暢的良藥了。不過，要說起那些令你心潮澎湃翻騰的情欲來，我卻有一些很好的東西可以讓它們平息，就像在狂風暴雨的海面上灑上聖油一樣，我這些良藥珍方正是它們的剋星。雖然這些東西只是由那些野蠻的印第安人發明出來的，但卻也花去了我許多的煉金術秘方，而且，對於你來說，它們是再合適不過了。喝下去吧，女人！」他把杯子端到海絲特面前。海絲特用懷疑和審視的目光看著他，接過藥又看了看睡在床上的孩子，然後說：「我想到過死，真的，如果上帝允許我這樣的罪人死去的話。我真希望他還能眷顧我，讓死神就躲在這杯子裏。想想吧，我就要離開這個世界了，你可還有什麼話要說嗎——看！杯子已經到我唇邊了。」

「那就喝下去吧！」他依舊冷酷地說道，「難道你真的不了解我，海絲特．白蘭？我是這樣一個好打發的人嗎？這世上還有什麼事更能比一個人的心靈遭受折磨還痛苦？我就是要讓你活著，一定要讓你活著！這是我的報復手段。」他說著，伸出手碰觸了那個紅字，海絲特的胸口立刻就像是有熱鐵烙了一下一樣，猛地往裏一縮。那人看到這種情況，不由得露出一種滿足而得意的笑容，說：「就這樣，海絲特．白蘭，非常好。我會讓你的身體解除病痛，不會太早地死去。我就是要讓你帶著這麼一個東西，在你曾經稱過他是你丈夫的人面前，在你這個不幸的小孩子面前，在你的心靈面前，活下去。看看犯罪的下場吧，女人，把這藥劑喝下去！」

海絲特．白蘭不再猶豫什麼，舉起杯子不假思索地一口把藥飲盡，然後，按照那個男人的示意，坐到孩子睡著的床上；而那男人則拉過房中唯一的一把椅子，坐到她的前邊來。對於這種安排，海絲特從心底感到一種不安。因爲如果可以說的話，剛剛這個男人對她施行的救治不過是出於他人道的品性，或者說是做人的原則罷了，現在，他這樣做則是要作爲一個蒙受了恥辱和受到傷害的人來對他的對手發號施令了。

「海絲特，」他說，「真枉費了我對你的一片良苦用心。我本來以爲憑著我把所有的大好時光都浪費在浩瀚的書房中，就可以獲得別人所沒有的知識和智慧，就能讓那些美麗年輕的姑娘們只看到我的聰明才智，而忽略掉我的缺陷，但現在看來，我真是大錯特錯了！海絲特．白蘭，我對你爲什麼或以何種方式墮入了深淵，或者寧可說，你怎麼會登上了恥辱的絞架台，完全不感興趣。我只爲自己的愚蠢而感到羞恥，這在我來說，真是枉擔了一個智者的聲名。唉，要是我真有那麼聰明的話，就早應該料到：在我走出那茫茫的森林，走進這片基督教的世界的時候，首先看到的就會是你——這個恥辱的象徵站在高台上。唉，我應該早就料到的，在我們一起走進那古老的結婚禮堂的那一刻，我就應該看到：在我們道路的盡頭正燃著一盆熊熊燃燒的紅色烈火！」

「不要再說了！」海絲特說，儘管她十分沮喪，但依舊無法忍受剛才在她的胸前所承受到的那種傷害。她不願面前這個人再說下去，於是就說：「你知道，我向來在你面前沒有掩飾過我的感情，現在，我再對你說一遍：我不愛你，永遠也不愛你！」

「我知道，海絲特．白蘭，那正是我的愚蠢所在！」他回答道，「我就像一個固執而又昏庸的老頭一樣，明知道這個世界是那麼冷漠無情，任我心胸是多麼寬廣，能容下別人所不能容忍的事，但這個世界卻不可能容下一個像我這樣的人。是的，我老了，性格陰沈，體格畸形，但這就必須注定我的孤獨淒涼，得不到一絲家庭的溫暖嗎？爲什麼別人都能有一個溫暖的爐子，我卻不能？海絲特，這並不公平！不過，自從我遇到你以後，我滿足了，你就是我的爐火，是我心靈最深處的期盼，我把你裝進心底，並因爲你帶給我的溫暖而來撫慰你！」

「是我對不起你，」海絲特訥訥地說。

「我們彼此都對不起，」他回答說。「是我先害了你，我把你含苞的青春同我這朽木強扭在一起，斷送了你最美好的時光。因此，作爲一個通情達理的人，我不打算報復你，也不會再傷害你，我們之間扯平了！不過，海絲特，那個引誘了你，坑害了我，使我們兩人都蒙羞的人還活著，他是誰？」

「不要問我！」海絲特．白蘭望著他的臉，「你永遠不會知道的！」

「永遠，你這麼說？」他說，臉上露出陰沈的笑意，口吻中帶著一種嘲諷，「不要那麼自信，海絲特！你永遠不會知道，對一個有心要揭密的人來說，這世上還沒有什麼事能瞞過他們的眼睛。無論是表面上的，還是思想深處的，除非這些事情沒有發生。海絲特，永遠不要寄望能把你所有的秘密封住！你可以對那些站在你面前對你刨根問底的人們隱藏秘密，也可以在那些牧師和官員們面前緊閉上口，儘管他們今天竭盡所能想把那人的名字從你心中榨出來，讓你們一齊示眾。但是，海絲特，你不知道，在我的心靈中有一種別人所沒有的武器，那就是心靈感應。我曾經在書本中努力探索過真理，還用各種各樣的煉金術提煉黃金，那些在實驗中得出來的方法足以讓我去找到那個人！因爲你，我和他之間一定會有一種共同的感應，這會讓我在他發抖顫動的一瞬間認出他來，他也能感覺到我看見他時那種不由自主的顫慄，海絲特，這就是我們之間的聯結，他早晚會落到我的手裏！」

那個滿臉皺紋的學者用一雙充滿了力量的眼睛死盯住海絲特．白蘭，在他面前，海絲特覺得心口好像有秘密馬上就要飛出來一樣，不由自主地把一雙手緊緊地捂住了胸口。

「還不想說出他的名字嗎，要知道，他是怎麼也逃不出我的手掌心的。」老人露出了得意的神情，似乎一切事情已在他的掌握中，「雖然他的衣服上不像你也帶上一個恥辱的標誌，但我能看到他的心底，就在那裏也烙著一個像這個紅字一樣的東西，不是嗎？你也許不相信，用不了多久，我就會讓他在我面前露出原形！不過，你也不必太爲他擔心，我不會越俎代庖去干涉上帝對他的懲罰的，也不會走到那些所謂的法官或牧師前去把這個人的名字舉報出來，世俗的法律對他來說太便宜了！你也不要猜想我會設法害了他的性命，我不會讓他償命，也不會詆毀他的名譽的。要我認爲，他一定是個頗有聲望的人，是嗎？那就讓他活著吧，一輩子都帶著一份恥辱和擔驚受怕的心活下去吧！海絲特，這就是我的報復！」

「你的言辭中帶著慈悲，」海絲特有些驚恐地喊道，「可你的慈悲下卻暗含著兇狠！」

「這就是我，海絲特，你早就應該明白這一點了！不過，明不明白這一點已經無關緊要了，既然你曾經是我的妻子，現在有一件事是你必須做的，」那學者繼續說，「你不是對你的姦夫很關心，始終不說出他的名字嗎？那你對你的丈夫也這樣做吧。不管在什麼人面前，不管在什麼情況下，都不要洩露我在這裏的秘密！不要說出我的名字，不要說出我們之間的關係，海絲特，你沒有選擇，必須替我保守秘密！我曾經在別的地方是個流浪漢，在這兒也沒有人認識我。但我卻要在這地球上最荒蕪的地方紮下帳篷，因爲在這裏有一個女人、一個男人，還有一個孩子，他們和我之間有一條不同一般的紐帶。不管是愛還是恨，也不管是對還是錯，海絲特．白蘭，你和你的一切，都是屬於我的，這毋庸置疑。你在哪兒，他在哪兒，我就在哪兒，可別妄想擺脫了我！」

「你爲什麼要這樣做呢？」海絲特不解地問，她也說不清自己心中怎麼會有一種難以言說的恐懼感覺。「你爲什麼不公開站出來表明自己的權利，把我拋棄掉呢？」

「可能是，」他答道，「因爲我不願意作爲一個蒙受了恥辱的男人而活在世上吧。也許還有別的原因。總之，能讓我的名字從這個世界上消失是我的心願，從今以後，你沒有丈夫，我沒有妻子，我們之間沒有一點關係。你要是在別人面前露出一點口風，或者讓他們懷疑到我，尤其是在那個男人面前，那你就小心點吧，海絲特．白蘭，小心地記著，他的名譽，或是他的地位，還有他的生命，都掌握在我的手中！」

「我會替你保密的，就像爲他保密一樣來爲你保密！」海絲特趕忙說。

「那就發誓！」他接著說。她於是起了誓。

「現在，白蘭太太，」老人說，「從今以後我就這樣稱呼你，而你要叫我羅傑．基靈歐斯先生。我不管你是病了還是好著，我和你之間沒有一點關係了！你活下去吧，跟你的紅字一起，還有那個黑暗中生養的嬰兒，怎麼樣，海絲特．白蘭？我希望你在睡覺時不要因爲佩帶著那枚標記就連做噩夢——這種安排不是判決的結果嗎？」

「你何必這樣嘲笑我？」海絲特．白蘭皺著眉頭費解地問，「你打算也做一個躲在森林裏的黑男人，不斷地出來騷擾我們嗎？你是不是已經把我引進你的圈套，從而證明我的靈魂已經墮落？」

「靈魂墮落？」老人重複了一句，然後微微一笑說，「不，不是你的！」

第五章　海絲特的女紅

海絲特．白蘭的官方監押期到了。在那個釘滿了粗大鐵釘的監牢大門打開一段時間後，一個女人的身影踏進了外面的陽光中。

對於海絲特．白蘭來說，在她那顆經受了無數次痛苦與折磨的心靈猛然間接受到外面陽光照耀的一剎那，她感覺到的不是一種溫暖與光明，而是一種胸前的標誌更加醒目更加清晰的痛楚。

這種痛苦，比起當初海絲特被人押著，在眾目睽睽之下走向看台、任由人責罵和唾棄時的痛苦更加厲害。因爲那時，還有一種異於尋常的精神緊張和她個性中所有的鬥志在支撐著她，那樣她才取得了一種微弱的勝利。但現在，這種鬥志已經在監牢中消磨殆盡，而且由於出獄的現實，她也沒有必要再時時都豎起自己全身的鋒刺。這樣，讓她感到了身體的疲勞和孱弱。而且，在海絲特的一生中，像那樣的事件也不可能再有，那不過是一次特別的、個別的、獨立事件罷了，她可以賭上一切代價、集中起她所有足以讓她消耗多年平靜生活的生命力，去度過那個時刻。但現在，她所要面對的卻是以後漫長的生活了。

法律這東西，既可以像一個面目威嚴的巨人一樣給人以懲罰和羞辱，也可以在特定的時間和場合下保護一個人度過難關，海絲特的情況就是這樣。想當初，她正是因爲依靠了法律的支撐，才熬過了那忍辱負重的可怕時刻，但現在，當她孑然一身走出監牢大門，面對重新開始的、日復一日的常規生活時，卻已經沒有了什麼是她可以依靠的，除了她自己堅強的毅力和生命中慣有的力量，否則就只有墮落或毀滅。她再也不能像以前一樣，集中精力對付一種困難了，從今以後，不管是今天，還是明天，或者是後天，她將日復一日地承受相同的痛苦了。

每天都有每天的考驗，不同的只是那難以言說的痛苦將一層比一層多。她一步一步地艱難行進在恥辱與罪惡的生活中，終生背負人們的唾棄與責罵，日復一日，年復一年，直到她將逐漸放棄她的個性，最終成爲傳教士和道學家經常引用的一種象徵性的形象。那時，他們會對著別人講述她的事情，藉以具體地說明女人的心態是多麼脆弱、罪惡的性欲在她們身上最易受引誘；他們會教育純潔的年輕人看著她——這個胸前佩戴著灼熱鮮明的紅字的女人，看著她是怎樣由一個純潔而有良好家庭的姑娘走上墮落的一步的；看著她將撫養一個不知人事的小女孩直到她成爲別人的妻子。這個原來純潔無辜的女人，現在正是一個罪惡的好榜樣、好典型，是肉體的罪惡和靈魂墮落的活教材。她的一生都將帶著那個恥辱的標誌度過，直到將來走向地下的時候，那豎在她枯墳墓上的唯一墓碑也將是那個恥辱。

這事說來也很奇怪：既然她的判決詞中並沒有限制她不得離開這塊清教徒居民區的條款，那麼在這片邊遠偏僻的土地之上，她還有什麼可留戀的呢？

她所面對的有兩條路，一條是走向外面，到那個曾經生養了她的自由國度去生活，或者是到其他任何一個遙遠的歐洲國家去，隱姓埋名，換一個身分，讓自己的生活從頭來過；她還可以有另一條選擇，就是走向這塊土地中唯一一塊不受當地法律約束的地方，也就是那片神秘莫測的茂密森林，在那兒都是一些放蕩不羈的人，按照她的大膽性格，完全有可能和他們融爲一體，和諧生活。但是實在出人意料，她竟然還是把這地方視作自己的家園；而恰恰在這裏，也只是在這裏，她才會成爲恥辱的典型。

不可否認，這世上確實有一種定數，有一種冥冥之中完全可以控制人的命運和感情的力量存在。它能強迫一個人在一個他並不喜歡的地方長久地生活下來，就像一個幽靈一樣，出沒於人們的不屑或指責中。還能讓這個人對這個地方生出百般的感情來，任是有什麼理由或重壓，也不可能迫使他離開這裏。

這個地方，對海絲特·白蘭來說，正是使她的生命染上濃墨重彩的一個地方。這裏發生了影響她一生的重大事件，而這事件的悲劇色彩又是如此凝重，她爲什麼不離開這裏呢？

我想，也許正是這種罪孽和恥辱，才愈是海絲特不能離開的原因吧。在這塊土地上，也許那些初涉此地的流浪者會感到一種格格不入，但對海絲特·白蘭來說，這種荒涼和野蠻卻正是她安度終生的庇佑地。這世界上其他地方，包括讓她度過幸福的童年和無憂的少女時期的英格蘭鄉村，都像是被換下很久的衣服，留給她的母親去保管了算了，只有這個地方，才真正是屬於她的地方，是她自己的地方。其他那些只能算是異地他鄉，永遠也不可能有能把她羈絆住的強大鐵鏈。

在海絲特做出決定要待在這個地方的時候，我想，還有另一個原因，就是她心底那份深深的感情。儘管她每一次想起那曾經讓她墮落並遭受痛苦的感情，就會臉色發白，全身顫抖，但不可否認，這個地方確確實實有那麼一個人，在那條小徑上曾經把腳印和氣息留下，而且海絲特相信，就在那裏，她已經和他合而爲一。這種事情把她滯留在了這裏，並讓她時時相信，就在將來的那個審判日，他和她一定會變法庭爲婚姻禮堂，共同對著命運的主宰者承諾，以後將一起來承擔所有的懲罰和報應。

這個念頭不停地跑進海絲特的腦海，在極盡所能地讓她幻想了一番之後，又快速離她而去，讓她感受到現實的折磨與嘲弄。因此，海絲特簡直要在難以忍受中發瘋。最後，她終於不得不承認，這留下她在這裏繼續生活和受辱的原因，其實一半是感情，一半卻是自我欺騙。那種幻想的情況既然不可能實現，最後海絲特只能這樣對自己說：既然這個地方是我犯下罪惡的地方，那麼我的贖罪便也應該在這個地方實行。

這樣，也許她的虔誠的殉教還可以給她爭得一個將來的純潔與神聖的靈魂。不管怎麼說，海絲特．白蘭沒有離開這裏。在小鎮的郊區地帶，臨近半島的邊緣地，有一間遠離人群的小茅屋成爲她的避身之所。

這茅屋由於它附近的土地過於貧瘠，不適合耕種，而且它離城鎮太遠，隔離了當時早已成爲移民生活重要一部分的社交活動，因此，最初將它建立起的一個早期的移民者便將它遺棄在了這裏。這座茅屋靠著海岸，隔著一道海灣與西邊一座樹木蔥郁的小山丘相照映。這半島上只長著一種樹木，而且孤零零地只有那麼矮矮小小的一叢，這對於來到這裏的新主人來說，不但不能遮掩住她的住所，反而因爲它的孤立而使得這個小屋更加明顯，這就爲這個地方平添了一種神秘和陰晦的色彩。

鎮上的小孩子們常常偷偷地來到這裏，透過籬笆觀看裏面的那個女人。看她是如何帶著一個小小的女孩，在一點微薄的家資下生活——這家資是她得到那個看管她的長官的同意從原來的地方帶來。小孩子們有時看到她在房屋中獨坐做活，就是那種在當時當地女人們唯一會做的、也是最擅長的女紅活；有時看到她在園子中澆種一些花草，或者，他們也有幾次看到她站在門柱旁遠望，或是從那條通往城鎮的小路上緩緩走來。

不管怎麼說，這個女人的一舉一動都令他們好奇，當然並不真正是她的那些行爲令他們不解，而是這個女人的處境：她爲什麼要孤獨地住在這個荒僻的地方呢？爲什麼她的胸前會戴著一個鮮豔的紅字呢？每當小孩子們看到他們偷覷的目光被發現時不會害怕，但當他們一看到那個鮮豔的標誌時，卻會快步跑開。

儘管海絲特離群索居，世上沒有任何朋友敢與她往來，然而她卻從沒有感到過生活拮据。這倒不是靠了她那份家財，而是因爲她有一門絕妙的手藝，哪怕是在這窮壤僻鄉、無法盡展她本領的地方，也還是足夠引起人們的關注，維持了她的生計和日益見長的嬰兒需要。她這手藝就是女人們都會做的活計，是我們前面說過的那個地方女人們唯一會做的事情。

那手藝通過她胸前佩戴著的刺繡精細、富有創意的紅字充分地體現了出來，雖然她本人並不是個讓人喜歡的人，但這一手藝卻使得那些貴婦鄉女們都不得不對她另眼相看。幾乎所有的女人，包括那些法官的妻子，都希望能利用她的技藝，在自己的夾金飾銀的織物上再添加一些人工的精妙裝扮。

確實，這種手藝所表現出來的美，在那個崇尚清貧與儉樸的清教徒時代完全是種空缺——那時，人們的穿著總是普遍的深黑色調和簡單裝飾。但是，由於我們一開始就說到的那種罪惡，海絲特那些精巧美妙的針線活在一開始卻並沒有得到很多人的光顧。不過，時間總會改變一切的，我們那些嚴肅的祖先們在舊時代所制定出來的一些莊嚴的規定，例如聖職授受、官吏就職等等，總是會隨著時尚對精美製品的需求日益增加而逐漸改變。

就像前面所說的兩項事情，在殖民政權剛剛作出決定的時候，是要求嚴肅執行的，要有莊重而有序的儀式，比如高聳到頸部的環形的皺領、悉心編織的精美飾帶和精心刺繡的華麗手套等等，要給人一種陰森而又故弄玄虛的榮耀。但到後來，許多移民愈來愈有錢有權，他們逐漸摒棄了法律對老百姓不准效仿這種鋪張的規定，開始變得追求舒適與富華起來。於是海絲特的東西就逐漸成了人們所喜愛的東西。

在那些節日宴慶的場合中，在喪葬的典禮中，到處都留下了海絲特．白蘭絕妙技藝的影子。她可在那些活著的，或諸如死者的裝裹，或喪家致哀用的黑喪服和白袍子上繡上各種象徵性的圖案，來發揮自己的高超技藝和豐富的想像力。就連嬰兒的衣服——那時穿的一種袍服——都給她提供了賺錢養家的機會。

沒多久，海絲特．白蘭做的針線活就逐漸成了現在人們叫做時尚的那種東西了。也許是對這位不幸女人的憐憫；也許是對一個不普通的人做出來的任何事情都被認爲是不普通的一種普通心理；也許是因爲她確實有著別人所沒有的東西，這種東西擁有的人愈少，人們愈是渴望得到；又也許是因爲海絲特的手工的確是推陳出新，填補了原先的空白。

總之，無論是什麼樣原因，央求她做針線活的人愈來愈多。人們源源不斷地上她的地方來請她爲他們服務，只要她樂意，想要多少生意就會有多少生意。而那些有著強烈虛榮心的人，又總是會故意穿戴著由她那雙有罪的手縫製的服裝出現一些莊重堂皇的場合，於是就在總督的皺領上、軍人的綬帶上、牧師的領結上，嬰兒的小帽上，甚至在會逐漸霉爛掉的死人封閉的棺木中都出現了海絲特．白蘭的手藝活。

但是，親愛的讀者們，我們千萬不要被一種假像迷惑我們的雙眼啊，認爲她從此就可過上平和幸福的生活。其實，在早期這塊清教徒的殖民地上，從來沒有一個時刻人們會忘記這個人的罪惡。打開海絲特售賣針線織物的記錄本中，我們就可發現在那些物件中，從沒有一個人求她爲新娘的白色遮蓋紗來繡點東西，這就說明這社會對她罪孽的痛恨已經根深蒂固。

除了維持生計外，海絲特對生活別無所求；她自己過著最艱苦樸素的生活，穿著粗布的、顏色晦暗的衣服，唯一的裝飾就是那個鮮豔的紅字——這對她來說非戴不可。但她對孩子的衣食卻不吝於花費心思。她爲她設計並製作了最富有想像力，並能充分體現出孩子高貴的衣服，這不但使她的孩子從小顯示出了她那種天然的美和魅力，而且，看起來，好像海絲特在裝扮她的時候，還傾注了一種她自己特有的思想和感情在內。

除了在自己的孩子身上花費一點外，海絲特把她所有剩下的積蓄都用在了救濟他人身上，盡管那些人的生活並不比她不幸，甚至有些忘恩負義的人還時常前腳受恩惠，後腳就對她橫加侮辱，但她從來沒有放棄這種行爲。她替窮人縫製粗布衣服，花費大量的時間，如果把它們都用在提高自己的手藝上，我想，她的生活一定會更寬裕許多。但在海絲特的腦海中，總是有一種源於懺悔的念頭在驅使著她，好像不這樣做，就不足以表明她的罪責和贖清她的罪。

男人們永遠不會知道做手工活對女人們來說有多麼重要，尤其是這樣一個孤獨而懷有深深痛苦的女人，那簡直就是她生活中唯一的情趣和快樂。在海絲特身上，天生就有一種東方女人的豐腴、高雅的審美情趣和追求富足和奢華的情調，但這一點，在現在的海絲特看來卻常常又成爲了另一種罪惡而受到她的壓制。因爲在她看來，這勞動中的樂趣，就和其他樂趣一樣，對她這種女人來說，都是一種罪過。她把良心和一些無關緊要的事情緊緊地聯繫在了一起，這種病態的心理，與其說是表明了她悔恨的心有多麼虔誠和堅定，倒不如說是受了一些其他荒謬思想的誘導。

透過這種方式，海絲特．白蘭在這塊殖民地上給自己創造了一個席位。雖然人們給她佩戴上了一個代表恥辱和罪惡的標誌——這標誌比起烙在該隱額上的印記還要更讓人難以忍受——但是她頑強的性格、出眾的才能，和那種高雅的脫俗氣質卻決定了這個社會並不能徹底地把她摒棄在外。

不過，在海絲特的世界裏，仍然只有孤獨和悲哀。因爲每當她與人接觸時，都能感受到一種不同尋常的隔閡。無論是那些人的言語行動、笑臉禮貌，甚至是他們的緘默，彷彿包融在一種特殊的氛圍中，那種感覺明顯的在告訴海絲特，無論她怎麼努力，這個社會已不屬於她，她在這裏就像一個有著怪異器官或其他不同於人類特徵的外來物。這讓海絲特時時都在心裏感受到一種針刺般的痛。

有時候，她想以一種超然的心態來對待這周遭的一切，但那些東西就在咫尺，她不能視而不見。但她的關心，哪怕只是流露出一點點注意的表情，卻都只會引起別人的恐懼與厭惡。這就像一個重歸故宅的幽靈一樣，明明看到別人都在笑或哭，但它卻既不能去觸摸這些活生生、實實在在的東西，也不能去同喜共憂地感受它。事實上，她留給人們的好像除了她這點手藝外，就只有那些最不可理解的罪行與最辛辣的嘲諷了。

在那個時代，人們的感情還談不上細膩或受人重視，但就是這樣，人們還是會找到她心靈深處最脆弱的地方，然後在那地方就像有了傷口再撒一把鹽一樣，給予最兇狠的攻擊。這種情況尤其是出在那些女人身上，如前所述，她由於接受活計的需要，經常不得不出入一些鎮上的家庭，那些女人們就在一邊請求她爲她們效勞的同時，一邊揀出那些最具有殺傷力的言辭，或熱嘲或冷諷，或指桑罵槐或直截了當地對她予以攻擊。甚至那些接受她施捨的窮人們也不放過任何有可能使她受辱的機會。這一切，對海絲特來說，真是比毒藥或鞭打還要有效。不過，在她長期接受了如此的鍛煉之後，心靈倒也磨練得比她想像中的還要堅強。它們可以化作難以下咽的苦水被海絲特吞進肚去，但在表情上，除了有一絲說不清是憤怒還是悔恨的紅暈外，別人倒也看不到她對此還有些什麼反應。

海絲特真正稱得上是一個殉道者，她不容許自己對上帝給予的報應有任何反抗，或在心裏面詛咒她們，但在晚禱的時候，她卻絕不允許自己去爲那些傷害了自己的敵人祈禱或祝福，這可說正是她性格中的堅強與叛逆的表現。

狡猾而冷酷的清教徒法庭確實對她做下了最好的安排，能令她每一時每一刻、每一處每一地都感受到一種來自不同人們、不同地方的永不可能消失的恥痛。

那些懲罰她的思想已經牢牢地植進了每個人的心裏，每當她走在街上，迎面遇到一位牧師，他總要把她叫住然後用貌似聖潔的話對她訓誡一番。這樣，就會引來幾十雙眼睛的圍觀，和竊竊私語的譏諷嘲笑。

有時，她懷著一顆虔誠的心去到教堂裏，希望從那裏也能分享到一點點天上慈祥的父憐憫的微笑，但實際上，在那肅穆的地方，她常常發現自己才是真正的講道內容。她漸漸的遠離了人群，甚至對小孩子都有了一種害怕的心態。因爲每當她走到一些有孩子的地方，他們總是會不由自主地躲避她，給她讓道，然後再在她的背後喊叫一些讓人痛苦的話。她知道這些話對這些孩子們來說，並沒有什麼真正明確的意義，但正是這種方式卻真切地在她眼前擺出了一個事實，就是她的罪惡已經遍及這世界的方方面面、角角落落，夏天的微風看見她，會說一些悄悄的譏諷話，冬天的勁風遇上她，會狂亂地給她以指責，就是那沒有人的森林裏，好像都有樹葉在沙沙地流傳著她的醜事。

這些事情加諸在一起，讓海絲特這個孤獨的女人總是不由自主地想要躲進自己的屋裏，尤其是當鎮上來了陌生人的時候，他們注視她胸前那鮮豔的紅字就好像注視一個天下最大的怪物一樣，說不出來是一種怎麼樣的好奇以及聽到人們解釋後的了然。

那些鎮上的人對她的事情已經不再奇怪，包括她有時走出來，有時到一些人家裏去接活，愈是那種漠然和平靜的眼神，卻愈讓海絲特覺得無地自容，恨不得立刻從那些地方跑開。不過，海絲特最終也沒有什麼激烈的舉動，更沒有用手去捂上胸前的那個標誌，雖然她每一次都有這種衝動。她的強大克制力造成了她在人們面前雖然謙卑卻我行我素的形象，她情願讓自己那些傷痛變成硬疤深深地盤結在自己心上，也不願意在別人面前表露出一點特別的痕跡來。

但也有時候，也許是幾天，也許是幾個月，總有那麼一次，她會感到有一雙眼睛——一雙不同於一般的眼睛在注視著她，注視著那個代表了恥辱的標記。這個人的眼睛不像別的目光一樣，給予她刺痛，卻在她的心靈上造成了片刻的清涼與寬慰，好像已經告訴她正有一個人一同和她分擔這份痛苦。片刻之後，現實又回到了海絲特的面前，這比以前沒有得到這份注視時更令她難以忍受，因爲她明白在這短暫的相遇中，她又重新犯了罪。

難道海絲特是一個人犯下這罪過的嗎？獨特、寂寥而痛苦的生活折磨，已經在一定程度上影響了她的精神狀態，倘若她精神上再怯懦些，心理上再脆弱些，這種影響將會不堪設想。但就是那些還堪稱可以忍受的影響，卻已在悄悄地改變著她的人生，尤其是她的信仰。每當她在這個與她只在表面上保持著細微聯繫的狹窄空間中孤獨地踱來踱去時，總有一種奇特的感覺會不時地湧上海絲特的心頭——假使這種幻覺完全是出於一些不可捉摸的偶然，那麼經過幾次以後，這些引起偶然的條件就足以使得人們注意它了。

在海絲特的信仰中，愈來愈有一種完全相反的東西在滋生，就像在那紅字下面，正隱藏著一種她以前從來沒有過的能力一樣，這能讓她完全從另一個方面去認清這個世界的本質。有時候，她面對的是一個素來有名聲的德高望重的老者，正在用他聖潔的話對她訓誡，但透過那種隱藏在紅字下面的能力，海絲特卻從他們身上感受到了一種同這個紅字具有相同品性的東西，這個時候她就會覺得心靈好一陣悸動，不由自主地問自己說：「這到底是有什麼魔鬼在作怪？」

有時候，她面對的是一個冰清玉潔的好婦人，她的品性在鎮上有口皆碑，但即使是那人正在拋出對海絲特的一絲不屑之瞥，海絲特卻穿過她的靈魂好像看到了一種與她相同的感情。這可是貞潔與罪惡的對照啊，它們之間會有什麼相同之處呢？有的時候，海絲特會爲眼前的一個人感到一種觸電般的震驚，彷彿心中正有一個聲音在對她說：「看，這就是你的同伴！」但當她擡眼看時，卻只有一個少女羞怯的目光剛剛從她胸前滑過，好像就這麼一次短暫的接觸已經玷污了她的雙眼一樣，那微微的紅暈中透出一種冰冷。

這是一種什麼樣的精神變質啊，可惡的紅字之神！你幾乎把海絲特原先對這個世界所有的敬仰和尊重全都從心底裏拔除，要知道，這可是罪惡最極端的表現。不過，總算在海絲特的心裏還有另外一種認識，就是無論如何，這個世界上再也沒有比她罪孽更深重的人了——這讓我們可以得出一個結論：在清教徒的清規戒律和冷酷信仰中，海絲特還沒有完全墮落。

在那個古老而鬱悶的年代裏，人們總是要對任何一樁出乎他們意料和想像力的事情抱以最熱情的關注，他們不僅在一些莫須有的事情上塗上一層神秘莫測的色彩，而且還會編成一個個故事以便於他們茶後飯餘之際有所事事。

因此，他們也爲這個紅字編撰了一份駭人聽聞的傳說，說那個女人胸前的標誌不僅是人類染缸中染出來的產品，更是經過地獄之火煉燒出來的，因此它不僅能代表一個人的罪惡和恥辱，還能在夜間她出來走動時發出耀眼的紅光，如此，人們就能在夜裏也記住這樣一個罪惡的人和罪惡的事了。

不可否認，無論我們現代人對這些奇思異想是怎樣的不屑一顧、嗤之以鼻，這樣的流傳中所包含的真理，總是要比我們願意聽到的真理多得多。

第六章　珠兒

到現在，我們幾乎還沒有提起過那個小嬰兒呢。那個可愛的小東西是誕生於一次無人能預料或改變的天意中，是在一次罪惡的情欲之花綻放時結出來的嬌柔而又永不會隕落的果實。

她的誕生與成長，她的日見美麗與妖媚的容顏，她稚嫩的小臉蛋上閃耀起的聰慧之光，都讓那個唯一站在她身邊的無助的婦人感到萬分神奇！哦，珠兒！海絲特這麼叫她，不是因爲她生來就具有珍珠那般的素潔、淨白和柔和的光澤——這從她母親的血液中是無論如何也不可能流傳下來的——而是這個孤獨的婦人感到在這個世界上，這才是她唯一的、最珍貴的財富，是她付出一切生命與靈魂的代價才得來的。這個名字，「珠兒」，代表了一種珍貴的價值和不可替代的地位。

確實，上帝對人的安排總是那麼奇妙！它用一個並不光彩的字母來表明一個女人的罪惡和恥辱，讓她一生都擁有著這個東西所帶來的超乎想像性的災難和痛苦，並讓所有人都遠離她，除非是那些與她有著同樣罪孽的人，否則沒有人會給予她理解和同情；但就是在最嚴重懲罰的極致之處，上帝卻又賜給了她一個可愛的小生命，讓她在那不光彩的懷抱中成長，成爲聯結她母親和人類以及人類後代的永恒的紐帶，最後還讓這個靈魂進入天國接受祝福，這是多麼不可思議啊！

然而，這些想法給海絲特．白蘭帶來的往往不是歡愉和希望，而是更多的憂傷和擔心。她知道自己曾經有過不可饒恕的罪孽，這讓她不會有好的結果，她的性格和既成的事實讓她已經決定要獨力地承擔起這一切，但現在卻又多了一個額外的小東西——這是她生命的延續啊！每天的每一時刻，每一個地方，海絲特都仔細地觀察著這個孩子，希望能從她的身上不要表現出一些與她自己的罪孽特徵相一致的東西，比如狂放叛逆的性格或一些明顯能讓人懷疑的面部體型特徵等。

當然，孩子本身並無缺陷，無論是在生理上，還是智力上。她有著完美的體形，旺盛的精力，靈活結實的四肢，再配上那一副天生的好容貌，真讓人懷疑這是不是伊甸園裏才會誕生出來的天之驕子，上帝的寵兒。也許她是我們的祖先離開那兒時唯一留下來的痕跡吧，他們把她當作獻祭奉獻給上帝。

這孩子身上有一種天生的優雅與高貴氣質，這是其他無論容貌有多麼美麗的孩子都很少擁有的特徵；她的美麗華貴的衣服也不是這種特徵的前提條件，雖然她的母親總是抱著一種讓人覺得不可理喻的心理，把她的衣服做成這鎮上最好、最時髦、最高雅的樣子，並且用的是最好的布料，但這一切並沒有給她帶來本質性的變化，反而正是因爲有了珠兒這個人，它們才越發顯得漂亮起來。

不管什麼樣的衣服，穿在珠兒身上總會讓人覺得適宜，好像這衣服只有珠兒才能穿一樣，如果把它們披在任何一個其他孩子的身上，都不會有這種完美的和諧感和獨特感。而有時候，即使珠兒在玩一些孩子們特有的粗野遊戲之後，把臉弄髒、衣服弄破，也不能掩飾住她身上那種獨特的活力和生機。就像一朵生在懸崖危處的美麗花朵一樣，既有高貴的讓人矚目的品質，又有爭奇鬥豔的濃郁芳香，或者說她就像一個聚集了無數燈光的大光環一樣，擁有一種經久不息、蓬蓬勃勃的熱情和無窮無盡的變化魅力，終使得她所居住的那個昏暗的小茅屋時時都籠罩在一種光輝之中。

這一切，全都是小珠兒這個人的個性所造成的，她的一切就是這茅屋以及茅屋裏居住的人的一切，如果稍稍有什麼變化，比如顏色上暗淡了一些，或者熱情上消褪了一些，那麼這個小天地就會迅速變樣，茅屋不再是茅屋，天使不再是天使。

不過，外表的多變性並不能完全地體現出這個靈魂深處的全部特性。也許，在她那活力熱情的外化下，還有一種更深沈和叛逆的東西——這由她從來沒有循規蹈矩地安分一會兒就可以看出。

不知道是這個生命對世事的規矩和懲罰還沒有完全弄明白，還是不適應，總之她的天性中總是有著一種不同於常人的特徵。就像她的誕生本身就是一種罪惡的結果，是違背了天倫法則的一種懲罰一樣，她的這種生命的組合元素也是不同於別人的。

也許這種組合是美麗無雙的，但是排序卻毫無章法；或許它原本也有它獨特的排序，但是實在看不出或者根本無法看出它排序和變化的要點和根據。海絲特只能憑靠著對當時孕育珠兒那一刻回憶來推斷這孩子的性格。

不過，即使她做出了極大的努力，這種記憶的結果也還是朦朦朧朧，模棱兩可，並且十分不完整。那將這個道德社會的所有點滴和光環都輸傳給腹中胎兒的媒介，本來就是這個女人歡愉興奮時的一種激情，不管它多麼光彩照人，多麼潔白明澈，總是免不了要沾染上一些或紅或黃的雜質、強烈刺眼的光輝或陰暗漆黑的昏影以及跳動不安的斑影。還有最後一點就是，海絲特那不容忽視的倔強與頑強的精神也在那時永恒地注入了珠兒的身體。無論是狂野、叛逆，還是失望之後極端的絕望情緒，都在她身上得到了鮮明的體現。執拗的脾氣，任性的性格，甚至還有很長一段時間裏籠罩了她心靈的那種悒鬱和沮喪的愁雲，也都一無遺漏地進駐了這小小的身體，並且隨著她的逐漸成長，這種小小的端倪也會長大成形，最後在她未來的日子裏起到興風作浪的結果。

那時，有一種很嚴厲的教育理念，認爲對小孩子不僅可以大聲斥罵、橫眉冷對或者戒尺抽打，而且還可以對他們施行其他一些更嚴厲的教訓方法——這些都是《聖經》中允許使用的——認爲這樣不僅可以作爲對錯誤言行的懲罰，而且還是培養小孩子品德的絕好舉措。但海絲特並沒有如此做。

一方面是因爲海絲特並沒有能力去做到這些。她認爲對於一對相依爲命、彼此依靠的孤兒寡母來說，過分的要求總是不合情理。自己已經享盡了失足的不幸和懲罰的痛苦，爲什麼還要讓孩子也嘗受這種缺乏人情味與慈愛的管教呢？所以她早早就下決心要在孩子身上施行一種既得體又不失關愛的教育方法。

但是，事情總是出人意料，雖然她的笑臉相勸或厲聲責罵也發生過影響，但重複過幾次後，這一切就再也不生效。這時，她只有遠遠地靜默在一邊，忍著怒火任由珠兒做她想做的事情。

當然，對一個小孩子來說，並不是所有的體罰或管束都無效，只要是他們有的時候心情好，極願意容忍別人對他們的嘮叨或管制，那麼事情還不至於壞到哪裏，但這種情況通常只能看孩子的心理和情緒怎麼樣，對一個大人來說，尤其是對海絲特這樣的人來說，完全沒有決定權。所以，有時候當海絲特把強制命令、以理相勸，甚至哀求等方法都用完時，她就感到一籌莫展，束手無策了。

珠兒的這種特性，在她還是一個小嬰孩的時候，母親就已經有所了解，就像一個小精靈一樣，她那種特殊的神情中總是閃爍著智慧的光芒，又讓人百般不解，它堅韌不屈，有時又冷酷殘暴，尤其是偶然間迸發出來的那種狂放不羈的熱情和神態，直讓海絲特不斷地問自己：這到底是一個俗世中實實在在的嬰孩呢，還是一個虛無飄渺的神秘精靈？

很多次看著珠兒在園子中或樹林旁玩——那種玩充滿了孩子式的奇思異想，海絲特總會有一種特別的感覺，認爲這個小精靈就像一道隨心所欲的光亮一樣，在心滿意足之後就會一笑了之快樂地飛上天空了。於是，她就會猛然跑過去，一把抓住孩子的肩膀，把她緊緊地摟到懷裏，拚命地以親吻來感受她的真實，感受她並沒有不辭而別。但這時，從那懷中傳出來的那陣陣咯咯的笑聲，卻又讓海絲特覺得更加迷惑和不解。讓海絲特傾盡所有、花費了巨額代價才得到的珠兒，是她唯一的財富，也是她的一切。因此，她對這種時常會介入自己和孩子之間的讓人不解的情緒，總是感到痛心不已，卻又沮喪無力。

有時候，她不由自主地流下了眼淚，而此時那個在她眼中是小精靈化身的珠兒則會做出許多讓人不可思議的行爲來——因爲沒有人能了解精靈的心態，所以她有時會緊皺著眉頭，使勁攢起那小小的拳頭，用一種法官才會有的冷酷神情裝扮小臉——天知道，這神情與她的年齡與稚嫩小臉有多麼不相稱——這好像是想讓人知道她有多麼地不近人情，又像是要表達她對這種情況的不滿情緒；有時，這小精靈也會一反常態地咯咯大笑起來，一次比一次響亮，笑盡對人間世事的譏諷和不屑，好像她自己真是個不食人間煙火、對人類的感情毫無知覺的小精靈。只有在少數時候——這種時候誰也不能預料——她也會表現出一種深沈而激烈的感情來，全身顫抖著，用悲泣的聲音斷斷續續地說出一些她能想到的安慰人的話語，好像不這樣就不能證明她纖小的身軀裏也有一顆愛心一樣。對這樣的時刻，海絲特從來沒有想過要把握住，因爲它不僅來得匆匆，去得也飛快，突然間就像一個受到召喚的精靈一樣，頓時消失得無影無蹤。

這位母親不停地思考這樣的事，覺得自己一定是個不負責任的巫師，雖然能把這個小東西創造出來，卻因爲並沒有按規矩行事，所以沒有掌握到控制她的咒語。只有一種情況下，這位母親才真正地感到安慰和幸福，那就是在小珠兒入睡以後。看著那張安靜平和的小臉蛋，海絲特這才感到了一種存在的真實性和完全被依靠的微妙幸福感。但這種時候總是太過短暫，只有那麼一剎那，孩子的眼睛就又會睜開，那狡黠而又倔強的神色又開始顯現。

是的，時間太快了，簡直讓人驚奇！母親臉上還常掛著哄弄的微笑和絮絮叨叨相勸的言語，不覺間面前的小嬰孩已經長到了需要進入社會的階段。要是能從那高聲叫嚷的童聲中辨別出珠兒那黃鸝似的咯咯笑聲，或者在一群嬉笑玩耍的孩子中看到那熟悉而嬌美的身影，那該多麼美妙多麼幸福啊！但這對海絲特母女倆來說，不過是癡心妄想罷了。珠兒從一出生，便已被注定是這個世界的小棄嬰。她是罪惡的象徵和結晶，是帶有神秘和邪惡氣息的小妖精，因此沒有權力進入那些受過洗的小孩子的世界裏。

不過，這孩子的反應更令人不可理解，就像她生來就懂得並且自願接受了這與一般嬰孩不同的孤獨處境一樣，在她的周圍，她也似乎正在建造一條與人相隔的鴻溝。

簡單地說，就是珠兒對海絲特和她在這個鎮上的特殊地位從來沒有疑問過，也沒有反抗或不滿的情緒。從她一出生，就跟隨母親到過很多地方，有第一次見太陽的刑台上，有稍大一點後被抱著到街市上，還有會走路後，拉著母親的手到鎮上去。有時，她會站在一戶富人家的大門外悄悄地向裏張望，看著那裏面的一群小孩子玩著各種清教徒教規裏所允許了的、又是他們最擅長的奇怪的遊戲，比如假裝去教堂做禮拜、拷問審詢異教派教徒、與印第安人打仗和拚鬥，或者扮作一個奇形怪裝的老巫師來互相嚇唬。這時，她看得是那麼專注，卻絲毫也沒有想要參與進去，或與那裏面的人們交朋友的欲望。有時，一些好奇不懂事的小孩也會來找她搭訕，但珠兒總是甩甩肩膀不予理睬地走開。有時，一些惡毒的小孩會把她圍在中間，對她大聲說一些聽不懂但絕不是好事的話語，這時，被惹怒的珠兒就會氣急敗壞地撿起身邊一切能夠撿起的東西向他們扔出，並且發出一種比他們的聲音還要大的叫聲回敬過去，那聲音就像一個巫師正在施咒一樣，含混不清卻又極盡惡毒之意，即使是聽在海絲特的耳中，也令她感到一種恐懼和不安。

實際上，在這個世界上最苛刻、最不能容下人的就是這些小清教徒們，他們從父母的教導那裏知道了這對母女的特殊身分，又從她們那種自覺的孤獨生活裏感受到了一種不同於常人的東西，因此他們就毫不懷疑地認爲她們並不是這個世界真正需要的人，由此總是極盡所能地抓住一切機會，用粗話或惡毒的眼神，或扔石子等行爲來污辱她們、刺痛她們。對這種普遍的情緒，珠兒的反應明顯要比她的母親激烈許多。

她用一個孩子心中所能激起的所有最刻毒的瘋狂和仇恨來回擊他們，而這在她的母親看來，無疑是一種極大的安慰，因爲她這樣的大發脾氣，起碼是一種真實情緒的流露，而且這種可以感知的真誠，總比那常讓她的母親感到傷心和沮喪的狂野和任性要好得多。

不過，海絲特從來沒有爲這種天生的維護感而感到慶幸或自豪，相反，她還常常從這些行爲中發現另一些讓人擔心的東西，就是那在自己身上曾經出現過的、並已成爲了現實的罪惡陰影。這些爆發出來的一切仇恨和叛逆，好像都是珠兒順理成章地從她母親的血液和精神中承襲下來的。那在她出生前就已經存在了的不安、陰鬱和不顧一切的放縱等等情緒，在經過她的形成與沈澱以後，好像完全移植到了她的血液和精神中，直到她降生於地，終於演變爲這小生命的天性。

只是在孩子逐漸成長的過程中，這種不可理喻的悲劇性格慢慢地被她母親的那種溫柔與慈愛感染而消褪了許多，或者說只是暫時被壓制了下來。

這種天然的對自我處境的認知和適應感，使得小珠兒在童年的生活中完全創造了一個封閉活動的天地。無論是在家裏還是在茅屋外，她從沒有想到要結交一個朋友甚至許多朋友，就像其他小孩子一樣。她那種天資聰穎的活力中迸發出無窮的想像力和創造力，使得即使是一小塊破布片、一個小棍子、一朵鮮花，甚至一根草都成了小珠兒的玩具。

她可以不對這些小玩意進行任何加工，僅憑著她變幻飛揚的想像便使它們成爲演繹戲劇的道具，比如那些風中搖擺的沙沙有聲的古老松樹，她把它們活脫脫地當成了清教徒的長者或訓道者，先予以假裝的聆聽或尊敬，然後就是咯咯聲中的嘲諷；而園中那些醜陋雜亂的野草她把它們看作是那些松樹的子孫，珠兒用她有力的小腳毫不留情地把它們踩翻在地，然後再用手將這些「敗兵」連根拔起。

有時候，海絲特簡直想不起她曾從哪裏看到過那各色各樣的人，竟能用她稚嫩的童音扮出各種身分來，而且還那麼逼真，讓他們彼此交談並且爭論，就好像她天生對人類有所了解一樣。這真是一件神奇的事！

不過，這些憑靠著珠兒無比聰慧又變幻不定的想像力幻化出來的各種形象，就像那不可捕捉的北極光一樣，總是不能長久地保留。它們會隨著新想像的出現、新事物的誕生不斷地消失或改變，就像始終處於一種斷斷續續的超自然的活動之中一樣——從這點說，珠兒比起其他那些天資聰穎的兒童來並沒有高明多少，只不過是由於缺乏玩伴，她同自己所創造幻化出來的人物更接近罷了。

珠兒的獨特之處鮮明地表現在她對待那些天然玩伴的態度上，就像是上帝在她誕生前就在她的心裏種下了仇恨似的，她對於那些自己心靈和頭腦中幻化出來的所有人和物都抱著一種敵對的情緒。她從來沒有創造過一個朋友，卻總是在大面積地積極播種著龍牙，從而收穫到一支敵軍，她便與之廝殺。對於一個母親來說，她從孩子的行爲中看到的不是對這個世界純潔而熱烈的愛，而是就像天生對這個與她並不相容的世界有一種堅定而又明確的認知一樣，充滿了仇恨，並早早地就開始練習怎樣在將來的世界中與之對抗，這是多麼心酸的一件事啊！尤其這種情況還是自己造成的，她就越發感到心裏的痛苦。

有時候，海絲特獨坐在那裏呆呆地望著遊戲的珠兒，不由得會想起一些與之有關的事情，內心的痛楚再也強壓不住就哭出聲來，連手上的活計掉落在地上都不知道。那嗚咽聲像是在哀怨又像在傾訴：「噢，天上的聖父啊！如果您還認我這個女兒的話，請解開我的迷惑吧：我帶到這個世界上來的生命究竟是個什麼樣的精靈啊？」

不知是出於一種心靈的感應，還是其他微妙而不可捉摸的途徑，每當這時候，小珠兒總是能聽到母親心中這種壓抑的呼喊，她扭過頭來，帶著一種聰慧的神情，朝母親微微笑笑，然後就轉過身去繼續玩她的遊戲。這個孩子的特別之處還有一個方面，也需要說一說。每個孩子第一次睜開眼睛打量這個世界的時候，她們會看到什麼呢？也許你會說是微笑，母親的微笑，確實。看，她們從嘴角微微露出的抽動，不是對她們母親的回應嗎？雖然這種抽動到底是不是微笑還有待商定。但可以肯定的是，幾乎所有的孩子第一次對這個世界的記憶總是她母親甜甜的微笑，但珠兒則不然！她第一次睜開眼睛的時候看到的是什麼呢？不用說我們也能想像到——是那個紅字，海絲特胸前鮮豔的紅字！

小珠兒躺在搖籃裏，看著俯身在旁的母親身上那個四周繡著金線的閃閃發光的字母，不由的被緊緊吸引住。她揮動著小手朝那字母抓去，臉上的神色是那麼堅定而又強烈，好像一個已經懂事的孩子在經過了慎重思考以後，作出了果斷的決定。海絲特．白蘭不由得一陣緊張，擡起手猛得將那個致命的標記牢牢抓住，似乎既想把它蓋住，又試圖把它扯下來。但珠兒的小手是那麼輕柔、那麼鍥而不捨，僅僅短暫的一下觸碰，就帶給海絲特受之不盡的痛苦和煎熬。看到這種狀態，小珠兒還以爲是母親在和她逗樂，便迎著母親的目光，再次微微一笑。

從此以後，只要珠兒從睡夢中醒來，海絲特便陷入了惶惶不安中。有時候，她的小珠兒一連幾個星期都沒有朝紅字看過一眼，海絲特正要慶幸，卻猛然發現她的目光又迅速朝紅字掃過，於是，她就像臨死的時候又猛然受了一下抽搐一樣，全身一震，只能呆呆地站在那裏看著小珠兒臉上露出那種熟悉的、她特有的、怪怪的微笑，眼睛裏也都是那種神色。

有一回，像大多數母親喜歡做的那樣，海絲特捧著孩子的臉，看自己在她眼睛中的影像。突然，珠兒的眼睛中又露出了那種似笑非笑不可捉摸的神色，像一個小精靈似的，朝她的母親閃爍著。不知道是婦女們通常會犯那種幻想的毛病，還是冥冥之中自有定數，海絲特猛然間發覺那種神色像極了一個她熟悉的人的神色，像魔鬼一樣，冷冷地卻堆積著笑容。但這張臉卻是另一個人的臉的寫照啊，那五官多麼熟悉，雖然很少有笑容，卻從不讓人感覺害怕。

這一定是有邪惡的精靈附在了孩子身上，讓她不時地抓住機會探出頭來譏諷嘲笑她，海絲特這樣想，不由得一陣痛苦。此後，這種幻覺又侵襲了她幾次，但沒有哪一次能讓她像那一次一樣感受深刻。

後來，還發生了一件事，在海絲特以後的日子裏成了永不磨滅的記憶。那是在夏天的一個午後，珠兒已經長到了可以自己在院中隨意跑著玩的階段。她從那些小角落裏採集了一些野花，然後將它們一朵接一朵地朝母親的胸口扔去。

她把那個紅字當成了練習自己投靶能力的目標，卻不知道那每一次的觸動對海絲特來說都像是接受鞭打一樣，每一下都深深地烙在她的心窩上。每一次投中，珠兒都會開懷大笑，並且又蹦又跳，而海絲特卻坐在那努力壓制著自己的衝動，沒有用雙手把這個A字遮住。也許她是想在孩子面前保持一種威嚴的自尊，沒有對她大喊大叫，也許是出於對孩子的容忍和依順，不忍阻撓她的興趣，更有可能她是出於一種苦行贖罪的心理，把這樣的鞭笞當作了對自己罪過的合理懲罰，總之，不管怎樣，海絲特感受到了自己心的破碎，感受到了那無法醫治的創傷在擴大，卻白煞著一張臉坐在那裏什麼舉動也沒有，只是怔怔地看著她。

珠兒手中的彈藥用完了，站在那裏遠遠地看著母親，那附在她身上的邪惡小精靈又開始探出頭來作祟，海絲特不由得對她大喊道——任誰都能聽出那聲音中壓抑的恐懼、迷惑和痛苦。

「告訴我，你到底是誰啊？」

「我嗎？是你的小珠兒呀！」孩子回答說，一邊放聲大笑起來，就像一個無辜的、一切事情都與她無關的小妖精一樣，又開始揮舞著四肢，蹦跳起來。

「你真的是我的孩子嗎？」海絲特問。對於這樣一個冰清聰慧的孩子，誰能確信她真的對自己的身世一無所知呢？所以她的問話就像是對一個成熟的大人一樣，既專心又真誠。

「是啊！我是你的小珠兒！」珠兒依然做著調皮動作邊重複了一遍，好像這樣的回答都是從天上飛到她的腦海裏再由她的嘴中說出一樣，和她本人毫無關係。

「哦，不，你不是我的孩子！不是我的珠兒！」母親帶了點逗弄的笑意說道。每次在她感覺有些不能把握或心裏異常痛苦時，就會毫不知覺地選擇另一種相反的、略有開玩笑性質的方式來和珠兒對話。「告訴我吧，你到底是什麼？是誰把你送到我這裏的？」

「我不知道，媽媽！」孩子走到海絲特跟前，緊緊依靠著她的膝頭，用一種認真神色對海絲特說道，「你應該告訴我！」

「是你的天父把你送來的！」海絲特．白蘭回答道，語氣中透露出一種蒼白的說服力，目光緊緊地避開珠兒深沈的注視。可能是出於一種習慣，也許真的受魔鬼的引導做出有意的動作，珠兒伸出她那細細的小手指，觸摸了那個紅字一下。

「哦，不，我不是他送來的！」她肯定地說，「我沒有天父！」

「噓，聽話，孩子，你不能這麼說！」母親哀歎一聲，用一種試圖能讓小珠兒理解的語氣說：「我們每個人都是天父送到這個世界上來的，包括你，還有我——你的媽媽。我們都是他的子民，孩子，要不，那你是哪兒來的呢？」

「告訴我，媽媽！告訴我！」珠兒開始有些想撒嬌起來，剛剛還嚴肅著的一張臉霎時間又好像一下子消失得無影無蹤，邊笑著，她又重新走到離母親不遠的地方，蹦蹦跳跳地，對母親喊道：「你必須告訴我！」

這個問題，讓海絲特無法回答，因爲她本身就是這個疑團的中心。她臉上帶著微微的笑意，身子卻已瑟瑟發抖，她想起了鎮裏對孩子的一種說法。由於他們找不到這孩子的父親，又在她的身上看到了一些不同於一般小孩的性情，於是就認定這可憐的孩子是從魔鬼那裏出來的小妖精。這樣的人，自從有了天主教的時代開始，就層出不窮。他們的共同之處總是出身的罪孽，以及他們自己不同於一般人的特質，就像馬丁・路德一樣。而生活在新英格蘭的清教徒中，這樣的人更是到處可見，絕不止珠兒一個。

第七章　總督的大廳

這一日，海絲特．白蘭要前往貝靈漢總督的府邸去交付總督訂做的手套。它們不僅鑲了金邊而且繡了鮮花，是總督要參加某個重大政典時戴的。儘管這位前任統治者在一次普選中不幸被降了一兩級，但要論起他的地位與聲名來，仍然是這個殖民地裏的佼佼者。

海絲特親自前往總督府，匆匆忙忙，還因爲另有一個重大的原因在催促著她的心。聽說，在這個殖民地的管理機構中，有一些有權有勢、一心爲當地居民著想的大人物正在提出一個議案，就是要把小珠兒從她的母親身邊帶走。據他們說，對於一個犯了罪過的母親來說，實在沒有資格教養小孩。如果這個孩子受到魔鬼的引誘還不算深刻，能夠受到現世道德的教化和感染而改邪歸正，那麼把她交給一個品性純良，有良好教養的人來撫養，要比交給她那本身就處在罪孽中的母親強許多。因此，他們計劃在一個地方召集一次公眾議事，來決定是否把這個孩子帶走，而貝靈漢總督，據說，他就是這一群贊成者中最積極最堅決的一員。

其實，對於這樣一件微不足道小事，在我們今天看來，只要交給城鎮管理局，甚至更低一級的人員去處理就夠了，何必興師動眾要放到一個全城鎮人的集會中去討論呢，還要驚動許多大人物來參加——這未免有點顯得不倫不類，滑稽可笑。但我們不要忘記，海絲特生活的這一時代，還是清教徒早期殖民者的時代，那時的習慣，即使是一件與公眾利益關係極小的事情——比海絲特母女的事情還要小——也要跟這一個地方的立法機構和執法機構奇妙地混攪在一起。就像在海絲特母女事情發生之前的那件有關一頭豬的問題一樣，對於牠究竟應該歸屬哪個主人，曾在當地所有部門之間產生過一系列的討論，並且最後還導致了最高統治階層的一次人員大調動。

海絲特．白蘭雖然只是一個孤身女人，除了她的罪惡和自己希望得到一點別人的同情心之外，再也沒有什麼，但她還是勇於到這些以廣大群眾爲後盾的大人物面前去一爭高低，因爲這不僅關係到自己的切身利益，而且還是關係小珠兒生死的一件大事，因此她從出茅屋的那一刻起，就打定主意，要在即將發生的爭論中取得勝利。

當然，她還有一個小小的同伴，就是珠兒。她已經長到了可以自己照顧著自己向前小跑的地步，跟在母親的身邊，像一隻停不下來的小雀兒一樣，竄來竄去。雖然比這再遠的路她也能夠走到，但在行進的過程中，小珠兒總是不時地會停下來讓母親抱，因爲無論她有多麼聰慧與獨立，也還是沒有脫離撒嬌的年代。在母親的懷抱中，小珠兒從來不會待得太久，路邊的許多小事物總是能夠吸引她的注意力。我們前面說過，她有著奇特的想像力和創造力，可以同一切自然的事物對話交流，雖然她在磕磕絆絆的蹦跳中總有時還會摔倒在地，但因爲並沒有造成大的傷害，所以海絲特也就任由她這樣由著性子行事。

我們前面曾經談到過珠兒炫麗多彩、光亮照人的美貌，就像是一個濃墨重彩，從畫上走下來的小天使一樣，她不僅有一身晶瑩健康的好皮膚，還有一雙灰色的大眼睛炯炯有神，既專注又深沈，不時閃動出一簇狡黠的火光；她的頭髮由微黃轉變成潤澤的深棕色，再過幾年就會有一頭烏黑的長髮。

這個活潑的小精靈就像是上帝撒給人間的一團火一樣，渾身上下散發著一種活力四射的光彩，好像她的母親在孕育她的時候，把當時那一段刻骨銘心的激情也種在了她的血液裏一樣。她的母親給孩子設計衣服頗費了一番心血，充分展示了她豐富的想像力以及崇尚華麗與高貴的傾向，把鮮紅的天鵝絨做成她的緊身裙衫，還用金絲線把它們的邊鈎出來，然後再在上面繡出許多新奇可愛的花樣來。這樣，鮮豔強烈的對比就成爲了小珠兒特殊的氣質。這種強烈的色彩搭配，要是應用在任何一個面色比較蒼白的孩子身上，不僅不會給她增光添彩，反而會愈加襯托出她們的缺憾來。但珠兒卻像天生就是爲這樣的色彩準備的一樣，她美麗與活潑的神色讓這個世界多了一份前所未有的鮮活生機。

然而，就是這樣一身裝飾，這樣一個光芒四射、耀眼奪目的小星星，卻總是在讓人不可避免地注意到她的時候，也聯想到她的特殊身世，想到她母親胸前戴有的那枚鮮紅的標誌——紅字來！可以這樣說，小珠兒不僅是一個罪孽的產物，還是一種恥辱的象徵，就像那個紅字一樣，她就是一個被賦予了鮮活生命的紅字！也許，這枚紅字的魔力已經深深地烙進了她母親的心裏，使得她不由自主地總是要按照這樣一種習慣來裝扮這位小天使？否則，既然她已經在內涵上是一種罪惡的產物了，爲什麼還要在外表上再賦予她一種和那枚標誌幾乎一模一樣的特徵呢？是爲了寄託她對那份感情的愛，表達她對這種罪惡的心甘情願承受？或者是讓她時時提醒自己的罪孽呢？要不就是她要通過這個更具有力量的恥辱的複製品向世人提出挑戰和不滿？沒有人弄得清海絲特的心裏到底在想什麼！

海絲特就這樣牽著她這個費盡心機創造出來的小東西步行走進城鎮的中心地區。那時，正好有一群清教徒的小子民們正在那裏玩遊戲——如果那些毫無生氣的行爲也稱得上是遊戲的話。他們看到這母女倆的時候，一起停下了手中的活計，幾個小傢伙扭過頭去低聲議論起來：「看，真的有個戴紅字的女人！她的身邊還有另一個小紅字呢！來吧，讓我們往她們身上扔泥巴吧！」

說完，這群小孩子們做了一個他們最常做的愚蠢行動——說它愚蠢，完全是因爲他們根本不知道今天他們所碰到的這個小東西可不是個好惹的傢伙。珠兒是個誰也不怕的孩子，你看她皺起眉頭、使勁跺著腳、大聲尖叫著並揮動小手作出各種威脅的姿勢，多麼像一個勇武的小凶神！要不就是雖然還沒長大、卻已受了上天派遣要來懲罰人類罪惡的小天使！

總之，她那種尖利的、聲嘶力竭、震耳欲聾的叫聲伴隨著她摔開雙腿氣沖沖地朝那群小孩子跑去的姿勢，倒還真正把那夥小傢伙嚇得不輕，紛紛找了一個小徑就向前逃去。珠兒鍥而不捨、乘勝追擊，直到把他們全都趕離了現場，這才像一個得勝的將軍一樣，遠遠地朝他們的背影瞥了一下，然後安靜地走到母親身邊，擡起頭，對她露出一個濃濃的微笑。

接下來的路程倒還平安，她們沒走多久就到了貝靈漢總督的府邸前。這座大房子，就像當初許多的建築一樣，是應用了那種仿古的風味：牆面上是一層灰灰的摻毛土泥，上面鑲嵌著許多的玻璃小碎片，一些奇模怪樣、讓人不可理喻的神秘圖案在大宅的正前面被牢牢地畫了上去，或是雕了上去，使得這所府邸多少顯得有些氣派。

不過，就這樣的華麗裝飾來說，要是應用在一個類似阿拉丁那樣的神話裏，或者是以後一個比較開放的年代，或者只是當時一個不是清教徒的府邸，那麼多少還顯得有點適宜，但如今卻是被這樣安置在了一個崇尚簡樸的殖民地區，並且就在一群低茅矮屋的中央，這就明顯地顯現出了一種不倫不類的甚至完全相反的情調。不過，這種中古的建築在以後的歲月裏，還是可以讓人們想像到一些當時的情景的，我是說，想像到當時那種古老城鎮上的生活方式：那裏今天可能是野草叢生，搖搖欲墜，但當時卻也是清冽獨特、歡聲笑語，人們在裏面舉辦舞會，還接待一些來訪的人們，就像海絲特和小珠兒一樣。這樣的回憶可能會讓人產生一種溫情的懷舊感，也可能會讓人再想起當時一些令人神傷的故事來。

小珠兒和母親走到府邸外，看到牆上陽光下閃閃發光的小碎塊——就像是有大把大把的鑽石鑲嵌在裏面一樣，這小東西一下子興奮了起來，拋開母親的手蹦跳著，要求母親從牆面上給她採下一些陽光來，做她的玩具。

「哦，不行，小珠兒！」她母親說，「不要指望從我這得到陽光，你應該親手去採集它們。」說著，母女倆走到大門前。

這是一扇呈拱形的大門，兩側各有一個高高的突出部分，作爲它的裝飾，也可以做特殊用途的小閣樓，比如讓看門的家僕來住等等。這樣的地方，木製的百葉窗並沒有拉上，表明它的裏面可能有人。海絲特拿起掛在門上的小槌子輕輕在門上敲了幾下，然後一聲響動，一個家僕走了出來。這個英國的小自由民，原本也有自己的家財與生計，但由於種種原因到今天已做了別人的家僕長達七年時間，現在他又新來到了這個總督的家裏，做他的看門狗。這樣的人，在主人家裏是連一件家具或一頭牧畜的價值都不値的——或者說，只是一頭會說話的牧畜罷了，可以被主人自由買賣。他們都穿著一種藍色的布衣，這是當時所有家僕的習慣裝束。

「貝靈漢總督大人在家嗎？」海絲特問。

「哦，在家，」家僕口中回答著，一邊瞪大眼睛死死地盯著那個大大的紅字。由於他來到這裏的時日尙短，這樣的標記，以前還從未看見過，所以難免充滿了好奇。

「是的，總督大人在家裏。不過他現在正在回見幾個客人，有牧師也有醫生，所以我想你可能還得等一會兒才能見到他。」

「不行，我要立刻進去見他！」海絲特．白蘭回答說。

也許是她說話的口氣過於堅決，臉上有一種凜然的神色；也許那個華麗獨特的紅字讓他誤以爲這是本地一位尊貴的婦人，那個家僕沒有再說什麼，恭恭敬敬地打開了大門。

海絲特和小珠兒走進了大廳，前面有家僕的引領。貝靈漢總督的新居是按照他故鄉時尙的大莊園主的房屋樣式來設計的，只是由於本地建築材料、氣候及社交習俗等方面的不同而稍稍作了一些修改，因此頗具異地風味。這個大大的前廳是這組建築群中的中心部分，從頭到尾貫穿了整個住宅，無論從哪個房間都可以來到這裏。這座寬敞透亮的大廳一頭，緊挨著門口的兩座塔樓處，由於窗口透進了明亮的陽光，所以便在它的兩側各形成了一個小小的暗房。另一頭，是一張大大的桌子，上面有一個擋了帷幔的大型凹型窗。這樣的格局佈置，在很多古老的描寫貴族和富人的書中常常可見，而且還會在那桌子旁鋪了厚厚絨墊的大椅子上發現一本攤開的書，就是那種《新英格蘭史》什麼的，厚厚的、裝幀精良的書，既便利了拜訪者在討論爭辯時查閱，又顯示出主人的博學高雅。

這大廳的家具還有幾張其他樣子的椅子，只是更笨重了些，雕花也還風格統一。熟悉伊麗莎白時代時尚與風俗的人很容易就可看出，這個地方的佈置完全是承襲了那個時候的傳統，不僅那些陳舊的老古物——它們一定是總督大人的祖先遺留下來的，並且總是被總督隨身帶來帶去，而且，就連那桌上的一個錫製獨柄杯也顯示了一種只有英格蘭人才會有的好客熱情——要是海絲特和珠兒肯多注意一眼這個東西的話，她們就會發現那裏面還留剩著一些剛剛喝過的麥芽酒泡沫呢。

大廳的正牆上懸掛著一排肖像畫，有的披盔戴甲，威武兇猛；有的身著雍容華貴的文官服飾，神情莊嚴肅穆。這都是貝靈漢祖先們的遺影，明顯的帶著那個時代肖像畫的特徵，就是它們並不是爲了讓後人記住他們，而是像一個個隱身於高空的幽靈一樣，挑剔地注視著他們面前每一個人的一言一行。

大廳周圍的牆上全都鑲嵌著橡木的護牆板，正中央端端正正地掛著一副鎧甲。這可不同於總督府這一群陳舊古老的俗物，而是一副全新的裝飾。這是總督初次跨海來到新英格蘭時，由倫敦的一位技藝高超的工匠爲他打造，包括一具頭盔、兩片護胸、一個頸套、兩隻護脛、一對臂套以及吊在下面的一把長劍。這東西，尤其是頭盔和護胸，都經過精心的擦拭，雖然已經過了很長時間，卻還光亮如初，就像一盞盞小小的太陽燈似的把它周圍的地板映射出明亮的銀色光澤。

當然，這套亮晶晶的鎧甲，並不是僅用來作裝飾的，在皮廓德的戰場上，尤其是在這塊新英格蘭的土地上，它曾多次穿在總督身上顯現於眾人面前，或是爲了撕殺，或是爲了檢閱——一種金屬之光不可避免地將一個開口閉口本來是培根、柯克、諾耶和芬奇的文人律師變成了一個軍人、一個政治家和一名統治者。小珠兒看到閃亮的盔甲開心地手舞足蹈，那神態就像剛剛在院子外看見那些閃著陽光的牆壁一樣。她湊到盔甲前，對著護胸鏡扭來扭去照個不停。

「媽媽，」她大喊，「我看到你了，在這裏面。快看！快看呀！」

海絲特往鏡子裏看了一下，完全是出於一種不掃孩子興的心理。透過那護胸鏡凸起來的部分，海絲特的身形被奇特地放大，那個胸前閃亮有光的紅字也被不成比例的放成了一個大大的「A」字。事實上，在那個鏡子裏，海絲特的身體好像已經全都被一個紅字蓋住了，除了那上面反射出來的紅光和金光，再也看不到一絲海絲特的神情。珠兒興奮地指著裏面的一個小映射，對母親微微一擡臉，那種慣常的奇特笑容又流露出來。鏡中也出現了一個怪怪的笑臉，好像一個正在扮著鬼臉的小精靈模樣，正在招著手呼喚小珠兒鑽進去。珠兒看到這，不由得又一陣開懷大笑。

「珠兒，來！」海絲特再也不能忍受那種鮮紅的對照，以及小精靈對珠兒的呼喚，於是就岔開話題把珠兒拉開，對她說：「來到這裏看看，漂亮的小花園。不是比我們那裏的花還多嗎?也許比樹林裏我們看到的花還要好看呢！」

於是珠兒便跑到大廳另一端半遮著帷帳的窗子前，從那裏望過去，正好面對的就是花園正中間的那條小徑。小徑表面上的青草被剪得短短的，有點雜，可見經常有人在上面走路。兩側有幾株不怎麼茂盛的灌木苗，從它們栽種的位置來看，很有點英格蘭園林裝飾的情調，但它們的生命力在這個大西洋彼岸堅硬的土地上受到了嚴重的考驗，劇烈的生存競爭，把它們折磨得幾乎沒有了生氣，因此主人也就再也沒有了什麼興趣非要和大自然抗爭，於是就讓它們那樣七零八落地長在那兒。

園子裏最引人注目的恐怕就數大廳窗前的那顆金黃色的大南瓜了，就在那塊園子裏普普通通的圓白菜地旁邊，從那架孤零零的藤上結出，並穿過園子中央那塊空地，一直蔓伸到這大廳的窗前。我想，在總督府所有的英格蘭裝飾物中，可能這東西才最值得他引以爲豪。當然，園子裏也還有一些玫瑰花和幾株蘋果樹，大概是屬於這島上最早的住戶布萊克斯通牧師先生所栽花草的後代，因爲在我們早期的編年史中，經常可以看到他在這個地方騎著牛到處遊走的故事。

珠兒一看見玫瑰花就開始嚷著要摘一朵，並且想掙脫海絲特的手自己跑出去。海絲特只好連哄帶嚇地對她說：「聽著，孩子，那邊有人來了，是總督大人，還有他的朋友，你不能再這樣大聲嚷嚷。」

確實，就在這母女倆說話的當頭，有幾個人正好從那個大廳外小路的林蔭處走過來。珠兒看到他們，發出最後一聲奇怪的尖叫，然後就安靜地站在了那裏——這倒不是因爲這個小傢伙聽從了她母親的勸告，而是因爲她那小小的天性裏對陌生人的好奇心又強烈地從她的身上擡起頭來了。

第八章　小精靈和老牧師

貝靈漢總督穿著又寬又大的長袍，戴著一頂老年紳士帽從最前面走來。這種舒適的打扮本是當地貴人們習慣的家居服，只是他那個脖子上高高環繞的一圈詹姆士國王統治時期老式的、精緻而寬大的環狀皺領，在他那灰色的鬍鬚下面，配著這一身裝束多少有點不諧調，就像是洗禮者約翰的頭顱被盛放在托盤中獻出來一樣。

這個人走在眾人的最前面，一面高談闊論著，一邊用手不時地做著比劃。看起來他正竭力向眾人推崇他的這個準英格蘭式的大花園，要不就是正談論到了他在這個地方宏偉的藍圖。

這本是一個垂垂暮年的老者形象，花白頭髮，滿臉褶皺，表情威嚴刻板，走在這個頗為年輕又豪華的宅園中，怎麼也不能讓人相信他就是這裏的主人。我們威嚴的祖先們，雖然總是在不停地說著人類的使命，其實就是在簡樸與忠誠中與世俗做鬥爭，不能耽於享樂而放棄我們的信仰，但要是有哪個人認為，這些道德高尚的人會在唾手可得的享樂或奢華面前視而不見的話，那可就大錯特錯了。沒有哪一個條例規定時代精神和現實享樂不可兼而得之，就連我們眼前這位可尊可敬的約翰．威爾遜牧師，也從來沒有宣講過這一條。

此時他正跟在貝靈漢總督的身後，越過總督的肩膀，就可以看見他雪白的鬍鬚，我實在阻止不了自己把他和山羊的臉聯繫在一起。他建議總督說，梨和桃子的樹可以在新英格蘭的氣候中被慢慢馴化，紫葡萄也可能靠在日照的園牆上得以繁茂地生長。這位在英國教會的豐滿乳汁中養育出來的老牧師，早已對一切美好舒適的東西懷有合理的嗜好；雖然他在佈道壇上講道或是在公開場合中譴責海絲特·白蘭的罪名時顯得那麼聲色俱厲，威嚴莊重，但他在私生活中還是相當溫和與寬容的，由此贏得了所有人的尊敬和熱愛，而且要說起這殖民地上的所有神職人員來，恐怕沒有哪一個人的這種威望能夠超過他。

跟隨在總督和威爾遜先生身後過來的，是另外兩名客人：一位就是大家記得的，在海絲特·白蘭受辱示眾的場面中曾經匆匆地扮演過一個不情願的角色——年輕的牧師阿瑟·狄米斯戴爾先生；另一位緊跟在他身旁的，也在海絲特·白蘭示眾的場面中出現過，只是那次他和一個印第安人一起，站在觀看的群眾中間，他就是那位自稱羅傑·基靈歐斯的老頭。

這位學者型的老人，因為醫術高明已經在鎮上立足生活了兩三年。年輕的阿瑟·狄米斯戴爾牧師由於在教會的工作中嘔心瀝血，操勞過度，以致健康狀況日益低下，因此，這老醫生在眾人的懇求下不僅做了他的朋友，而且也成了他形影不離的專職醫師。走在客人前面的總督，踏上大廳的台階，打開門，剛走到窗前一眼就發現了正站在窗口前的小珠兒。只是窗簾的陰影罩住了海絲特·白蘭的大部分身影，令她倒像個隱身人一樣，在眾人的眼光中被忽略過去。

貝靈漢總督吃驚地望著這個鮮紅的小人兒，大聲說：「這是個什麼啊？快看，我們這兒來了個什麼呀？」他稍微一頓，又說道：「我敢保證，自從參加了老國王詹姆士舉辦的宮廷假面舞會以來，我還從來沒有見過這樣精巧的小精靈呢！在那樣的日子裏，可真是熱鬧非凡，人們都穿戴著最奇特的服裝和面具。那些活潑靈動的小精靈們就穿插在人群中跑來跑去，我們叫他們是司戲者的孩子。可這樣一位客人怎麼會跑進我的大廳裏來了？」

好心腸的老威爾遜先生叫道：「呀，真是啊！長著一身鮮紅羽毛的小鳥會是什麼鳥呢？我想，除了陽光穿過五彩玻璃窗照在地板上，可以折射出這樣金黃和緋紅混合的形象來，我們又能從哪裏看到這樣的情景呢？可那是在老英格蘭故鄉啊！誰能告訴我這到底是怎麼回事？嘿，小傢伙！你知道《教義問答手冊》嗎，可不可以用那上面的話告訴我你是誰呢？你的母親爲什麼要把你打扮成這樣古怪的樣子？你叫什麼名字？是那種小精靈或小仙女嗎？我們沒有把你們夥同我們的其他教會遺物一起留在英格蘭嗎？」

「我叫珠兒！是我媽媽的孩子！」那鮮紅的影像回答道。

「珠兒？是紅珍珠呢，還是紅寶石？要不就是紅珊瑚？呵呵，我想紅玫瑰也很適合你，你不是一身鮮紅嗎？」老牧師說笑著，伸出一隻手，想拍拍小珠兒的臉蛋，可這小精靈一個扭身沒讓他拍著。

「你的媽媽在哪兒？你怎麼一個人在這裏——啊，我明白了！」老牧師說著，轉過頭來對貝靈漢總督輕輕說道：「真是說誰就來誰，這不是我們剛剛一直在討論的那個女人嗎，海絲特．白蘭。」老牧師用手指了指窗簾陰影處的身形，「這是她的孩子，海絲特．白蘭和小珠兒。」

「哦？怎麼會這樣？你真的是這麼說的嗎？」總督叫道，「天哪，我們早就應該從這個孩子身上看到她母親的顏色，真是一個徹頭徹尾的淫蕩女人，典型的巴比倫婦女！不過，也算她來得及時，免得我們再派人找她。」說著，總督大人沈下臉來跨過窗戶，邁步走進大廳，身後緊跟著三位客人。

「海絲特．白蘭，」他叫道，用威嚴冷穆的目光緊盯住眼前這個戴紅字的女人，「最近，你可聽到許多關於你的傳聞了嗎？我們這些有權有勢有智慧、情願爲本地區事務不惜辛勞持作的人們正在商討，是否有必要把你的孩子從你身邊帶走。要知道，把一個原本純潔的靈魂，比如這個孩子的吧——她叫什麼來著，小珠兒，是吧——把這樣一個靈魂放在一個有罪的、早應該被打入地獄的靈魂身邊有多麼危險。你是孩子的母親，總該知道，把孩子交給一個有道德有教養的人來撫養，給她穿上最樸實的衣物，用純正的行爲和言語來教導她，讓她接受人間天上最至善至美的真理，這對她的前途來說是多麼重要吧？對這個問題你還有什麼意見嗎——你會教給她什麼呢？」

「所有的東西，」海絲特．白蘭說，用手指指胸前那個紅字，「我能把我從這裏學到的所有的東西都教給我的小珠兒。」

「你這是什麼意思，海絲特．白蘭？你以爲那是紅玫瑰麼？是你的貞節牌坊？那可是恥辱的標誌啊，要不是因爲它，我們怎麼會討論這個問題呢？」總督大人嚴厲地喊道。

「不管怎樣，」孩子的母親用異乎尋常的平靜口氣說道——誰都可以看出，她的臉色更加蒼白了——「這個東西已經教會了我很多東西，無論白天還是黑夜，它都在教育著我，讓我想起許多事情，有美好的，也有邪惡的。我要把這一切從它身上學到的東西，都教給我的小珠兒，讓她變得更聰明，更美好，儘管這些東西對我來說已經沒有什麼用處了，但她有權得到這些東西。」

「那只是你的想法罷了，我們還是要作出我們的主張。」貝靈漢總督說，「我們自會有一個正確的處理方法，當然也會考慮你的要求。現在，尊敬的威爾遜先生，就請你代替我們大家檢查一下這個叫珠兒的孩子吧，看看她是否具有一個小基督教徒的品質和潛能，我們還可以從中看到她的母親教給了她一些什麼。」

老牧師舒舒服服地在一把安樂椅上坐下來，伸出他保養得很好的手想把珠兒拉到跟前。但沒想到這個小東西在他的手還沒有到達她的頭部以前，就一個滑溜從那個地方衝了出去，站在門外高高的台階上。威爾遜先生對這一突發的舉動大吃一驚，手不由地往回一縮。看著那個站在台階上，就像一隻即將起飛的小鳥一樣的孩子，他實在不能明白自己往常對小孩子的吸引力到哪裏去了。不過，這個慈祥的老人並沒有泄氣，仍希望用嚴肅的方法再試一次。

他鄭重其事地對珠兒說：「孩子，你應該小心聽取教誨，用珠寶而不是其他東西來換取你胸前佩戴的飾品。現在，你能不能告訴我，是誰創造了你的生命？」

作爲虔誠的基督教子民，海絲特在珠兒很小的時候就灌輸她許多基督教的思想和教義，自從那次談論到了天父之後，這位母親就很重視對孩子這方面的教育。哪怕是一個心智還未成熟的小孩子，對於這種人類來源去向的問題也總是很感興趣，更何況還是珠兒這樣思想奇特、獨立又聰慧的孩子，到她這個階段，即使是拿出那些成堆的《英格蘭基督教義初等測試》等問題——雖然她到今天還一次也沒見過那樣的成書——也不可再對她構成威脅。但這孩子的天性中總是有那麼多讓人不可捉摸的地方，尤其是她那種異於常人十倍有餘的任性和倔強。對於這個最基本的問題，珠兒感到現在問得極不是時候，於是就用嘴咬著手，閉目不談。老牧師催了她好幾遍，這孩子發急，張口用誰也聽不明白的語言亂說了一通，最後，終於她從一擺頭中偶然發現了窗外那幾叢鮮豔的紅玫瑰，於是就用一種極其認真又好像戲謔的口氣大聲對牧師說：

「我不是什麼人造的，是我媽媽從牢房門外的玫瑰花上摘下來的。」

老羅傑．基靈歐斯面帶微笑，俯在年輕的牧師耳邊低聲說了幾句話。海絲特．白蘭看著這位她以前無比熟悉的身形和面容，不由地為他的變化而吃驚：那本已顯呈老相的面貌更加紋理清晰了，皮膚黑黝黝的，畸形的身體愈來愈不平衡。雖然只是短短的一瞥，卻已引起了海絲特心靈的波動。不過，她並沒有在這樣的事情上浪費時間，而是把目光又集中在眼前正在發生的事情上。

「天哪，太可怕了！」總督大人突然叫道，「她已經三歲了，竟然不知道是誰創造了她自己！難道說她對於人類的罪惡、救贖，對於我們人間的懲罰和天堂的幸福一點都不了解嗎？」這位剛剛從珠兒的驚人回答中清醒過來的老總督簡直不敢相信自己的耳朵，「各位，聽我說，這樣的測試無需再進行下去了，我們已經明瞭了是怎麼一回事。」他把目光轉向海絲特說：

「海絲特．白蘭，你還有什麼話嗎？」

海絲特．白蘭衝出去一把抓住珠兒，把她拉進自己的懷裏，用一副幾乎是兇狠的模樣對著眾人的臉看了一遍，然後把目光定在總督大人身上。這個在世上早已是孤身一人的女人，除了目前懷中這個與她相依爲命的小人兒外，再也沒有什麼能給予她心靈的慰藉和支持她活下去了。她認爲自己有權利與這個世界相抗爭，那怕失去生命也要維護這個她唯一的財富。於是，她就把目光牢牢地鎖定了那個老清教徒。

「上帝給了我這個孩子！」她大聲喊道，「是爲了補償你們從我這裏奪走的一切。她是我的生命，是我的幸福！這個孩子也是我的懲罰和痛苦，你們難道沒有看見她就是一個活生生的紅字嗎，是一個具有千萬分力量的恥辱！上帝讓她來使我受罰，也讓她用自己討人喜歡的天性來替我贖罪！你們誰也沒有權利從我這裏把她帶走，除非你們把我殺了，否則就不要抱這種幻想。」

「哦，瘋了瘋了，可憐的女人！」那不無慈悲的老牧師說，「這孩子會受到很好的照顧的——你應該相信！」

「不要再對我說什麼相信！」海絲特．白蘭鎮定地重複說，「上帝把這孩子交給了我，就是我唯一的所有。我絕不會把她交給你們這一群沒有同情心的人的，絕不會！」她的聲音些沙啞，但不失堅定與決絕。

突然，幾乎是一種無法遏制的衝動控制了她，使她不由自主地把臉轉向那個年輕的牧師。在此之前她幾乎沒有正眼看過他一眼，但現在她覺得到了非說話不可的地步。「阿瑟．狄米斯戴爾牧師，請你來替我說一句話吧！」她說，「你原來是我的牧師，曾經多次勸導我對我的靈魂負責。你比這些人更了解我的脾性，知道我不能失去這個孩子！拿出你的同情心吧，對他們說，一個母親的感情不是任何人都能理解的。我現在只剩下這個孩子，還有一個紅字，難道我連保有上帝賜給我的贖罪的東西都沒有權利嗎？請你替我說句話吧！」

海絲特．白蘭的處境已經快要把她逼得失去理智了，她的近乎狂野的呼喊已經表明了這一點。於是，那年輕的牧師跨上前來一步，從帷幔的隱蔽裏走出來。他的面色蒼白，一隻手捂住心口——這是他神經質發作的習慣表現。

他這個樣子，比起當初站在高高的露台上參加對海絲特的審判與示眾的時候還要嚴重。不知道是因爲他對教務操持過度的緣故，還是其他原因，這個年輕英俊的先生現在是兩眼深陷，愈發顯得大而疲憊。不過，他說話的聲音並沒有因爲這些情況有所改變，雖然那語調還像往常一樣深深的沈沈的，有一種磁性的魅力，並且還有一點點發顫，但依然堅定而且有力，就像一面小鼓敲擊在這個大廳裏，連牆上那副盔甲都在爲它而轟鳴。

「諸位，」他說，「白蘭夫人的話並沒有錯。我們的確沒有權利從她手中把這個孩子奪走。上帝賜給了她這條生命，就是要讓她在對這孩子撫養和教育的過程中贖清自己的罪過，這種母女情分是任何人也不可能替代的。再說，這孩子的天性又那麼特別，除了她的母親，誰又能把她教養成一個小天使呢？她們母女之間不也有一種神聖的聯結在其中嗎，我們怎麼能把它拆開？」

「喂！這怎麼說，仁慈的狄米斯戴爾先生？」總督打斷他的話，「請你把話說得明白些，好嗎？」

「我的話已經很明白了。」年輕的牧師說，「如果從另一個角度來考慮，難道我們能否認上帝的創造嗎？這個孩子只是她的父親和母親罪惡的產物，和我們一樣，都是上帝要賜給他們的。如果我們把她從她的母親身邊帶走，不是在說上帝的這種賜予是錯誤的嗎——不分淫邪之罪和純潔的愛情。這個孩子的母親這樣竭盡全力地爭取對這個孩子的撫養和教育權，不正表明了她對贖罪的急切和對重生的希求嗎——你們看看這個孩子的服裝，多麼像她母親剛剛說的，是一個活生生的罪惡標記！這種外在的、有生命的形式，對她來說，不正是一個永遠的標記與痛苦嗎？那種針刺般的痛苦，將像一個影子一樣，時時伴隨在她的身邊，同她的一切幸福與歡樂糾纏在一起，在她所有的時刻都提醒她曾經有一個罪惡的歷史，有一個不可逃避的、艱難的贖罪歷程——這樣的懲罰不是比把紅字掛在她的胸前更有用嗎？」

「高明的主意！」仁慈的威爾遜老先生叫道，「我還擔心這個女人會以撫養孩子的名譽做出什麼不好的事呢，現在好了，我們可以給她一個更保險的懲罰方法。」

「請相信我，一定會這樣的！」狄米斯戴爾先生繼續說，「沒有一個人能忽略上帝的意圖。我相信這個女人也一定認識到了這一點。上帝對她賜予這個小孩子的目的，就是要讓她時時都提醒她的母親所犯下的不可饒恕的罪孽。這個女人，必須從今往後永遠保持著鮮活的生命力和真純的教導方法，這樣才能避免魔鬼再次把她引誘進深淵，或者是對這個孩子引誘。上帝的神旨總是英明的，他讓這個孩子給這塵世間的罪人帶來永恒的歡樂，也帶來無法逃避的痛苦。如果這個女人能把她的孩子引領到正途上去，讓她孩子的靈魂得到天堂的永生，那麼她也會把她母親的靈魂救贖到那裏的。從這一點上說，這個不幸的女人可要比這孩子的罪惡的父親幸福多了。我們就讓她們在一起吧，遵照天意，不去管她們！」

「這番話可真是仁慈誠摯得出奇呢，我的朋友！」老羅傑．齊靈溫斯對牧師笑笑，說：「你是我見過的最忠誠最負責任的好牧師了！當然，威爾遜先生也同您一樣，都是我們的好聖徒。」他說這番話時，有一種奇妙的感情和細微的情緒在裏面，不過在當時那種場合下，沒有人能夠注意到。

「我覺得，我這位年輕的朋友話裏還有一種很深刻的教義在裏面呢，」威爾遜老先生補充說：「這可值得我們去深思！怎麼樣，貝漢靈總督，你不認爲他的話很有道理嗎？」

「嗯，確實是這樣。」這個老清教徒大人回答說，「不但最大限度地發揚了我們主的偉大仁慈和善心，還關照了我們這些人的精力——現在我們可以從這件煩心的事中脫離出來了。不過，我們還要注意群眾對這件事的態度，只要他們不反對沒有閒話就行了。另外，還要勞煩您，」大人向老牧師點了點頭，「和這位仁慈的年輕先生，定時對這個小孩子進行基督教義的測驗；要在適當的時候關照十戶長對她接受學校教育和到教堂做禮拜做出安排。」

聽了總督的話，年輕的牧師向後退了一步，離開人群，依然回到原來帷簾遮住的地方，讓半個面孔隱入一種陰影中。不過，他身後的陽光並沒有把他那長長的身影放過，照射在地上的影子還由於剛才過分的激動在微微顫動呢。小珠兒悄悄地蹭到他的身邊，用小手把他垂在身邊的另一隻手抓起來，擡起頭對他看看，然後就把自己的小臉貼到那上面去輕輕磨擦。

這種愛撫與信任的神情，在小珠兒臉上出現，是多麼地令人驚奇啊，海絲特不禁要問自己：「這就是我那個狂傲不馴的小孩子嗎？」但她知道這孩子心中其實蘊藏著深深的感情，雖然每一次它的發作都是以一種出人意料的激情與活躍表現出來的，但實際上這種溫情的感覺在她每一次的行爲中都會或多或少地流露出來一些。

而對年輕的牧師來說，這個世界上除了一個女人曾對他有過這樣極端溫順的愛撫外，還從來沒有哪個孩子能令他心顫。小珠兒的這種表現——完全是出乎一種本能的表現，好像是在向他們暗示：我們身上有多麼相像的聯結啊！出於對這個孩子的某種感情，牧師伸出手在她的頭上摸了摸，然後猶豫了一下，又俯身下來在她的額頭上親吻了一下——小精靈的怪異情緒也到此結束，她咯咯地大笑著，一蹦一跳又回到了大廳外的台階上，在那裏對著眾人斜覷。

慈祥的老牧師對這個精靈一般的孩子充滿了好奇心，一直問：「這個孩子的腳尖碰著地了沒有？」他對狄米斯戴爾先生大聲說：「我敢保證，這小姑娘一定有魔法附體，根本不用老巫婆的掃帚就能起飛！」

「這確實是個不一般的孩子！」老羅傑．基靈歐斯評論說，「從她身上我們很容易看到她母親的品性。我相信，要是用哲學的方法來分析她的品性和體態的話，一定能從那裏面看到許多有關她父親的東西。」

「不，不行！」老威爾遜先生說，「對於一個基督教的罪孽與懲罰問題，除了用基督教的懺悔和苦行贖罪之外，一切方法都是有罪的。讓我們對這個孩子表現出一點友愛吧，上天自會對她做出其他安排。」

於是，這件事情就這樣暫時得到安排。海絲特帶著珠兒離開總督府時，在那個大門閣樓旁邊的一個小屋子裏，有一個帶著一臉陰沈的女人把窗戶打開了。這就是總督那個做了女巫的老姐姐，據說後來她就在海絲特被辱過的那個刑台上被處死。這個女人隔著高空對海絲特喊道：

「喂，女人！」她說，「晚上來參加我們的舞會嗎，就在那個小森林裏？我已經向那個黑男人保證過，一定要把你帶過去。」

「告訴他，」海絲特臉上帶著勝利的笑容回答說，「我要在家裏照顧小珠兒呢！如果不是已經得到她，我真的要加入你們的名單中去呢，而且還要用鮮血來簽名！」

「下次你肯定會在那兒出現的！」老巫婆皺了皺眉頭，然後一下子又縮回了那個窗格中，並隨手關上了窗門。

如果我們假定，這次西賓斯太太和海絲特．白蘭之間的會面不是一則無根無據的寓言或傳說的話，那麼第一次，年輕牧師反對拆散一個墮落的母親和因罪惡而誕生的女兒的觀點，就已經得到了證明：這孩子不僅是一個罪惡的標誌，也是拯救她的母親從此脫離惡魔的引誘，走上正途的天使。

第九章 醫生

諸位還記得，那個在海絲特受辱示眾的時候，我們曾經提過有一個和印第安人在一起的老人？他在和海絲特交談的時候，就是在獄中，曾經告訴她現在他叫羅傑·基靈歐斯的人，在這個名字背後，還應該有一個真實姓名。

只是，這個人從一踏上這塊新英格蘭的土地之後，就看到了一個他從沒想過也最不願意看到的情況，所以他決定從此拋卻原來的名字，也就意味著拋卻原來的身分和所有關係、利益。

他曾經經歷過許多的艱難險阻，有幾次還差點在海上喪命，在來到這個地方以前，他有一個很美好的願望，就是能和自己最心愛的人在一起，享受一種溫暖的家庭生活。但他在這裏看到的卻是，一個承載了他所有希望和溫暖的女人正站在示眾台上接受人們的批判和指責，還將永遠戴著一個恥辱的標誌生活在這個世上。還有什麼事能比這件事更令人難以接受呢？還有什麼人能比他和海絲特的關係更親近呢——要是按照利益或者是損失均分的慣俗，這種恥辱除了能讓那些熟悉她、愛護她的人分到一份難堪的恥辱外，還能留給她們什麼呢？

當然，這種均分只有在海絲特的醜事傳回她的故鄉時才會發生。現在在這裏，就只有這個人和她的關係最爲密切，要是在他還有決定權的時候讓他選擇，他又怎麼會選一個和她同台受辱的機會呢？不，絕不會！所以，這個人決定拋卻原來所有的一切，以一個新的身分在這個地方生活下來。「就讓人們以爲我死在海上了吧，或是其他什麼地方。」他這樣對自己說。反正在他的手裏握有她最致命的把柄，所以他毫不擔心那個女人會把他的身分洩露給什麼人，就連她最想親近的人也不會告訴。不過，生活在這樣一個並非想像中的地方，總要有一個理由或目的吧——是的，有一個更強大的使命正在催促著他，要他在這個地方悄悄地但絕不是無所事事地生活下來。

老羅傑．基靈歐斯這個名字，以他的主人在學識上的豐厚智慧和在醫學上的高超才能得以在這座清教徒的清規禮教城鎮中居住下來。它的出現正好是在這個尚未完全開化的城鎮極需各方面人才的時候，這裏原本的一個老醫師，或者準確的說是一個虔誠的藥劑師，對宗教的信仰要比對他的醫務的關心濃烈許多，正因爲此，他得到當地許多居民的愛戴，這比起我們現在流行的任何文憑或證書還要管用；還有一個比較有名的外科醫生，他對於自己有能力把手中的剃頭刀奇妙地運用在人類身上的其他部位充滿了好奇和希望，然而總是因爲種種的原因，使得他的這種熱情在施行的時候得到無情的打擊。所以，羅傑．基靈歐斯的到來，對這地方可真是一大幸事。

不知道是研究人體構造的人都把人類的所有藝術與精華都看在物質的肉體上，爲了它們不惜拋棄感情的治療，即我們宗教的治療，還是有其他什麼原因，像他這樣橫渡大西洋來到這裏服務的人可真是少之又少。這個名字得以在這個地方長久地流傳下來，還有一個原因，就是有關這個人的博大精深而且充滿了靈性的醫學學識早就傳遍了這個城鎮。他曾在書房中研究過許多古書中記載的深奧理論，還在他被俘的那段時間裏從印第安人那裏學到了不少妙方。他懂得如何用花草配製藥丸，用別人看不起的小動物來做藥的引子。好像他從不對事物的高貴與卑下進行分化一樣，因爲他說，印第安人在大自然中得到的這些恩賜並不比眾多博學的醫生在實驗室裏花費了數世紀才累積起來的歐洲藥典差勁，甚至可以說在他的頭腦裏佔有同等重要的地位。這不禁讓人們對他嚴謹的學者之風肅然起敬。

這個受人尊敬的學者先生不僅在醫學上展露了他對這個地區的重要性，就是在宗教的生活上，也不能不稱他是一位合格的基督徒。這個人剛來這裏不久後，就選定了狄米斯戴爾牧師作他精神上的引路人。

這位享譽牛津的年輕學者，在這個地方更具有聲名顯赫的地位。據這城鎮裏最熱愛他的人說，只要這個年輕牧師有足夠的精力和時間活在這個世上，那麼他也會像那些基督教始創初期的信徒們一樣，爲這個新英格蘭信仰還不成熟的地區做出巨大的貢獻，至少不會辜負了一個聖徒的名譽。

然而，事與願違，就在此時，狄米斯戴爾先生的健康狀況明顯開始惡化。據那些對狄米斯戴爾生活起居極爲熟悉的人說，牧師的面頰之所以如此蒼白，是由於他待在書房裏研究學問的時候過長，用心過於急切和專一；而在執行他在本地區的教區事務時，又過於負責和一絲不苟，可稱殫精竭慮。還有一些經常關心牧師的人說，常見狄米斯戴爾牧師整夜不眠或是長時間地齋戒，爲的是徹底地抵抗惡魔對他靈魂的引誘，並在苦行中完成替世人罪惡的求贖。還有一些更熱切的崇拜者說，如果牧師真的要離開這個世界，那無非是因爲這個世俗的社會已不配承載他這個聖潔的靈魂。

不過，不管眾口如何猜疑或對他表示敬仰，這位虔誠的聖徒卻以他特有的卑下聲明說，如果天意要讓他過早地離開這個世界，那只是因爲他的罪惡的靈魂已不配在這個世上完成上帝賦予教會人員的神聖使命了。

總之，不管這位牧師先生如何熱切地追求他精神上的依靠，這個人的物質形體卻在漸漸消瘦。他在講壇上的聲音雖然還是那麼甜美而且飽含感情，但卻已因爲經常的喘息和停頓，以及一種壓抑的情感，向人們預示了某種憂鬱性的衰頹；人們經常觀察到，每逢稍有激烈或驚恐的突發事件發生時，他就會用手不由自主地捂住心口，臉上一陣紅一陣白，這表明他的精神已經處於極度神經質的緊張痛苦之中，幾近崩潰的邊緣。

當羅傑·基靈歐斯初到鎮上的時候，這位青年牧師的身體已經非常糟糕，人們都在傳說那年輕的生命隨時有可能在瞬間煙消雲散。基靈歐斯的出現，就像是上天已經安排好了一樣，對關心牧師的人來說簡直就是奇蹟。這醫生來得如此及時又醫術高明，尤其是他到這個地方的初次關懷就是針對這位讓人擔心的牧師先生，因此人們就在他倆之間展開了許多神奇的聯想，當然，這在當時人來說完全是合理的推測。

有人說，這醫生本來是德國一所大學的好博士，因爲上天可憐這虔誠的牧師，所以特意在冥冥中安排了一場龍捲風將這醫生空運到了牧師的門前——這種說法雖然有些神秘，而且帶有讓人敬畏的情緒在裏面，但不可否認，這醫生確實是一個醫術高明的人：人們經常見到他在野外採集藥草，還從樹上折取很細小的枝葉，或挖掘植根、摘取野花，常人眼中無用之物，在他手裏似乎蘊藏著巨大的價値。

而且這種說法也能夠解釋另外一個問題，就是對於這樣一個本來應該在大城市裏生活的好人，有什麼原因會促使他不遠千里來到這野蠻荒蕪的地方呢？他經常談到坎奈姆·狄戈比爵士和其他一些名人——他們的科學貢獻簡直被視作是超自然的——雖然他並沒有明確地說出他們之間是什麼關係，但據人們推測，他們大概不是熟人就是互相通過信。就這樣的地位和技術來說，這個人能到達這裏好像只有一個原因可以解釋，就是上天的安排。

當然，並不是所有的有識之士都相信這類所謂龍捲風的怪異說法，他們認爲上帝要獎賞哪個人並不一定要用一些讓人看不明白的所謂奇蹟來實現，恰恰相反，他經常會讓人把他的聖蹟看得明明白白，「雖然基靈歐斯先生的出現到現在還是個謎，但不可否認，這其中確實有神力的相助。」這是他們的解釋。

上述人們的想法得到進一步證實是另一個原因：醫生一開始就對這位年輕的牧師產生了濃厚的興趣與熱情。他以一個教民的身分緊緊跟隨在牧師的身側身後，仔細觀察他的病情發展和情緒變化，對症下藥地配製了許多藥方藥丸，還虔誠地勸導牧師說，只要讓他對他及時治療，他相信在牧師的身上沒有什麼能難得住他。

醫生對牧師的病情這般確信，對他的拒絕治療卻深感震驚，因爲牧師對他說：「我的身體用不著醫生。」萬般無奈的情況下，醫生就把這個消息透露給了牧師教團裏所有的長老、執事、修女，以及那些關心牧師健康狀況的善男信女們，於是這些人就每天到牧師的居處來勸他接受治療。

「難道說您已經厭倦了這神聖的工作，想到要死了嗎？」他們問這位面色蒼白的牧師。他最近的身形更不如以前了，像是有什麼可惡的東西在吞噬著他的肉體，而他說話的聲音也不如以前有力而且聲潤飽滿了，他的面頰上泛著不正常的血絲，用手捂住胸口的動作不再是偶然的，而是經常這樣，甚至不勞累也不激動，也是保持著用手捂胸口的狀態。這位年輕的牧師情況實在令人擔心，他怎麼能屢屢拒絕人們對他的勸助呢？而且天意安排如此，他怎麼能夠這樣違反天意呢？

善男信女們一個接一個，不停地對牧師講著這樣的話，最後這謙遜的牧師終於再也不能保持沈默，於是就答應衆人說，暫且讓醫生試一試。不過私下裏他這樣對醫生說：「生死離別本是天意，如果上帝要讓我這個罪惡的身體離開世界，那我還有什麼要你來治療的呢？但願上天能夠將我這痛苦的靈魂、邪惡的肉體，還有我在這世上的塵俗東西都統統拋到地獄裏去，而讓我靈魂中那聖潔的和虔誠的部分隨他而去，到達永恒的空間。」

「啊，」羅傑·基靈歐斯說，「年輕的牧師們總是喜歡這麼講話。年輕人啊，都還沒有紮下深根呢，就這麼輕易地放棄生命嗎？我知道，你們的熱情總是在支持著你們要跟隨天上的父早日到達那新耶路撒冷的黃金大路。」
不知道是故意的，還是天生如此，醫生的話不論何時都是平靜而且理智的。
「不，不是那樣。」年輕的牧師說，一隻手放在心口上，額上閃過一抹痛苦的紅潮，「如果上帝還會允許我跟隨他到達那裏的話，我倒情願在這裏繼續吃苦。」
「真正高貴的人總是把自己說得十分卑下。」醫生說。
就這樣，神秘的老羅傑・基靈歐斯成了狄米斯戴爾牧師先生的專職健康醫師。他不僅對這位病人的身體狀況極其感興趣，而且對他身上表現出來的那種不同於常人的憂鬱氣質和敏感特性也非常著迷。他經常和牧師一同到山林裏散步，聽松林在風中低嘯，或是到大海邊去看海，讓海浪的擊打把水珠濺到自己身上。
用醫生的話說，這不僅是爲了自己採藥，更主要的還是可以讓病人在大自然的清新懷抱中得到心靈的釋放。這兩個人儘管在年齡上的差別是顯而易見的，但他們的思想和需求各自將對方吸引到了自己身邊，無論是在書房中談天或是臥室中閒聊，長時間的相處，兩人之間逐漸建立起了一種特殊的友好關係。
對牧師來說，這位科學家的陪伴中自有一種魅力，因爲他身上不僅有著廣博精深的知識修養，而且還有引人入勝的浩渺無際的自由觀念——這在牧師的同行中真是萬難尋找。狄米斯戴爾先生不僅爲自己這些發現深感詫異，而且簡直可以稱得上是極其震驚。
事實上，作爲一個地地道道的牧師，一個真正虔誠的基督教信徒，他的思想一直被限定在一個固有的範圍內。他的血液裏流淌著純潔而澎湃的熱誠支持著他，沿著宗教的道路向前走，而且這種堅定和熱情還隨著時光的推移愈來愈在他身上發揮著巨大的作用，因此他很少有機會或者是興趣涉獵到宗教以外的任何東西，尤其是思想領域裏的。但醫生的到來給他打開了另一扇大門，就像一個長期處在一個封閉小屋裏的人一樣，猛然間有人給他打開了書桌前的一扇窗戶，外面清新的、還略帶芳香的空氣吹進來，即使並沒有完全吹走他面前那早已發黃了的書本上陳積的灰塵，但至少給他久坐的身體吹進了一股清新的活力，讓他在幾近沈迷中打了個冷顫，所以牧師在用另一顆心情看世界的空檔裏感到了一種前所未有的新鮮感和輕鬆自如的感覺。

但是，這種感覺並沒有持續多久，由於長期受到腐書的影響和侵噬，而且就像那猛然間接受了冷空氣的人總是難免感到坐也不舒服，站也不舒服一樣，牧師的心中在經過一陣掙扎以後，又逐漸泛起了一種罪惡的感覺，而且那樣的嘗試總是膽戰心驚的，所以，這之後不久，二人又不得不退回了各自原來的世界中。

醫生對於病人的感覺是感情專注、思想活躍，而且性格非常敏感。在他認爲，一個人要想了解另一個人，尤其是醫生要了解病人，就必須從兩個方面下手，一是身體行爲上，二是思想心靈上。因爲一個人的身體表像總是脫離不了心靈思想的引導和決定，這後者對前者的影響總是鮮明地通過他的一言一行表現出來，所以醫生決定不遺餘力地觀察狄米斯戴爾的所有生活習性，包括他怎樣在熟悉的思維上保持著慣常的途徑前進，又怎樣在遇到突然的情況時，比如投入到另一種道德境界中，會表現出什麼樣的、他性格中根本的最隱秘的特性。醫生認爲所有人在遇到突發事件時總是最先表現出他性格上最本質最固定的東西，因此他竭力希望能從牧師的變化中發現一點他身體上生病的根源。

表面上，羅傑·基靈歐斯和善友好而且技藝高超，具有一切醫生應該具有的好品德，這就給他探索病人的內心世界，努力在牧師的生命原則之中發掘出影響他的根本東西，從他深藏著的記憶中挖掘出不爲人知的東西創造了良好的條件。這就像在一個藏寶庫中尋找寶藏一樣，行走在黑暗的洞穴中總要小心翼翼、仔細摸索，才能有所收獲。像醫生這樣既有敏銳的洞察力，又享有醫生的特權，這樣的人來從事探索的工作，充當調查員的身分，總是很少有秘密能逃過他的眼睛。

我們假設一下牧師的處境。假如一個醫生有天生敏銳的眼睛和思考的能力，還有一種我們常常用來誇獎一個人感覺正常的東西——直覺；倘若他沒有流露出頤指氣使、唯我獨尊，或其他一些不受人歡迎的性格；他的天性中有一種與病人息息相通、互相理解的能力，讓病人爲之喪失警惕能力，對他抱以信任，以致不知不覺地說出心中所想的一些事或一些感覺；倘若這位醫生沒有急躁多嘴的習慣，能夠平靜地傾聽這些表白，並且用沈默或一兩聲的歎息來表示同情，那麼這些特性加在一個有充分的技藝來解除病人病痛的醫生身上，的確，可以讓任何心靈中有痛苦或隱疾的人，不知不覺中把自己所有的感情和秘密消解在一種潛移默化中，就像一點一點撕開包著的紙一樣，最終讓所有的東西真相大白。

不過，雖然上述這些特色羅傑．基靈歐斯醫生幾乎已經全部擁有，而且還如我們前面所說的，隨著時間的流逝，這兩個同樣具有智慧的頭顱和深厚感情的人，終於順理成章地結成了親密無間的好朋友——他們在整個相處的時間裏，一起討論人類世界中最寬廣的文明和思想問題，讓感情的駿馬在遼闊的精神世界奔馳；討論的題目涉及倫理學、宗教學、社會學和心理學等等各種題目，有時還涉及到兩人內在的、隱私的心靈世界或感情空間——但無論在這兩個人中間曾經做出過多少的交流和討論，在醫生想像中的那種肯定是引起牧師身體生病的根源卻從來沒有在無意識中流傳進他的耳中。有時，醫生簡直就要懷疑狄米斯戴爾先生身體痼疾的本質從來就沒有存在過，但這是不可能的，所以醫生不禁爲年輕牧師的這種涵養而驚奇。

在羅傑．基靈歐斯的默默促使之下，過了不長一段時間，狄米斯戴爾先生的朋友們做出了如下安排，就是讓羅傑．基靈歐斯醫生搬到狄米斯戴爾牧師的住處，讓他倆同住在一個地方。

這對於關心牧師生活和身體健康的全城居民來說，真是再高興不過的一個安排了，因爲這對於一個拒絕了另一項安排的人來說真是再合適不過了——這一項由許多自覺爲牧師作主的人安排下的事，就是讓牧師在眾多對他崇拜而且甘於奉獻的少女當中，挑一個最最漂亮最最虔誠的人來做他的妻子，但牧師好像認爲在他的清規戒律中有一條不准娶妻的規則一樣，堅決拒絕了這項建議。既然他不願意有一丁點妨礙他苦行修煉的意願，情願讓自己的餐桌簡陋單薄，靠別人的贈與過活，也情願靠別人爐邊的一點溫暖來貧寒度日，而不願讓自己的身體墮入享受的罪惡，那安排一個醫術高明，又仁慈祥和，對牧師抱有非常好感、亦兄又亦父，還懷有虔誠的教民熱誠的人在身邊，不是比讓他一個人孤零零地生活在人類的邊緣要好得多嗎？

在這個城鎮的邊郊地帶，有一位頗爲富有的老寡婦，不但是個受人尊敬的上層貴婦，而且有著虔誠的宗教信仰，爲人慷慨又仁慈。她自願爲這兩位朋友提供了住宅，就是她的宅子的前廳和側室。

這個婦人的家宅本是在原先艾薩克・約翰遜的舊址旁，那個地方現在成了一片墓地——後來又成了王家教堂的近鄰——因此對於喜歡懷舊的人來說，比如牧師和醫生，這個地方再合適不過。這兩個人由於各自的職業需要，也喜歡這個地方的位置，因此好心腸的老寡婦就慷慨地將她的前廳讓給牧師住，並將它隔壁的一間側房讓給醫生住。

狄米斯戴爾先生很快就把他簡陋的行李搬進了這間前廳，那裏陽光倒還充足，窗子上有厚厚的窗簾。房間的四壁懸掛著據說是戈白林織機上織出的織錦，也不知是真是假，不過上面確實繡滿了《聖經》中的故事和人物，有大衛、巴示巴和預言者拿旦的故事，還有一個身形美麗的婦人——雖然顏色尚未褪掉，可惜那張臉比傳說中魔鬼的樣子還要醜陋。

牧師的行李中還有很多書，雖然他的臉色已經近乎蒼白，但他還不願放棄在精神領域裏的追求。那些厚厚的藏書裏，有許多對開本的、用桑皮紙精裝製作的先聖們的著作，還有有關拉比的傳說、僧院的考證等等很多書，雖然對這些書的作者，僧院教士們不惜餘力地進行了貶毀抵斥，但在真正要研究《聖經》時，卻不得不拿出它們來做參考。

老羅傑・基靈歐斯住房則在牧師的隔壁，按照功能，它的裏面被劃成了三部分，一部分是臥房，一部分是書房，還有一部分是實驗室。

如果我們用今日的眼光來看，那個實驗室實在稱不上是標準的實驗室，甚至連設備齊全都稱不上，但對於一個早已慣於在簡單的煉金房中做實驗的老煉金士來說，這完全沒有什麼難處，他隨便就可以用那個小小的蒸餾器和一些其他的簡單設備，配製出一些有效的藥物來。因此，這二人對於這樣寬敞的環境極爲滿意。二人在工作的時候就各自在自己的書房或實驗室裏度過，等到休息或閒暇時就在一起交流經驗，談天說地，好奇地打聽對方的進展情況。看起來關係愈來愈親密。

我們已經說過，對於阿瑟・狄米斯戴爾牧師和羅傑・基靈歐斯醫生住在一起的安排，是全城那些最具智慧、最關心牧師身體的朋友們提出來的，並且他們相信這是上天的旨意，通過人們在家中對牧師的祈禱和祝福，這個受人尊敬的人兒一定會很快好起來的。但現在我卻不得不告訴大家的是，對於這個看法，有一些更有智慧的人在經過了一段時間的驗證後提出了他們的異議。就像那些沒有受過教育的農民一樣，在判斷一件事的真僞優劣上，他們那神奇的直覺往往要比他們腦中極爲有限的知識更爲有效，更接近事實的真相——這樣的情況也往往出現在那些聰明人的行爲上。

這些產生了異議的人，對羅傑．基靈歐斯的偏見——也許是誤解——原因和舉證都不足爲信，但我想如果給各位讀者說出來，也許並不是一件壞事。這些人中間，包括一個上了年紀的手藝人，他在三十多年以前，也就是托瑪斯．奧佛白利爵士被害的時代，曾經確確實實是倫敦的一個好市民。據他說，他曾經在倫敦看到過這位醫生，那時他和一個叫福爾曼博士的老術士在一起，這個人物曾經參與過奧佛白利被害一事，而當時醫生的名字也不是現在這個名字，而是一個他現在已經記不起來的陌生名字。還有人說——當然，這都是交情比較好的人私下裏的談話，說這位醫術高明的人在被印第安人俘獲的那段時間裏，曾經參與了野蠻人法師的念咒活動——這些念咒活動通常都被認爲是神秘的、邪惡的——因此才有了他醫學上今天高深的造詣。

還有一大批人，他們都是些以頭腦冷靜、觀察務實而著稱的人，說，在羅傑．基靈歐斯的臉上有一種很特殊的、邪惡的表徵。他剛來鎮上的時候，還是一副安詳平和、落落穩然的表情，但自從和狄米斯戴爾牧師住在一起以後，他的臉上就泛起了一種醜陋的、令人害怕的神情，這神情隨著他和牧師相處時間的愈來愈長，而變得也愈來愈明顯。

由此，這些人斷言說，這個老醫生不是惡魔本身也是他派來引誘牧師的使者，就像以前在基督教世界裏就曾發生在一些最聖潔的人身上的事情一樣，這個年輕的牧師今天也遇到了他生命中最嚴重的時刻。人們傳說，在老醫生的實驗室裏燃燒著的爐火並不是人間的火，而是地獄裏用來炙烤惡鬼的幽冥之火，因此老醫生的臉才被薰成了又醜又黑的樣子，而牧師的處境也就更加危險。

人們都盼望年輕體弱的牧師能從困境中站起來，衝破惡鬼對他設下的種種障礙，取得最後的勝利，但是，看啊，從年輕牧師那憂鬱而恐懼的目光中，閃現出來的是一場多麼艱難的鬥爭啊，在人鬼的相爭中不是人的滅亡，就是魔鬼的慘號，這兩個結果完全不是人所能預料。

第十章　醫生和病人

老羅傑．基靈歐斯心地善良，脾氣溫和，儘管看上去並沒有一眼就讓人信任的柔和表情，但在他的秉性裏有著公正和嚴謹的態度，在待人接物上表現出了很好的正義與熱情。這個博學的老醫生，認爲自己完全有法官的睿智和定力，可以對人類真理的任何方面做出判斷。

他孜孜不倦地探尋著一個事實的真相，好像這件事情並沒有涉及到他或是他以外的任何人的感情與生命一樣，他把它看作了一次完全幾何化的旅程，就是說，他的調查在他看來，並不比在紙上畫出一條直線或一個三角形來得複雜多少。這個人遵循著一條秘密的途徑進行著自己的事業，就像一個掘礦人正在一條隧道裏仔細摸索一樣，或者像是一個盜墓者，在沒有人的黑夜裏伺機前行。

只是沒有人能夠確定──連他也不能確定，在這個挖礦或盜墓的過程中能不能尋找一個他期待已久的大寶物，或許在最後那個廢墟或是遺骸上，留有的不過是一捧殘土或是一個沈坑罷了，要真是這樣，我們可要爲這個法官舉行靈魂的哀悼會。有時候，醫生的眼中會閃出一絲很特別的光芒，像是爐火長期的映照，把那藍幽幽的不祥之光鑄進了他的眼中一樣；或者我們也可以說，這就是班揚山上可怕的門洞中射出的、正在考驗朝聖者的幽冥之火。或許，在那個陰沈的礦工正在挖掘的土地中已經顯露了他所期望的東西了吧。

在一次禁不住的喜悅中，這位醫生對自己說，「這個人，如果再沿著我們目前的方向挖下去，就能發現他那掩藏在純潔、高尚與神聖的聲名下的、繼承自他的父親和母親那裏的一種強烈的獸性。」——這是多麼讓人不寒而慄的自言自語。

老醫生在年輕牧師那深湛的內心世界中如鬼魅一樣不停地搜尋，翻出了許多異常珍貴的東西，諸如對靈魂的熱愛、純潔的道德情操、自然的虔誠等等，都是些因爲智慧與信仰相互交結而產生出來的美麗花朵，或是由天啓而燃亮的燈火，均以對人類的福祉做出高尚的貢獻爲其目的。然而這一切無價之寶對於那位探礦人的異常目的來說，無異是一堆廢物——他只好沮喪地轉回身來，朝著另一個方向開始搜尋。

他鬼鬼祟祟，左顧右盼，小心翼翼，猶如一個小偷兒進入一間臥室，想去竊取主人視如生命、秘密珍藏的寶物，卻擔心主人躺在那裏半睡半醒——或者可能還大睜著眼睛。儘管他事先做了準確觀察、周密策劃，但地板上總是會不時地留下他嗒嗒的走路聲，他的衣服也會因碰在一些家具上而發出細小的磨擦聲，而且到了主人身邊的時候，因爲他背後的窗戶還明亮著，所以他的身影不時也會投射到主人的身上。

換句話說，也就是狄米斯戴爾先生敏感的神經時常會產生一種精神直覺的功效，模模糊糊間意識到，他平靜的生活中已經闖入了某種敵意的東西，而這種東西正在努力尋求機會要對他做出不良的舉動。這樣，牧師的眼中便不時地閃現出一種恐懼和戒備的光芒。但正如我們前面所說的，老羅傑·基靈歐斯是個具有智慧、善於觀察的人，他也具備一種和牧師一樣，甚至更甚於牧師的近乎直覺的感知能力。當牧師向他投來異常的目光時，醫生就會正襟危坐，儼然又成了一個溫和慈祥充滿愛心，關愛牧師身體的好醫生好朋友，絕不再露出任何打探他人隱私的意向了。

以狄米斯戴爾先生的情況來看，如果他真的是一個還沒有因爲那塊心病就把所有人類當成懷疑對象來看的話，也就是說他還沒有病態到把任何人都當成敵人而不是朋友的話，那麼他還很有可能一眼看穿這老醫生的詭計和他的品性。但正是由於他把所有人都當成了敵人，所以當真正的敵人來臨時，他卻不能把他們同一般人區分出來了，由此，他依然到老醫生的書房中探訪他，或者在他的臥室中與醫生交談，並且有時候出於消遣解悶或是其他的緣故，還常常到醫生的實驗室中觀看他是如何把藥草製成有效的藥劑。

有一次，在他的書房中，看著老羅傑．基靈歐斯正在用心查看一株長得非常難看的植物。牧師用一隻手支住前額，把肘部墊在朝墳墓開著的窗子的窗台上，面部朝外漫不經心地問羅傑．基靈歐斯道：「告訴我，好朋友，你是在哪兒找到這些藥草的，它們的葉子這麼黝黑鬆軟，就像快失去了生命力一樣？」

老醫生回道：「在眼前的墳地裏。」邊說邊繼續手中的活。

「我以前從沒見過這種草。但在那座孤零零的、沒有墓碑，也沒有其他東西的墳墓上我發現了它們。也許這是一個並不高尚的人在心靈的懺悔裏長出來的懺悔與受罰之草，要是他能在生前公開承認他的那些隱私就好了。」

「也可能，」狄米斯戴爾先生說，「他肯定希望如此，但他不一定辦得到。」

「那爲什麼呢？」醫生接著說，「既然一切自然的力量都能這麼誠摯地要求懺悔罪過，並用這種醜陋的雜草來表示他們對死者的不屑，那我們人類還有什麼是不能說出口呢？」

牧師答道：「這樣的解釋，我的好朋友，不過是你自己的想像罷了，你賦予了這種小草一種並不光彩的生命。但如果按我的理解來說的話，除非是上天的仁慈，或者懲罰，要求一個人把他心中的秘密說出來，否則沒有什麼力量能夠揭示一個人埋在心裏的秘密。因爲那顆心總是會因爲一種負罪感而細細地將這種秘密保存，直到他不得不被揭露出來爲止。而且，就我對《聖經》的閱讀與理解來看，我並不認爲對一個人的思想和行爲進行探索，直到把他心底裏的想法揭示出來，就是對這個犯下罪惡的人的懲罰。除非我的見解根本不對，否則我就會認爲這種揭示其實只是爲了滿足一些智者自己的好奇心，或是達到對他們自己知識的肯定，而不是對一個有罪的心靈進行懲罰和使之釋放。並且，我還認爲，你所說的那種懷有這些痛苦的隱私的心，到了最後非袒露秘密的那一天，不一定就是非常痛苦的和不情願的，相反，它們也有可能是愉悅而且輕鬆的。」

羅傑·基靈歐斯平靜地斜睨著牧師說：「既然說出來能得到慰藉，那麼，他們何不及時說出來呢？有負罪感的人爲什麼不儘早地讓自己獲得這種難言的慰藉呢？何不讓自己儘快成爲自由人呢？」

牧師說，「他們大多數都是這麼做的，只是——」他又用一隻手緊緊地捂住自己的心口，像是正有一種揪心的疼痛在糾纏著他一樣，「有很多現實的情況能夠阻住一些人也去做這樣的事情。我曾經聽到過許許多多可憐的靈魂向我作出懺悔，他們有的是在生命彌留的病榻上，有的卻是在精力旺盛、名聲良好的時刻。爲什麼呢？正如我所親眼看到的那樣，在作了這樣一番傾訴之後，那些負罪的兄弟們有多麼輕鬆啊！就像是被自己污濁的呼吸長時間窒息之後，終於吸進了自由的空氣一樣，還有什麼人，即使是一個殺人犯，會情願把自己的心中裝著死屍，而不願意把這屍體馬上拋出去，聽憑上帝去安排呢！」

「然而，有些人就是這樣掩埋著自己的秘密。」那安詳的醫生評論著。

「的確，是有這樣的人。」狄米斯戴爾先生回答說，「不過，我們何必非要去設想那些表面化的原因呢？也許，他們之所以緘口不言，正是出於他們自己的本性。他們都是一些對上帝的榮光和人類的福祉保持著熱情的人，但負罪感讓他們不敢把自己曾經的陰暗和污穢展現在人們眼前，因爲這樣，他們就再也不能做出一些什麼善舉，而且，以往的罪惡也無法通過悔改與贖罪來補過。於是，這些人就只有默默地忍受著難言的痛苦和折磨，在一般人看來似乎毫無兩樣，就像剛剛下過雪的土地一樣，但實際上他們的內心卻比我們如廁的地方更骯髒。」

「他們這是在自欺欺人，」羅傑．基靈歐斯用異乎尋常的強調口吻說，還伸出食指輕輕比畫了一下。「他們害怕接受本應該由他們自己來承擔的恥辱。或許他們心中，正如你所說的那樣，還有著對人類的愛、爲上帝服務的熱忱，但這種神聖的衝動在他們的內心中，無論是與罪惡的靈魂共處，還是互相排斥，有一個事實他們卻無法改變，那就是邪惡的門戶既然已經打開，就再也不可能關上，那些罪惡會在他們心中繁衍起另一個魔鬼的種籽。因此，要是他們追求爲上帝增輝添光，那就不要把骯髒的雙手朝天舉起吧！如果這樣，我相信，上帝一定會派下震怒的雷電懲罰他的；要是他們想爲同伴們服務，那就先強制自己的靈魂進行懺悔吧，這樣還能讓人們看到他們一息尚存的良心和理智。噢，明智而忠誠的朋友，你難道認爲我會相信，虛僞的外表比起上帝自己的真理還要有用還要重要嗎？爲了上帝的榮光和人類的福祉不去懺悔，這樣的說法多麼好笑，不是在自欺欺人是在幹什麼！」

「可能是這樣吧。」年輕的牧師淡淡地說道，好像對一個與己無關的事情完全沒有興趣來討論。的確，他總是有這樣一種本領，能夠隨時擺脫那些使他過於敏感的神經系統可能會激動起來的任何話題。「不過，就目前最緊要的事情來說，我倒是想先向你這位技藝高超的醫生朋友請教一下，您對於我羸弱的體格的好心關照，是否已經在我身上起到了一定的效用呢？」牧師說。

羅傑・基靈歐斯張了張嘴正準備回答，猛然間就聽得一陣清脆而毫無顧忌的孩子笑聲從鄰近裏的墓地傳來。時值盛夏，窗門大開，牧師不由自主地從倚靠著的窗戶向外望去，就見一個女人和一個小孩正從墓地裏的那條小徑上走過——是海絲特・白蘭和小珠兒。珠兒的模樣是如此美麗，全身散發著一種獨特的光芒，就像陽光一樣不容人忽視。但此刻她正處於那種調皮任性的興致之中，每當此刻，她便像是完全脫離了人性的共鳴與交往的範圍一樣，變得毫不通情理。她大不敬地從一個墳墓跳到另一個墳墓上，終於來到一個寬大、平整、帶有紋章的墓石跟前——這墓石說不定正是那逝去的大人物艾薩克．約翰遜本人的，不過，他的權威並沒有對小珠兒起到任何作用，你看她跳上去沒有作任何的停頓或察看就又開始繼續她那美麗的舞蹈。

她的母親對她又是命令又是懇求，要她放規矩些好好走路，小珠兒終於停止跳舞，走到墓碑旁一株高大的牛蒡邊，採了很多帶有刺的果實，再走回來一顆一顆沿著母親胸前那枚字的筆畫把它們插滿在母親身上。這些帶刺的牛蒡很容易便在上面固定下來，海絲特任由她胡鬧，並沒有把它們取下來。

羅傑．基靈歐斯這時也已走到了窗前在牧師的對面向下看去，他的臉上帶有一種奇怪的笑意對牧師說：「在那孩子的氣質中，根本看不到任何對權威、對法律、或者對道德理念尊敬的成分，好像她在這個世界上是個另類人一樣，對這個規矩的社會不屑一顧。」接著他又說道——不知是對牧師說，還是自言自語：「有一天，我看到她在春巷的畜槽邊，往總督身上潑水。天吶，我真不明白她究竟是個什麼樣的小東西？是一個徹頭徹尾的邪惡化身嗎？她身上還有感情或任何一點人性的道德原則嗎？」

狄米斯戴爾先生用那一貫低沈的嗓音回答說：「沒有，完全沒有——在她身上只有天性與法律或道德原則相反的肆無忌憚的自由，」看其態度，聽其聲音，好像這個女孩完全對他沒有興趣一樣，他接著又毫無波瀾地說了一句：「至於以後能否爲善，我可就無從而知了。」

正在墓地裏玩耍的孩子可能是遠遠聽到了他倆的聲音，擡起頭來看著窗戶，臉上露出歡樂而又聰慧的頑皮笑容。她使勁掄起胳膊朝狄米斯戴爾牧師扔了一枚帶刺的牛蒡，敏感的牧師懷著神經質的恐懼，將身子向後一退，躲開了那輕飄飄的飛彈。珠兒發現了他的激動，在極度興奮之中，拍著小手放聲大笑起來。海絲特・白蘭也禁不住擡起頭來看，於是這老老少少四個人便默默地互相瞅著。後來，孩子停止了狂笑，對母親喊道：「走吧，媽媽！要不然，那老黑人要來抓住你了！他已經抓住了牧師，走吧，媽媽！不過他抓不住小珠兒，永遠也抓不住小珠兒！我們快走吧，媽媽！」

孩子蹦蹦跳跳，歡快雀躍，拽著母親的手在墳墓間穿來穿去。那出奇的勁頭似乎說明她與所有逝去的並埋葬在這裏的人們毫無共同之處，她們不屬於同一個社會，不屬於同一命運的種類。在死亡集中的地方，她感受不到一絲一毫的陰沈恐悶，彷彿她是由全新的元素構成，獲准去過一種嶄新的、完全屬於她自己的生活，並且自有其定法，不能將她的怪異或不屑看作是一種罪過。

「你看那個婦人，」羅傑・基靈歐斯遠遠地盯著海絲特對牧師說，「她不論有什麼過錯，可絕不會被你所認爲的那種難以忍受而又必須隱蔽的負罪感所左右。你看，她胸前佩戴的那枚紅字，不是減輕了她許多痛苦麼？」

「也許，」牧師平靜地說，「我不敢十分確定，所以不能替她回答你。要比起一個受折磨而又不能訴說的人來，也許這個婦人的痛苦——這樣自由表達的痛苦——要好受得多，但不能否認，我也從她的臉上看到了另一種痛苦——一種讓人難以忍受的痛苦表情！」

醫生沒有說話，室內陷入了一種異常的靜寂狀態。過了一會，醫生重新開始動手檢查和整理他那些採集來的植物和根鬚，一邊又對牧師說：「你剛才不是問我，對於你現在的健康狀況有什麼看法嗎？」他的聲音已經恢復了以往的平和與關愛。

「是的，」牧師回答說，「我非常樂意聽你來說說這個問題。請不要有任何顧忌，坦率說出來吧，不管我是該死還是該活。」

「好，既然這樣，那我就不繞彎子直說了吧。」醫生說著，一邊仍然忙著擺弄他那些藥草，眼睛從斜刺裏不動聲色地注視著狄米斯戴爾先生，「你的身體失調很奇怪，症候本身並不嚴重，不像你表現出來的那樣厲害——至少，到目前爲止，我觀察到的情況就是這樣。親愛的朋友，不管你相不相信，我幾乎每時每刻都在細心觀察著你，注意你的表像，如今已經有幾個月過去了，我應該說你是——怎麼說呢——算是一個病得很重的人吧。不過，這種病倒也還沒有重到連一個訓練有素而且恪盡職守的醫生都感到無望和不治的地步。可是——我不知道怎麼說才是——這病我似乎很清楚，但鑒於很多情況，我似乎又什麼也不明白。」

「你這是在打啞謎嗎，博學的先生？」牧師斜瞥著窗外說。

「不，這是我的心裏話。換用另外一個表達方式就是，」醫生繼續說，「可能我說話過於耿直，所以要請你原諒，先生——如果真的需要原諒的話。我必須對你說，作爲一個關心你的朋友，作爲受命於上天對你的生命和身體健康負責的人，我需要坦誠地得到你的一句回答，先生，你是否真的已經把你的全部得病原因和症狀都詳細告訴我了呢？」

牧師微微有點嗔怒地說：「你怎麼能這樣想呢，先生？你聽說過有哪一個人是拿他自己的生命開玩笑，請來了醫生卻又不向他說明情況的？」

「那麼你的意思是說我已經完全清楚你的病情嘍？」羅傑・基靈歐斯故意這樣說，用透著精明的目光緊緊盯著牧師的面孔。「但願如此吧！不過，我還是要說，對一個醫生來說，如果只了解病人身體表面的症狀，而不了解他心靈上某種可能會引起身體變化的原因，那麼他不過是只掌握了病人的一半病情而已。這種表面上的疾病──請恕我直言，先生──其實，往往不過是精神上的某種失調的徵候的外部表現罷了，先生，人的身體經常是和精神緊密結合在一起的。而從我所知道的人來說，要論精神和肉體的最緊密最融洽相合，可能就數你稱得上了，先生。」

「這樣看來，我是多問了，」牧師說著，有點激動地從椅子上站起來，「我忘了你是一個不賣治療靈魂的藥物的醫生！」

「是的，我是只管醫治病人的身體，先生。不過，」羅傑・基靈歐斯也站了起來，把自己矮小、黝黑、畸形的身體面對著形容憔悴、面色蒼白的牧師，沒有在意自己的話被打斷，繼續用一種平和而肯定的語氣說，「你還沒有聽明白我的意思，先生。我是說，對於一種疾病，一種可以稱之爲心靈上的疾病，如果它完全有可能把它所有的症狀都通過外在的形式，我是說身體上的形式表現出來，那麼你要讓一個醫生只管去醫治這個人的身體而不顧及他的靈魂，這不是在讓他做無用的事情嗎？」醫生繼續說：「沒有心靈上的坦白，怎麼能有身體上的根治呢？頭痛醫頭，腳痛醫腳可是醫學上的大忌啊！」

「不！我才不會對你說呢！」狄米斯戴爾先生激動地喊道，「我才不會對一個世俗的醫生講求什麼靈魂的坦白呢！」他把那雙大大的眼睛瞪得又圓又亮、帶著一種憎恨與發狂的神色對著老羅傑．基靈歐斯說：「我才不會把所有的一切都對你說呢！包括我的罪惡，我的痛苦，我的榮光，我的虔誠！如果我真的已經不配在這個世上再來侍奉上帝，那麼就讓他來懲罰我的靈魂吧，不管是用正義的方法，還是用邪惡的方法，隨他的願去處理我的靈魂和肉體吧，他才是我唯一需要的醫生。而你，你是什麼東西，先生？竟敢要求充當我和上帝之間的聯繫人？」

他說著，就像發了狂的暴風一般，猛然衝出屋子。

羅傑．基靈歐斯望著牧師的背影，沒有言語，只是在嘴邊掛著一絲陰沈的笑意。過了一會，他自言自語地說道：「這樣也好，把一切事情都攤出來也好。哼，這樣一個人，這麼容易受激情的控制，我想，另一種激情也完全能把他掌握住。虔誠的狄米斯戴爾先生，你真的以爲自己心中有多麼虔誠和忠貞嗎？我相信，在那種內心的熱烈激情驅使下，你必然做出過那種荒唐的事！」

事實證明，要在這兩個夥伴之間，同以往一樣，重新建立起一種友好和關愛的關係並不難。年輕的牧師在經過數小時的獨處沈思後，終於意識到自己的神經過於緊張和激動，促使他做出了許多不必要的事情。其實，從醫生的言談和舉止之中又能找到哪一點觸怒自己的地方呢？更何況還是自己要求他對自己的病情稍加分析的。

牧師想到這，不禁爲自己對那善良的老人粗暴的發泄感到驚訝，於是他趕快懷著懊悔的心情，去到醫生的實驗室裏向他賠罪道歉，並對他說，即使自己的身體並沒有恢復到以前那種鮮活的境況，但能從危險的境地一直延緩到現在，醫生當功不可沒，因此，他請求這位醫生加朋友繼續爲他治療，並答應一定會好好配合。

羅傑・基靈歐斯醫生欣然同意，繼續爲牧師進行醫療監督和治療。他誠心誠意爲牧師配藥，並陪他散心走動，但每次在他診視完之後，總是要在嘴上泛起一種神秘而莫測的笑意，離開病人的房間後，這種笑意就變得更加明顯而且讓人害怕，但在狄米斯戴爾先生面前，他卻從來沒有表現過這種異兆。

有一次，他低低地對自己說：「這真是一種罕見的病例！靈魂和肉體交叉共鳴，這樣的痛苦並不是隨便什麼人就能體驗到的。我一定要更深入地觀察與了解，即使是僅僅出於醫術的緣故，我也應窮根究底！」

就在上述事情發生過後不久的一天正午，狄米斯戴爾牧師先生長久以來第一次毫不知覺地陷入了沈睡之中。他坐在一張椅子上，面前的桌子上攤開著一本大的黑皮書卷，我想那定是一本有關催眠術或能使精神進入迷混狀態的文獻，要不然，像牧師這樣睡覺就如樹枝上的小鳥一樣時斷時續、眨眼即醒的人，能陷入這種不知不覺的沈睡狀態，實在是很不一般。

應該說這是一種病態的鬆弛，精神完全收縮進自己的天地，不要說對外界輕微的刺激，就是老羅傑・基靈歐斯拖著並不算輕的腳步走進來時，他也沒有任何感覺。老醫生看著坐在椅子上一動不動的牧師，輕輕挪動雙腳走到他的身邊，伸出一隻手，試探著，將他胸前迄今爲止從來沒有因爲診治而解開過的法衣輕輕撩起。

此時，狄米斯戴爾先生確實微微動了一下，但馬上又進入迷混狀態。

醫生停頓了一會兒，駐足凝視，然後就轉身又悄悄地退了出來。誰能用語言描繪出那一張臉上的震驚、歡樂和恐懼的表情啊！雖然只是輕微的一個動作，卻已給他帶來最難以言喻的滿足和狂野的喜悅。

事實上，這種駭人的複雜表情，絕不僅僅是由醫生的眼睛和面部變化表現出來的，看看他那醜陋的身軀是如何將兩臂伸向天花板，並用一隻腳使勁跺著地面，以這種非同尋常的姿態來迸發、放縱他那種喜悅的吧！若是有人看到老羅傑・基靈歐斯此時忘乎所以的行爲，我想，他就完全沒必要去追問地獄裏的魔鬼撒旦是什麼樣子了，看看這個老醫生吧，看看他的靈魂墮落到地獄中去的時候是什麼樣的表現。

不過，那醫生的狂喜同撒旦的喜悅還是有區別的，前者之中還有一種萬分震驚的成分！

第十一章　內心

牧師和醫生之間的關係，在上述事件發生後，雖然表面上同原先並無不同，但卻在本質上發生了深刻的變化。對老羅傑·基靈歐斯來說，他的思路現在已經變得十分清晰可見了，雖然，那倒不一定是他原先希望的那樣。

這個老人，雖然表面上依然平靜、溫和、不慍不火、具有學者和道德高尚的老者風範，但這種不動聲色的感覺卻更讓人感到一種不幸的事即將發生的恐怖。

俗話說，可怕的不是明槍，而是暗箭。在這個不幸的老人心中至今仍然深深地埋藏著的復仇火焰。那引發它燃燒起來的火線，至今也導致了他要想像出超出所有常人能想像到的、更直接的、向敵人復仇的手段。

他把自己偽裝成復仇對象可信賴的朋友，引誘他向自己吐露出心中一切的痛苦、自責、恐懼和無用的悔恨、深重的負罪感，而且絲毫不能苟且！那些折磨了一個心靈的所有內疚和痛苦，本來可以獲得世界上最博大最仁慈的心胸的憐憫和原諒的，但如今卻要揭示給他這個毫無憐憫之心、並且還包藏著禍心的人來聽，這樣的濫施信任和濫施引誘，不正是給一個復仇者提供了最好的機會嗎？

而牧師由於生性羞赧和敏感所致的沈默寡言與自我克制，倒在某種程度上阻遏了這一陰謀的很快實現。然而，羅傑·基靈歐斯對事態的發展，卻從來沒有表現出什麼不滿，因爲他感覺已經得到了上天的啓示。高高在上的天主總是對所有的復仇者和犧牲者都有一定的安排，對醫生來說，或許這個天示就是他的安排。

從這個天示中——至於這一啓示真的是來自上蒼，還是來自其他什麼地方，對醫生的目標來說，毫無影響——醫生感到，從此以後在他們二人的交往中，無論是牧師外表上的言行舉止，還是最深處隱藏的靈魂，似乎都能一一地、清晰無比地展現在他的面前，致使他能看清和理解牧師每一個世俗的變化。

這樣，他在那可憐的被監視者心中，就不僅僅是個旁觀者了，而是成了一名主要角色，整個舞台都是爲他一個人搭設而又爲他所掌握的。他可以隨心所欲地支持和利用牧師，可以用一種突發的事件引起牧師劇烈的悸動和痛苦——那犧牲者現在不是已經處於一種遭受煎熬、膽戰心驚的狀態了嗎？只消稍稍知道一點控制他感情的樞紐就成了，而這對醫生來說恰恰瞭如指掌！他還可以讓牧師因突來的恐懼而大驚失色，那樣，他只需像一個魔法師一樣把魔杖一揮，就會升起無數個面目可怖的幽靈，以千奇百怪的恐怖外形或是更讓人害怕的死亡陰影，投射在牧師的身上，並直逼他的胸膛！

儘管牧師時常總能模糊地感到有某種邪惡的力量正在死死地盯住自己不放，但這一切都由於完成得十分巧妙和隱秘，所以他未能從中明瞭事實真相。的確，那老醫生的畸形身軀時時給他帶來一種莫名的疑慮和恐懼——有時甚至是一種刻骨的仇恨和厭惡。在牧師的眼中，那醜陋的姿態和步法，那灰白不純的鬍鬚，他最輕微和最無關緊要的動作語言，乃至他衣服的任何一個特別樣式，都令他感到不舒服，甚至噁心。在他的心中，這本是一種直覺上的反感和警惕，不言而喻，它們完全是正常的，然而虔誠善良的牧師卻不肯這樣承認。他認爲，既然在醫生的身上找不到任何值得懷疑和厭惡的東西，那還有什麼理由能讓自己對他不尊重甚至仇恨呢？除非是自己心中已經滋生了一種病態的恐懼，讓自己對所有與自己接近的人產生不正常的懷疑。

於是狄米斯戴爾先生就把他的這一切不詳的預感歸咎於其他了。他自責不該對羅傑·基靈歐斯抱有反感，而應該吸取這種反感的教訓，以後不要再復發。然而，無論他怎樣用盡腦汁，這種努力總是不能取得良好的效果。於是牧師就退而求其次，決定以一個平常人的態度來與醫生交往，繼續保持他和那老人的親密關係。而這，毋庸多言，恰恰正是這邪惡的老人所期望的——他的孤淒與殫精竭慮，實在並不比他的犧牲品幸福多少！這就是我們這個歷史上反覆上演的悲劇之一，爲達此目的，復仇者已經傾盡全力了。復仇之火不僅將焚燒著他的仇敵，也必將焚毀他自己。

就在狄米斯戴爾牧師在他的心靈深處飽嘗著一切自責和痛苦的折磨時，就在他忍受著無邊無際的肉體疾病的纏繞時，就在他聽憑他的對手在旁邊對他指手畫腳，支配他的行動時，誰也沒有料到，在他的神職生涯中，他卻開始大放光芒，走上他事業的最巔峰，受到所有人的歡迎和頌揚。

而這一切，又恰恰是在最大程度上受了他的憂鬱氣質和痛苦神情才造成的。他天賦的智慧，他在道德上的感悟和認知，他所擁有的表達感情的能力，都由於他在日常生活中所受到的刺痛的鍛煉，而得以以一種異乎尋常的深刻和超凡狀態出現在眾人面前。

他的名聲雖然才剛露頭角，卻已遠遠超過了他的所有同行，甚至是其中那些在大城市中也佔有聲望的老人。這些年長的學者，在神學領域中研究深奧的學問所花費的時間，比狄米斯戴爾先生的年紀還要長，因此完全可能比他們的小兄弟取得更加扎實的理論基礎和更有價值的實踐成就。

也有些人，比起狄米斯戴爾先生來說，他們堅強的心性，機敏而又忠誠的理解力更值得人們去效仿，倘若再在這些基礎之上加入一定的教義揉合，就會形成一種極受尊敬、頗有成效又高高在上的牧師的典範。

還有一些人，是道地的、最純潔的神父，他們的官能由於刻苦鑽研書籍和冷靜耐心的思考而變得精細複雜，頭腦縝密、風雨不透，更由於長期在美好的世界中暢遊，因此他們的內在風範和外在氣度都顯現出一種超凡飄逸的神采，他們雖然目前仍寄生於必死的皮囊之中，但他們那神聖的靈魂幾乎已經由於純淨的生活而被引入那美好世界中去了。

但就是這些讓人們可望而不可及的人們，卻由於缺少了另一項天賜的能力，因而並不能如他們想像的那樣及時獲得我主的關注和恩賜。他們所唯一缺乏的，就是在聖靈降臨節時上天賜給特選聖徒們火焰的舌頭；這並不是一般人所說的那種能夠運用聽不懂的外國語言或其他語言與人交往的舌頭，而是一種用心靈中的機敏感應與全體人類兄弟交流的能力。

這些本來可以成爲聖徒的神父們，缺乏的正是這項上天賜給特使聖徒行使職權的最後也是最難得的一個資格，即火焰的舌頭。他們雖然尋找過這種能力，用他們所能想像到的最優美的言辭和修飾來表達他們的思想，然而他們這種種的嘗試不過是徒勞的付出罷了，天生的缺憾使他們的聲音聽來總是模模糊糊、虛無又沒有力量。不過，我們的狄米斯戴爾先生卻不是這樣。

也許，從他自身的性格或現實的狀況來看，他確確實實應該屬於我們剛剛所說的第三種人，他有著頗具靈性的智慧與理解力，原可攀上聖潔信仰的最巔峰。但是他的罪惡的重負，那深深的爲世俗事情而痛苦的心情卻拖垮了他。它們把他從聖潔的路上拖開，讓他不知不覺中偏離了通往金色耶路撒冷的道路。

不過，誰也沒有想到，正是由於他內心之中所承載的這一重荷，才使他獲得了另一項別人所沒有的特能，就是我們前面所說的火焰的舌頭。

他因爲痛苦，因爲罪惡的折磨，才深深地理解了其他負罪的兄弟們心中的感覺，由此和他們取得了共鳴，他的心靈之聲與那些世俗的苦難靈魂發生了心弦的諧聲，他的心能夠接受他們的痛楚，並把這種痛楚化爲洋洋灑灑的悲切的、動人心弦的言辭傳送給成千上萬顆這樣的心。人們都爲他的辭令而感動，甚至有時都有些害怕——他們不曉得他是如何運用最簡樸最直接的言辭就把他們打動了的。他們一心認爲這年輕的牧師就是當代最神聖的奇蹟。他們把他想像成是掌管了人間一切智慧、罪惡的懲罰、以及關愛人類幸福的上帝的代言人。在他們的心目中，他腳踏過的每一寸土地都是聖潔的。

那些來聽他講道的處女們，不知不覺地圍在他的身邊，一個個面色蒼白，心中激蕩著情欲之火。她們的這種情感中滲透著宗教的情調，連她們自己都認爲純屬高尚與奉獻，就像祭壇前那些擺著的犧牲一樣是最值得接受的祭品。那些教眾中的年長者，眼見狄米斯戴爾先生身體日漸虛弱，越發不堪支撐，儘管他們自己也深受病痛之苦，卻相信他一定會先他們而面赴上帝，於是他們就一次又一次凝重地囑告他們的兒女，一定要在他們的身體和靈魂分離以後，把他們那把老骨頭也葬在年輕而聖潔的牧師先生的神聖墓旁。

而對這些想法，沒有人能知道牧師心中是怎麼想的。他就像一個迷茫的羔羊一樣，常常對著自己的墳墓問題問自己：既然墓中葬著一個並不純潔的靈魂，那麼他的心臟中會不會也長出醜陋的雜草呢？

就我們庸常的理解來說，我們是無法知道公眾對他的景仰與信任是如何折磨著他的，那簡直使他痛不欲生。他的真誠的衝動就在於崇尚真理，並把其他一切缺乏真理之光的東西統統歸結爲一種影子，一種沒有任何價值與份量的影子。他的作用就是要將這些晦暗的東西引領到另外一個光明的空間。

然而，對於他自己來說，他又是什麼呢？是一種實實在在有精神有感覺的物質呢，還是僅僅只是所有陰影中最昏暗的一個？我們如何證明這一切？他渴望從他自己的佈道壇上，用最高亢的聲音說話，告訴大家他是什麼，來自何方去向何處。他不止一次在心中這樣演練：「我，一個身穿牧師黑袍的人；我，榮登神聖的講壇，將蒼白的面孔仰望上天，負責爲你們向至高無上的、無所不知的上帝傳達感情的人；我，你們視若以諾般的人；我，你們以爲在其人間旅途上踏下的印痕會放出光明，指引朝聖者隨之步入天國的人；我，親手爲你們的孩子洗禮的人；我，爲你們彌留的朋友們誦念臨終祈禱，讓他們隱隱聽到從已經告別的世上傳來『阿門』之聲的人；我，你們如此敬仰和信賴的牧師，不是別人，正是這世上最大的一個騙子，是一團骯髒的污垢！」

狄米斯戴爾先生心中這樣想道，並且不只一次下定決心，要在登上佈道壇以後，把這一切關於自己的陳述說出來，否則就絕不走下講壇。他在講台上做好了開口的準備，先是清清喉嚨，顫抖著深吸一口長氣，然後再用目光看了一下台下的聽眾，準備在再度吐氣的同時，把他靈魂深處最陰暗的秘密一起從心肺裏吐出來，痛痛快快地吐出來。

他不只一次——應該說不只上百次已經這樣做了，真真切切地做了。但他是如何對大家說的呢？他告訴他的聽眾，他是個徹頭徹尾的卑鄙小人，是人們所見過的卑鄙人物當中最爲卑鄙的一個，他是卑鄙之王，是撒旦的信徒，是最惡劣的一切事情的最集中典範，是一個應該爲人們所憎惡和唾棄的貨色，是人們所難以想像到的最邪惡的東西。他甚至還說，真奇怪，你們爲什麼竟然看不到我這骯髒的肉體已經被全能的上帝用懲罰的怒火焚燒得體無完膚、乾枯萎竭了呢？

這世上難道還有比這更清晰更徹底的坦白嗎？還有比這更難以讓人忍受，更讓所有的觀眾都從座位上跳起來對他怒罵斥責的事情嗎？但確實很奇怪，狄米斯戴爾牧師所設想的任何一種結果，都沒有在那些聽講的人群中發生。

確實，人們把他所說的話都聽進了耳朵，並且已經深深地了解了他有多麼深重的罪惡。但正由此，他們越發覺得這個年輕的牧師值得尊敬了。他們從來沒有猜疑過在這個牧師深刻的自我譴責中潛藏著多麼特殊的涵義，而是在心中想「這是多麼神聖的一位青年啊！」他們彼此互相交流自己的感覺，說「這位人間的聖者、塵世的引導人！天哪！他既然都能在自己純潔高尚的靈魂中察覺出這樣的罪孽，那他在你我心中看到的又會是多麼駭人的東西啊！」

牧師深知這一切含混不清的言辭在人們的心中起了一種什麼樣的反應。他竭力想把自己負罪的良心公之於眾，以達到贖罪的目的，但哪想這種自欺欺人的方法帶給他的不但不是解脫，反而成了另一種罪惡。他希望把真話都講出來，但結果不受控制地那些真話都成了另一種瞞天大謊。他得不到一刻的輕鬆和安寧，他天生熱愛真理，厭惡欺騙，想用聖潔的靈魂來侍奉上帝，但誰知到現在為止，他卻更為自己而不恥了。

在狄米斯戴爾先生深鎖的密室中，有一條血淋淋的刑鞭。這位集新教與清教於一身的牧師，時常一邊回想著自己的罪孽，一邊用鞭子抽打自己的肩膀，而伴隨著那種疼痛的感覺，他的鞭子就打得更加無情。這是一種內心的煩惱無法解脫，從而脫離了他生來就受到的那種基督教新教對他的教育，而採用傳統野蠻的舊教方式懲罰自己的一種情況。

有時候，他也像別人一樣進行齋戒，但他的齋戒與別人的不同之處就在於目的上的懲罰——別人都將齋戒看作是在懺悔的基礎上進一步淨化肉體，使之更適合於上帝榮光的照耀，而他的齋戒則是爲了嚴格地進行自我懲罰，直到雙膝顫抖不止的時候才停下來。

他有時候也做徹夜不眠的祈禱，甚至幾個晚上連續著做，而白天又強迫自己不許有任何睡意的感覺。在那樣的夜晚，有時候室內只擺放著一盞昏暗的燭燈，這樣從暈眩的頭腦中所幻化出來的一些影像，就會看起來或隱或現；有時候他會在自己的面前放一面能夠反射強光的鏡子，從那裏面他有時看到的是猙獰的惡魔，對牧師不懷好意地笑著，想引誘他隨他們歸去；有時看到的是一群憂傷的天使，在與他對視以後，就背負著沈重的翅膀離他而去，向著天上的方向飛走。

這些影像，有時候看起來虛無飄渺，難以把握，有時候卻清晰無比，簡直可以伸手觸到。他那許多往日的朋友們也經常來到他的面前，雖然名字已經在他的腦海中模糊，但那些面容卻依然。還有一個時期，他看到他鬚髮花白的父親面帶聖者般的靨容從他面前走過，或者看到他那仁慈的母親的幻影，但他的母親在此時卻不願再多看他一眼，而是鄙視地走過。

有時候，在這些光怪陸離、奇異難測的幻想中也會出現海絲特．白蘭和珠兒的身形，那身穿鮮紅色長裙的小天使伸出食指，在母親胸前的紅字上抹了抹，然後又指指牧師本人的胸膛——這樣的情境簡直讓他的胸口有如千萬隻螞蟻正在啃噬，異常痛苦。

這些幻象從來沒有一個令他產生過什麼幸福的或美好的錯覺。無論什麼時候，他勉強依靠自己的意志力，在層層迷霧般的虛幻中辨別其實質，使自己堅信：這些東西同它旁邊那些雕刻著花紋的橡木桌或是那本皮面銅扣的方型大卷神學著作都不一樣，並非堅實的實體，而僅僅是夢一樣的幻景。

然而，儘管如此，從某種意義上來講，這些最最虛幻的東西卻又實實在在成了可憐的牧師每時每刻所必須應付的最真實又最具體的東西。他們無數次飛來飛去，他就一次又一次死過去再醒來。

像他過的這種虛假的生活，實在有說不出來的痛苦，因爲我們周圍的一切事物，原本都是由上天賜給我們的，它們爲人類的精神創造愉悅和歡樂的營養，然而現在對他來說，這一切現實的精髓和實質都已被抽取一空，剩下的只有一個虛幻的世界，或者說對一個不真實的人來說，真實的宇宙也就成爲不真實，所有的景象都成了不可觸摸的、難以把握的子虛烏有。至於他本人，迄今爲止在虛僞的光線中所顯示出的自身，不過已經變成了一個陰影罷了。

這世界上還能繼續支持狄米斯戴爾先生生活下去的唯一一種真實感不是別的，正是他心靈深處那種無法訴說的痛苦感，以及由此在他外貌上造成的畸形的表情——這位可憐的苟活者只能通過辨認自己依然處在痛苦之中的這種情況，來判斷自己依然活在這冷漠的世界。

如果有一個人還能在這位可憐的苟活者身上，找到曾經一度令所有人感到愉悅的那種微笑的能力，那麼我相信，這時的苟活者也就不稱其爲苟活者了。

就在我們描述過的這種醜陋的夜晚中，有一夜，正在痛苦中的牧師突然被他心中突發的一個念頭驚得從椅子上蹦起來，「也許這樣子可以使自己得到一瞬間的解脫與安寧。」

牧師這樣想，於是就依著那念頭所指，按照平常他參加大型禮拜一樣的模式，將自己仔仔細細地打扮了一下，然後以一絲不苟的姿態，躡手躡腳地走下樓梯，打開房門，走出去。

第十二章　在黑夜中漫步的神父

現在看來，狄米斯戴爾先生當真是在一種夢幻的陰影中行走，或者說實際上是受了夢神的引導而拖著他塵世的軀體一步步來到了海絲特．白蘭當初第一次公開受辱的刑台。這個昔日裏嶄新高大的刑台經過了七個年頭的風吹雨打，已經變成了斑駁黝黑的一個古老建築，而且由於那以後又有許多登台示眾的犯人曾經在這裏駐足過，所以台階和台面都已經被踐踏得高低不平。不過，作爲殖民地的必需預留品，它現在依然矗立在議事廳的陽台之下。牧師就是朝著這個方向，在涼嗖嗖的夜風中，一步步來到這裏的。

一望無際的雲幕從天頂直到地平線，一摸黑地遮了下來，這正是五月初一個昏暗的夜晚。在海絲特．白蘭當年站過的那個地方，現在正有一個身影矗立著。如果把當年所有圍觀過海絲特．白蘭的群眾都重新召集起來，讓他們往高台上看去，我想，由於夜深的黑幕，他們也不可能會辨別出台面上的人的面孔，甚至連那人的身形輪廓也不可能看清。而且這個世俗的整個城鎮此時正陷入深深的睡夢之中，所以對於年輕的牧師來說，只要他願意，他甚至可以在那兒一直站到東方泛紅，而不用擔心會有人發現他這種異常的舉動。

在夜晚裏唯一應該令人擔心的只有陰冷的空氣可能會鑽進他的肌體，造成他關節的僵硬和疼痛；黎明的寒氣會侵染他的喉嚨，使他在第二天的講道壇上不停地咳嗽，除此之外再無其他的風險。而如果真的不幸染上了這些症狀，也無非是讓翌日那些參加祈禱和佈道的聽眾的殷殷期望稍感落空而已。沒有誰的眼睛會看到他，包括那雙始終對自己懷著窺視欲望的眼睛——那人已經看到過他在內室中用血淋淋的鞭子抽打自己了，再多這一次又何妨？

年輕的牧師站在刑台上，從心裏問自己：我來這裏是爲了什麼？沒有觀眾的懺悔還稱得上懺悔嗎？也許，這只是對懺悔的嘲笑罷了，然而否認這種嘲笑，不又是對懺悔者的一種嘲弄呢！這種嘲弄，天使會爲之漲紅了臉而悄悄哭泣，那伺立一旁的魔鬼則會嬉笑著拍手稱快！他是被那無時無刻不在追逐著他的「自責」驅趕到這裏來的，但這種悔恨的孿生姐妹卻正是他體質內的另一種特徵——「怯懦」。

每當「自責」的衝動催促他即將走到坦白的邊緣時，「怯懦」就一定會用顫抖的雙手拖他回去。可憐的不幸的人啊！像他這樣身體纖細神經柔弱的人如何能承受得起這罪惡的重負？罪惡常常是給那性格剛強、孔武有力的人準備的，他們或者可以完全平心靜氣地默默忍受，或者可以奮起反抗，與這種痛苦做鬥爭，然而這二者，對年輕的牧師來說又有什麼用？他既不能心安理得地承受下一切罪惡的後果，又不能像那些堅如鋼鐵的人一樣勇敢地站出來或反抗或悔恨，他只有在痛苦的罪孽與無用的悔恨中苦度終生了。

狄米斯戴爾先生站立在刑台之上，任憑冷冷的夜風吹在萬分痛苦的面頰上。他在進行這場無濟於事的贖罪表演時，一種巨大的恐怖感俘獲了他，彷佛整個宇宙——天地星辰萬物——都在冷冷地凝視著他裸露的胸膛上那處鮮紅色的標記一樣，就在那個地方，心口的正中間，那種肉體被魔鬼啃噬的痛苦正蔓延到他整個軀體，而這種痛苦折磨已經非一朝一夕。懦弱的牧師終於再也不能忍受這種痛苦，他張開嘴，用盡全身的力量歇斯底里地大吼了一聲。

痛苦、恐懼、絕望，這一聲聽來就像是受傷的野獸發出的嘶叫直插茫茫夜空，在一家又一家的住宅前震響，在遠處的崇山峻嶺中迴蕩，好像是有一夥正在玩耍的魔鬼發現了這聲音中有很多值得他們玩弄的東西一樣，拋過來拋過去，用這聲音在夜晚的空間裏製造樂趣。「這下子完了！」牧師用雙手捂住臉，喃喃地自語，「全城的人都會驚醒，匆忙趕來，在這兒發現我！」

然而情況並非如此。在痛苦的尖叫者耳中，聲音的迴響往往要比他人聽到的實際聲響大得多，所以這聲慘吼並沒有引起太多的騷動，甚至沒能令這個城鎮從睡夢中翻一個身。

我們假想可能有些離刑台比較近的人被這聲吼叫驚醒了，但他們往往會以爲這是哪個夢遊者發出的夢囈，而很難和一個偷偷的懺悔者聯繫起來；而且在那個女巫盛行的時代，他們寧願把這令人毛骨悚然的聲音當成是一個老巫婆駕著掃帚經過上空時發出的尖叫，也不會將它和他們年輕而且受人尊敬的狄米斯戴爾牧師聯繫起來。

四周依然寂靜，懶懶的夜空仍然擔負著包藏一切罪孽與黑暗的重責。牧師在驚慌地等待了一會兒之後，便不再捂著眼，而是四下張望。

在稍遠的另一條街上，在貝靈漢總督宅邸的一個內室的窗口，他看到了這位老長官的身形。手中一盞明亮的燈，映照出他頭上那頂白色的睡帽，以及周身上下的白色睡袍。好像是一個不合時宜的鬼魂正從墳墓中鑽出來一樣，很顯然他聽到了一聲特別的尖叫。在那座房子的另外一個窗口，就在老總督出現的同時，也出現了另一個人的身影——那是總督的姐姐，西賓斯老夫人。她手上也拿著一盞燈，儘管距離這麼遠，牧師仍然感受到她臉上那種乖戾不滿的表情。她把頭探出窗格，不安地朝著天空四處張望，還以爲剛才那聲夢魘般的呼叫和無數次的回蕩，是她的同伴，就是那些常和她在林中嬉遊的惡魔們經過時弄出的喧鬧呢！

這怪異的老夫人一看到貝靈漢總督的燈光，就趕緊吹熄自己的燈，轉瞬消失不見。很可能她已經飛上雲端，循著那怪異之聲去尋找她的同伴了。這一夜，牧師再也沒有看到過她的身影。那位老總督大人在小心翼翼地向黑暗中觀察了一番之後，也縮回身子，重返了夢鄉。因爲他知道，要在這茫茫的黑夜中穿透遠方，無異是等於用眼睛望穿一塊石頭。

牧師漸漸地比較平靜了。不過，他的目光很快又撞擊了另一道微弱的閃光。起初還在遠方，後來便順著一條他熟悉的小街漸漸接近了。透過那移動著的微弱的光亮，牧師可以由遠及近看到這夜晚城鎮的一些景象，先是有一根粗大的木樁，四周圍有簡陋的籬笆垣牆，後來出現了一扇玻璃格窗，下面有一個唧筒，還裝滿了水；在經過一處拱形的、上面有鐵製扣環、下面有圓木台階的橡木大門後，這盞燈就愈來愈近了。在那黃昏的光圈中，牧師發現了一個熟悉的身影，是他的老夥伴、同道——可敬的威爾遜先生。

雖然年輕的牧師堅信他的世界末日就要來臨了，但他還是對這一切看得仔細又真切。據他推斷，威爾遜牧師一定是剛從某個彌留者的病榻邊做完祈禱歸來。

事實的確如此，這位好心的老牧師剛剛從溫斯洛普總督的宅院中歸來，這位大人就在這樣一個不尋常的夜晚，悄悄擺脫了他塵世的皮囊，升入天國的光輝中去了。

此時，老牧師就像一個舊日的聖者似的，周圍籠罩著一圈柔和的黃色光環，在這夜裏緩緩前行。這情境不僅讓年輕的牧師聯想到了那已故的總督，也把自己在這人世間的一切榮光都在最後一刻遺贈給了這位好人，也可能當老牧師正在祈禱那凱旋的靈魂能跨進天國的大門時，那慷慨的朝聖者也不吝將那一處的榮光分給了他一些。想到這，狄米斯戴爾先生不覺綻放出了微微的一笑——不，他簡直是對那想法放聲大笑——然後，緊接著他就感到一種緊張又重新攫住了自己。在威爾遜先生走過刑台時，可憐的牧師看著他一手高高舉起，將燈籠伸到胸前，一手緊緊攢住黑色寬袖的長法衣，以便密密地裹住他的身體，不自禁地想對著老牧師大聲打招呼：「嘿，晚上好，可敬的威爾遜神父！我請求你到這裏來，和我共度這美好的夜晚吧！」

天哪！狄米斯戴爾先生當真這麼說了嗎？在那一瞬間，我敢相信，他確實以爲這些話已經脫口而出了，然而，這不過又是他想像中的一次開花而已，實際上那聲音只在他的腦海中在他嘴邊打了個轉，然而就又吞到了肚裏。可敬的威爾遜神父依舊緩緩地朝前走著，眼睛努力地盯著地面，根本沒顧上、也沒想到要朝刑台上瞥一眼。隨著那昏暗的燈光忽閃忽閃漸漸遠去之後，狄米斯戴爾牧師在猛然的鬆弛中不禁感覺到有一陣昏眩襲來。天哪！剛才的一刻簡直危險至極，儘管他已平安度過，可心臟依然在怦怦怦跳個不停。

寒冷的夜氣不知不覺地浸染著牧師的身體，過了一會，他逐漸感到四肢有些僵硬，不知道自己還能不能堅持著走下刑台。就在這種擔憂中，他的眼前又出現了一種幻覺：天將破曉，城鎮的人們又開始早起勞作。一個起得最早的人踏著晨曦的微光，將會在這裏看到有個模糊的身形高高站在恥辱台上，出於好奇他會站在那兒看一會兒，然後就在半驚半駭之中跑開去，敲著一家又一家的大門，叫嚷著讓所有人出來看看這已死的罪人的鬼魂吊在高高的刑台上——那人一定會這麼想的。

破曉的喧鬧將從一家飛到另一家，隨著曙光漸明，老漢們匆匆忙忙爬起身，穿上長袍，主婦們則顧不上脫掉她們的睡衣，換上端莊的衣服；平時衣冠楚楚的人物，此時會散亂著頭髮跑到眾人眼前；老總督貝靈漢大人則會歪戴著他那頂詹姆士王朝時期的禮帽，繃緊面孔走出來；西賓斯太太，由於徹夜遨遊不曾闔眼，臉色顯得比平時更陰沈更難看，雙眼的眼角散佈著一些黃色的眼屎，讓人看著作嘔，而裙上還會沾著樹林中細碎的草葉和花瓣；好心的威爾遜神父也會來的，從他那正做著朝聖的美夢中來，他經過了大半夜對死魂靈的廝守，正想好好地得到上帝的一番稱讚，可誰知有人把他叫醒，他就只好懷著一肚子的怨氣來到這裏。

人群中還會有狄米斯戴爾牧師教團中的長老和執事們，以及那些對自己的牧師崇拜至極、在她們潔白的心胸中爲他立了聖龕的少女們——順便說一下，她們此時正在慌亂之中，根本來不及蒙上面巾。總而言之，所有人都會磕磕絆絆地跨過門檻，圍聚到刑台四周來，用他們那惶恐的眼睛注視著上面這個人，互相低低地詢問：「這是誰？」「那到底是誰？」漸漸升起的東方之光照到了刑台上那個身影的臉上，人們終於發現這個人就是他們最最尊敬的年輕牧師狄米斯戴爾先生，此時他正在寒風中不停地打著抖，滿臉因爲羞愧而異常紅暈。

牧師正在這一荒唐可怖的畫面中痛苦馳騁，突然就在他的身旁，就在這茫茫的黑夜中有人發出了一陣肆無忌憚的狂笑聲。那種清脆和響亮，對牧師來說真是再熟悉不過了，不是小珠兒還能有誰？不知道是因爲極度喜悅還是受驚害怕，他的身體劇烈地顫抖了一下，然後就壓低聲音對著笑聲的來源地輕輕地喊道：「小珠兒！海絲特！是你們嗎？你們在這個地方嗎？」

「是的，我是海絲特．白蘭，和小珠兒！你——你——」海絲特．白蘭由於吃驚，聲音有些微微發顫。

牧師接著問道：「你們從哪裏來，又要到哪裏去？」

海絲特回答說：「我剛剛在溫斯洛普總督床邊，我給他量了衣服，正要回去趕工。」

「上這兒來吧，海絲特．白蘭！還有你，親愛的小珠兒，」牧師先生說。「一起來這裏吧。你們母女倆以前已經在這兒站過了，不過那時你們是那麼孤獨，沒有人陪伴，現在我要求你們再上來一次，和我一起站著吧！」

海絲特．白蘭默默地踏上台階，牽著小珠兒，一直走到牧師身邊。牧師伸出手，摸索著，把孩子的另一隻手握在自己手裏。這樣他們三個人就第一次緊緊地握在一起。有那麼一瞬間，牧師彷彿覺得有一種電擊般的激流湧過他的胸膛，又蔓延到他的全身，他那幾乎都要麻木了的四肢溫暖得有如重獲新生。「這是海絲特和珠兒的力量。」他這樣想。

「牧師！」小小的聲音在他身邊傳出。

狄米斯戴爾先生俯下身子：「你想說什麼，孩子？」

「明天中午，你還願意跟我和媽媽一起站在這兒嗎？」小珠兒詢問著。

「對不起，小珠兒，不行。」牧師回答說。由於那一瞬間的新生力量，又喚回了他思考的能力，以及長期以來折磨著他的對示眾的恐懼，所以他想到了眼前這種團聚——雖然也有一種陌生的歡娛，但卻已從對罪惡的恐懼中感到一種心靈的顫慄了。「那樣不成，我的孩子。時間不對。請相信我，終有一天，我會和你，還有你的媽媽，一起站在這裏的，終有那麼一天，我們三人會一起站在這裏的。」珠兒笑了，同時想抽出她的手。但牧師緊緊地握住它不放。

「再稍待一會兒，我的孩子！」他說。

「那你一定要答應，」珠兒天真地說，「明天中午握著我和媽媽的手，一起站在這裏。」

「不行，珠兒，不能是明天。」牧師說，「得換個時間。」

「那你說在什麼時候好呢？」孩子緊追一句。

「在最後審判日！」牧師喃喃地說道。真是奇怪，這幾乎已經成了他傳播真理的職業習慣，每當遇到什麼不能解決的問題時，總會搬出最後的審判日來解脫。「到了那一天，孩子，」他對珠兒說，也可能是在對他自己說，「在審判座前，你的媽媽，你，還有我，我們應該站在一起，聽上帝對我們的靈魂做出最後的宣判。不過，現在不行，這個世界的陽光是不會願意看到我們在一起的！」珠兒又笑了，笑得那麼天真那麼純潔，整個夜幕似乎也融化在她的笑容裏。

突然，就在烏雲遮蔽的夜空上遠遠地劃閃起了一道明亮的火光，還不等狄米斯戴爾先生把話說完，那光芒就劃過整個刑台，頓時又消失在遼闊蒼穹的那一邊。無疑，有一顆巨大的流星剛剛經過，這種守夜人經常可能看到的東西，總是在無邊無盡的天空中燃盡它最後一分鐘的光熱，然後才會消失。

雖然只有一瞬間，但那強烈的光輝已經把刑台上三人的目光照亮。而且，像一盞巨大的圓頂燈一般，穿過雲霧，它也在這世界上投射下一片光明。就在這光亮中，往日熟悉的街道又顯露出了它本有的輪廓，只是，由於這種光亮的不同尋常，它們也不可避免地顯現出了一種恐怖的跡象。那些附有突出的閣樓和古怪的角頂的木屋，那台階和門檻，以及周圍早早破土而出的青草，那些剛剛翻新過的黝黑的園圃，那條有點損壞、但仍然是作爲主要通道來使用的街市，以及它周邊的雜草——這一切都彷彿既清晰又模糊，全都帶著一種異乎尋常的氣息，似乎是想給這個世界上的所有事物都賦予一種全新的、無人能夠理解的新含義。

就在那兒，年輕的牧師用一隻手緊緊地捂著心口，旁邊站著默默的海絲特，她胸前的那個紅字在這種光輝的照耀下好像異常明顯，散發出一種灼人的光芒。在他們中間，小珠兒就像一個特殊的紐帶，又像是一個兩人關係的象徵體，緊緊地把他們的生命聯結在一起，並以這種特殊奇妙的三人聯結形式，彷佛正在向這白晝一樣的光芒揭露著什麼。小珠兒擡起頭來看了看牧師，目光中流露出一種怪異的神色。她用那種調皮的微笑，對牧師晃了晃，然後使勁把自己的手從牧師手中抽出來，直直地指向前方——那裏正有另外一個身影在靜立著。不過牧師還在擡眼遠望著天頂，對她的指示沒有反應。

在那尚未從鬼魅的陰影下走出來的年代，凡是有流星出現或不規則的日月升落現象，就會統統被解釋爲超自然的力量所給予的啓示，這是再普通不過了。就像人們說午夜天空中的長矛、或帶著火焰的長劍、或是一張弩弓、一簇利箭等等這類形象，就是預示著新的戰爭——與印第安人進行的戰爭又要開始了。而如果天邊出現奇怪的紅光，人們則認爲瘟疫即將蔓延。從移民時期直到革命年代，凡是發生在新英格蘭的重大事件，無論好也罷，壞也罷，恐怕都受過這類性質的某種景象的事先警告。甚至許多人還曾多次見過。

不過，要是把這種種情況說成是下列原因，我想相信的人可能會更多一些：這樣的景象完全是某個個人由於心靈精神的高度集中才產生了幻覺。這樣的事實是可能存在的，我是說一道流星，一片紅光，或一次閃電什麼的，但它們的意義不一定就是人們所想像的那樣。只是由於一些有特殊情緒的人帶了偏見的、放大了或縮小了的眼光來看它們，就會覺得它們不同一般罷了。

想想吧，要是能把國家的命運或者人類的前途在這無限的天際中用這些可怕而費解的符號揭示出來，那這種念頭不是太偉大太神奇了嗎！然而對於上帝來說，要在如此廣袤的空間裏顯示出這些微小的徵兆，卻不過是小事一樁。

我們的先祖篤信這類事情，是因爲這樣他們就可以說我們新生的共和國是在天意的格外垂青和嚴格監視之下創造行進的。但是，要是當某一人發現出現在同樣廣大的土地上的一個啓示只不過是針對他一人的時候，我們又該作何評論呢？在這種情況下，只有一個解釋聽來還合情合理：當一個人由於長期在痛苦或自責中忍受折磨和煎熬的時候，難免會把他自己的事情擴展到整個大自然中去，以致天空本身也不得不對他顯示某種徵兆了──這種「啓示」只不過是他精神狀態極度混亂和脆弱的可能症狀罷了！

因此，我們根據上面的理由斷定，當牧師擡眼眺望天頂，看到出現了那個用暗紅色的光線勾勒出的巨大字母「A」時，他的神經已經到了極度緊張與痛苦的邊緣，以致眼睛和心態上都出現了錯覺。

這並非是說，當時根本就沒有一顆流星劃過，也不是說那出現在雲霧中的紅光是種幻影，而是說，這一切自然的景象所蘊含的意義不可能就是他那顆負罪的心靈所想像出來的那樣，如果有一個另外的負罪之人也站在那個地方，並在同一時間，我想，他可能又會說那種紅光是另外一個鮮豔的字母了，因爲他所犯下的可不是同牧師一樣的罪過。

不過，有一個特殊的小細節可以說明狄米斯戴爾先生在關注紅字的時候還沒有完全喪失他的注意力和觀察力，就在他仰望天空的時候，並且在整個過程中，他都始終非常清楚地知道，小珠兒的手正在直直地指著前方不遠處的一個人，是老羅傑・基靈歐斯。牧師用他那能辨別出紅光含義的目光也看見了這個人。流星的亮光，會賦予世間其他事物一種嶄新的形象，就能也賦予這個醫生一種另外的表情──他當時並沒有像平常一樣小心翼翼地收藏起自己惡毒的目光。如果說這顆流星是上帝顯示給牧師和海絲特・白蘭接受最後審判日的徵兆的話，那麼這個醫生就是一個他派來押送海絲特和牧師齊赴法庭的魔鬼。他的表情如此真切，怒目獰笑站在那裏，彷彿在等候他們做好準備。而牧師對他的恐怖感覺，就像是被深深地烙在了心頭一樣，即使流星早已逝去，它猶留在他的腦海裏，留在這黑暗的空間。

狄米斯戴爾先生心驚膽戰地喘著氣，說：「那人是誰，海絲特？爲什麼我一見他就全身發抖？告訴我吧，海絲特，你認識他嗎？我恨他，真的，海絲特，我恨他！」

海絲特記起了自己的誓言，便默不作聲。

「你一定要告訴我，他是誰！因爲我的靈魂一見到他就會發抖，彷彿是有魔鬼在用鞭子抽打一樣。」牧師又低低地說道，「他是誰？海絲特，他到底是誰？你不能幫我一下嗎？我對那個人有一種莫名的恐懼！」

「牧師，」小珠兒說，「我知道他是誰，讓我來告訴你吧！」

「那就快說吧，孩子！」牧師說著，彎下腰把耳朵湊近她的嘴唇，「小聲點，快告訴我吧！」

珠兒趴在他的耳邊囁動著小嘴嘀咕了幾句，似乎真的是在說著什麼，但其實，那只不過是兒童們時常玩的一種遊戲罷了，那莫名其妙的音符，能有什麼意義呢？當然，就算這其中也包含了一點有關老羅傑・基靈歐斯的秘密資訊，但這位博學的牧師還沒有博學到能夠聽得懂一個故意的小孩子的語言，因此，他只是徒增了一些煩惱和困惑而已，只有那小精靈又無事般地狂笑出了聲。

「你是在欺騙我嗎？」牧師說。

孩子大聲地說：「你是個膽小鬼！你不誠實！你不敢答應明天中午和我媽媽，還有我一起手拉著手站在這兒！」

這時那陰影插話了，「尊貴的先生，」他說，一邊挪動腳步走到刑台下，「尊貴的狄米斯戴爾先生，難道當真是你嗎？唉喲，真的是你呀！看看我們這些作學問的人吧，就知道埋頭苦讀，不知道已經受到了書本的腐蝕。你的身體看來確實需要好好調教了，先生，不能白天裏做夢，晚上出來夜遊。現在，我的好先生，來吧，讓我送你回家吧，我請求你啦。」

「你怎麼知道我在這兒？」牧師驚恐地問。

「說實話，先生，」羅傑．基靈歐斯回答，「我對此一無所知。我整夜都守在那個令人尊敬的溫斯洛普總督的床邊，用我笨拙的醫術爲他減輕痛苦。現在，他已經走上了那條通往上帝榮光的黃金之路了，所以我，一個醫生，也就完功而返了。只是在回家的路上，閃起了那道奇怪的紅光，所以我就發現了你。好先生，跟我走吧，我求求你了，不然的話，明天安息日你就沒法盡好責任了。啊，瞧那些書本，我們早該把它們拋開，去找一些另外的事情散散心了，否則，這夜遊症在你的身上會愈演愈重。」

狄米斯戴爾牧師說：「好吧，我和你一起回去。」他就像一個剛剛到地獄中走了一圈的人一樣，周身無力，心中冷嗖嗖地直泛著寒氣，聽憑自己的靈魂受那醫生的指引走了回去。

第二天安息日，他作了一篇佈道，被認爲是有史以來最虔誠、最豐富、最有力，也是最充滿神啓的一篇佈道。

據說，聽過那天演講的人裏，不只一個人，而是有很多聰慧頭腦領悟到了那次佈道的真諦。他們都在內心中發誓說，從今以後一定要以狄米斯戴爾先生爲他們永遠的精神嚮導，要對他懷著對上帝一樣的神聖感激之情。

但是，就在他走下講壇台階的那一時刻，卻有一個長著灰白鬍鬚的教堂司役迎面走來，他的手中舉著一隻黑色手套，牧師一看，就認出了那正是自己的。

「牧師大人！」那司役大聲說，「這隻手套是今天早上有人送來的，說是在刑台上面發現的。真是有魔鬼撒旦在開我們的玩笑，牧師大人，我想，他是有意傷害您。不過，說實在的，他還是跟平常一樣又蠢又笨，不知道一隻純潔的手不會被一隻黑手套染髒的。」

「謝謝你，我的好朋友。」牧師莊重地說，心頭卻大大吃了一驚，他還以爲昨晚那些事情不過又是他的幻覺而已，看來他的思維已經混亂到了失去記憶力。「是啊，看來是我的手套，真的！」

「那麼，牧師先生，既然撒旦要想借這隻手套來引誘您，您何不就此拋棄掉它呢，看看他還會用什麼樣的手段來對付一個不戴手套的純潔的手。」那老司役閃著一雙不懷好意的眼睛，對牧師邊笑邊說，「昨天晚上有一個稀奇的事情發生，您聽說了嗎？我們那位受人尊敬的好溫斯洛普總督大人昨天晚上離開這個世界了！據說有人看到在昨天晚上天空中有一個大大的紅色字母『A』曾經出現，我想那一定是『天使』的意思，因爲對於老總督大人的升天，上帝總要給我們這些俗人顯現一些徵兆吧。」

「我不知道，」牧師說，「我一點兒也沒有聽說這件事。」

第十三章　另一個不爲人知的海絲特

在上次那樣與狄米斯戴爾先生的單獨會面，海絲特·白蘭已經深深感受到了一個事實：牧師的精神狀況正在遭受巨大的威脅。

這威脅不僅僅來自牧師本身，也來自他身體以外的一些東西。他的精神已經接近於崩潰的邊緣。可能他還保持著他原有的智慧力量，甚至這種智慧力量在他敏感的神經系統中愈發得到了鍛煉，但他的精神力量卻已衰頹到了連小孩子都不如的地步。

海絲特明白，在狄米斯戴爾先生自己內心中，除了正常活動著的良知和仁慈外，他的平靜和安詳已經受到了一部可怕機器的壓迫。而那機器現在仍在運作，因此他的精神也就仍然在遭受著折磨。她之所以敢這麼肯定地認爲，是因爲她對他有著別人所不能想像到的了解。

她知道他的隱情，他們都是這個罪惡深淵中的受害者。因此當這個可憐的人憑靠了本能認出他的敵人，並向她這個同樣墮落的人求救的時候，海絲特覺得這很自然，她完全有責任有義務去幫助他。在過去的歲月中他們共同做出了一些驚世駭俗的事情，雖然海絲特已經很久沒有與人接觸，沒有了解過人類的其他法則，但她根據自己的法則明明確確地知道，對於這個需要幫助的人，她有一種不容推辭的義務。她與這個世界的任何聯繫，不管是金的、銀的，絲的、還是花朵般的，都已經統統斷裂了，甚至可以說是永恒地決裂了，但她與他之間的聯繫卻永遠也不會斷，因爲那在他們之間聯結的罪惡的鐵鏈，已經把這種聯繫像那個紅色的象徵一樣深深地烙進了他們各自的心中，並且緊緊催促著他們去承擔各自應該承擔的責任。

春來秋往，年復一年，珠兒此時已經七歲了。海絲特．白蘭如今所處的地位已同她當初受辱時我們所看到的大不一樣。她胸前依然閃著那冷冷的刺繡絕妙的紅字，但這早已成爲全城上下人們熟視無睹的東西。

有的人，可能終生都會帶著一個與其他人不同的標誌，但只要他們在哪一方面有著別人所不能及的能力，而且他們的行爲和言語也不會妨礙別人或公眾的利益，相反，還給他們帶來一些好處和方便，那麼最終他也會取得人們的尊重。海絲特．白蘭的情況就是如此。除非一個人的私念受到了不斷的刺激和引誘，否則「愛」總要比「恨」來得容易一些。這或許正是人類本性中最值得欣慰的一種品質，只要不遭到惡意的挑逗和敵意的阻礙，恨總是會漸漸淡漠，甚至會在時光的磨礪中悄悄逝去，或者轉化爲一種愛。

就海絲特．白蘭的情況來說，她既沒有對人們的舊恨形成怨憤，也沒有在往後的日子裏增添新惱。她從來與世無爭，只是毫無怨尤地屈從於社會最不公平的待遇；她也沒有因自己的不幸而試圖希望得到來自什麼地方的任何補償；她同樣不倚重於人們的同情。於是，在她因犯罪而喪失了權利、被迫獨處一隅的這些年月裏，她生活的純潔無瑕、樸素大方漸漸地贏得了所有人的歡心。既然她除了一個珠兒外，已經沒有什麼希冀或害怕所失，而那個小傢伙現在又正好好地待在她母親身邊，那她還有什麼值得人們去另眼相看的呢？在這樣的情況下，人們開始逐漸把她看作一個迷途知返的羔羊、一個真誠地受美德感召後而結的善果了。

人們注意到，海絲特除去與人類呼吸共同的空氣之外，對世上的任何特權、那怕連一個最卑微的要求都從未提過。她所要做的就是用一雙手辛勤地、一絲不苟地勞作，以便爲她自己和小珠兒掙得每日的麵包，這成了她七年來唯一的生活願望。除此之外，人們只在一些特殊的場合見過她，就是有人真正需要幫助的時候。對於那些窮人，海絲特從來沒有被他們惡毒的譏諷或嘲笑嚇倒，相反，一有施惠機會，她就立即承認她與全人類的同胞之情，不惜用她力所能及的勞動爲他們提供食物，還用她那本來應該爲皇室縫製王袍的一雙手爲他們提供衣服。

在鎮上蔓延瘟疫的時候，誰也沒有像海絲特那樣忘我地獻身，所有的災難，無論是大眾的還是個人的，一旦降臨，就是這個爲社會所摒棄的人挺身站出來的時候。

在那樣的時刻，她好像完全忘記了胸前的紅色標誌，總是那麼善良、寬宏地面對著世事的呈現。她來到愁雲緊鎖的家庭，並非作爲客人，這一點很多人都清楚，而是作爲理應到來的親人，似乎那室內晦暗的微光成了她有權與她的同類進行交往的仲介。她胸前繡著的字母閃著非凡的光輝，本來是一個罪惡的標記，現在卻成了爲所有病人傳達溫暖和關懷的希望之火。那微微的溫暖光芒，甚至能穿越了過往與未來、現世與來世的一切界限，使受難者在痛苦的彌留之際，隱隱約約看見有一盞他希望的燈光正在他的死亡與重生之間爲他引路，直到把他送到那與上帝同行的地方。

這樣的生離死別，海絲特用她特有的高貴秉性，向人類展示了所有溫情的可靠源泉，對任何真正的需要都有求必應，哪怕需要再大，也絕不會枯竭。雖然那紅色的字母在她胸口的本意是要指出一種莫大的羞辱，但現在對於那些需要幫助的人來說卻成了他們溫暖的枕頭，人們脆弱的靈魂在這裏可以得到棲息，可以在它的撫慰下獲得重生。她就像一個慈善的天使一樣，或者，也可以像有一些人說的，海絲特正是那個受了上帝的召喚，以自身的苦難來拯救世人苦難的使者。

雖然當時無論什麼人、包括她自己都沒有想到她會不負所望，但現在那字母卻確確實實成了她作爲神聖使者的象徵。這樣，就有許多人開始不肯再按原來的意思解釋那個紅色的字母「A」了。他們說，那字母的意思也可能是「能幹」（「A」本是「通姦」〔Adultery〕的首字，現在被人們釋作「能幹」〔Able〕的首字）——儘管海絲特．白蘭只是個弱小的女子，但她卻充滿神奇的力量，不是神的使者是什麼呢？

海絲特的生活向來只和病痛和陰影同處。狹窄的、昏暗的住房能夠容納她，但當陽光再次照耀的時候，她卻會悄然離開。那身影在跨過陰雲籠罩的門檻時，從來沒有回過頭來看一眼應得的感謝——如果那些剛剛受了她如此真心幫助的人還有這份心意的話。

有時他們在街上相遇，這個女人從來不擡頭接受一下他們對她的致意。如果非要強迫地和她搭訕的話，她就會用一個手指指指那紅字，然後側身而過。這在海絲特也許是驕傲，也許是孤立，但在世人眼裏卻極似謙卑，反而引起了他們在心中對她的好感。

本來公眾的情緒往往都是蠻不講理的，無論哪一個時代都如此，當理應獲得的公正待遇作爲一種權利來加以要求和提倡時，完全可能遭到拒絕；可一旦投其所好，表現出一種無資格承受的樣子，他們卻會覺得這個人真正應該得到人們的尊敬，以及所希望得到的公道。

就像對一個狂暴無禮的君王一樣，盛讚他們的慷慨大度往往要比指責他們的慳吝暴虐更能得到他們的喜愛，這樣，倒常常能取得超出公道的獎賞了。

世事多麼奇怪，由於社會把海絲特·白蘭的舉止解釋成這類性質的籲請，因此她便成爲了公眾反覆無常的情緒的犧牲品卻又是得益品，獲得了她從來也沒有期望還能獲得的好的待遇。

不過，對於海絲特所做的這些努力，居民區的統治者和那些有學識有教養的人們，卻不像一般老百姓那樣，很快取得一致同情和認可。

這些人由於受到固定理論和道德規範的影響，往往比一般人更具有固執性和偏見性。他們要想擺脫原先的判定和看法就需要花費很長的時間，因此，對於海絲特的優秀品質他們總是百般刁難不屑一顧。不過，到最後，這些人臉上的那種僵死的敵視的皺紋還是經不起時間和現實的磨練，從而逐漸鬆弛下來了，甚至還有一些人開始流露出了一種近乎於慈愛的表情，這在那些身居要位、從而對公共道德負有最大監護之責的人們來說可真是不容易了。

而那些並不需要負擔公務的普通百姓則幾乎就是徹底原諒了海絲特·白蘭因脆弱而造成的過失。她曾經爲那個紅字忍受了多少的苦痛與磨難啊，但現在它卻成了人們對她積德行善的最高貴的評價物件。他們會對陌生人這樣說：「你看見那個佩戴著紅色刺繡字母的好人了嗎？她可是我們的海絲特——我們這鎮上自己的海絲特。她的心腸那麼好，對窮人從來不嫌棄，對病人總是精心照顧，對遭難的人不吝於付出安慰，她是多麼好的一個人啊！」之後，出於人類本性中總是喜歡對別人的隱私說三道四的本能癖好，這些人也會不吝於花費精力再接著悄悄談起幾年前發生在這個紅字身上的一件罪惡的事情。

不過，在這些講話者的心中，此時這個紅字已經完全有了不同於以往的含義。它甚至可以同那些修女們胸前戴著的那個明亮的十字架相提並論了。這個字母使得佩戴它的人享有了一種神聖的力量和護佑權，據他們說，即使這個女人不幸落入了一夥強盜的手裏，她也會安然無恙。而且還有更甚者，他們也說曾經有一次看到一個印第安人想用箭把這個女人射倒，但他們明明看見箭刺到了她的胸前，但那女人卻絲毫無損，倒是那箭一折兩斷落到了地上。

然而，不管人們對這個象徵物有什麼樣全新的看法，即使把它作爲一個女人的社會地位由惡轉向善的特殊標記，在海絲特．白蘭本人的腦中，它卻仍然具有它初創時的不容改變的本性。就是說在她的心中，堅定地認爲她性格中一切完美高貴的綠葉，都早已被這把恥辱的火燒了個精枯，只剩下光禿禿的粗糙的死亡之幹還在那裏，時時向她提醒著這樣一個事實。

這個醜陋的模樣就是她以前的朋友見了，也會避而遠之。爲此，海絲特不惜從各個方面，包括她的衣著外貌方面，都充分體現出這種人格上的變化。她的著裝總是被人們看作嚴肅簡樸，也許部分原因也是由於她舉止上的淡然冷漠吧。她那令人羨慕的豐盈秀髮，如今嚴嚴實實地讓一頂帽子給完全遮住，沒有一縷烏黑亮澤的秀髮能在陽光下展現它本來的風采。除去這些變化之外，再加上另外一些因素，海絲特的面孔也起了明顯的改變，往日的秀美與細膩已經不復存在，任誰也看不出還有什麼能令愛神關照的地方。海絲特那曾經丰韻均勻猶如雕像般的身材，也不再有任何能夠挑逗起「情欲」夢想的東西，在那緊緊包裹的胸膛深處，不再是讓愛慕者渴望的酥胸了，而只剩下一些簡單的人體機制。

作爲一個女性，如果不是經歷了一場非同一般的苛刻懲罰，她那女性的品格、女人不可或缺的許多秉性，怎麼會有意無意地悄悄消失呢？我想，這就是現實的力量。因爲一個女人如果只有柔情，她就只有遭遇死亡，而如果把柔情轉變爲抵擋社會的堅利武器，就必然要失去原先的一些魅力，這是實際驗證過的真理，柔弱與堅利不可兼得。不過，對一個女人來說，如果說她的外貌或品性不是由於自己的原因，比如年齡，而是由於社會外部的原因造成了她喪失掉女人的魅力，那麼不可預料，一旦當這樣的外部條件不復存在時，這個女人還會不會再回復當初的美麗——對海絲特，我們但願她有這樣的變化。

海絲特的生活，在很大程度上已經從物質轉向了思想，因此她給人留下了一種冷若冰霜和虛無飄渺的印象。這個女人與這個世界的關係已經失去了期望與付出的聯結——沒有什麼高貴的或不一般的地位是她所期望的了，沒有什麼世俗的事還需要她不得不去付出了，只除了那個她唯一的親人小珠兒，但現在她已經不是她的負擔而是她的財富了。

孤立於世，成了這個女人面對世界唯一的也是所有的姿態，世俗的、物質的碎片也已經全然被她拋棄，甚至於人世間的法律也已不再成爲對她的約束，除了在人類的空間裏進行思索，她已經沒有了任何愛好。這種人類由對物質的最大需求轉向對精神世界的需求，正好符合當時的社會現實。

在幾個世紀以前，火炮就代替了長槍和長劍，而後，又有更先進的思想爲這個世界制定了新的理念，雖然這種新思想在實踐中還未完全代替舊的、也就是那些貴族帝王賴以生存的理念，但不可否認，這樣的時候必定來到。海絲特．白蘭超前地走在了他人之前，進入了對世界自由思考的階段。這種情況，要是被那些頑固的先人們知道，只怕會引起比紅字還要大的騷動。他們會把那敲扣了這個女人思想大門的客人看成是對這個世界最嚴重的威脅，把接受了這些思想客人的主人看成是比魔鬼還要魔鬼的可怕東西。在人類歷史上，有這樣一條規律，愈是具有最大膽的思想觀點的人，愈是能對這個社會做出安然處之的決定。當然，這並不是所有的人，但確確實實有許多這樣的人，他們滿足於思想的飛躍馳騁，卻從來不會想到要把這些東西應用到社會現實中去。海絲特的情況就幾乎是屬於這個境界了。

我們假設，如果不是小珠兒突然降臨，把她從完全的精神世界裏拉了回來，這個女人是不是也會成了像安妮．哈欽遜那樣的人，與一些其他教派的人攜手共進，創立另外一種宗教；或者乾脆就在某一時期奮起成一名女戰士，因爲企圖顛覆清教制度而最終被嚴厲的法官處以極刑？這樣的情況完全有可能，但這種苗頭在它還沒有掘起的時候，就被小珠兒出生的事實給斬斷了，或者可以說是半路夭折，只剩下一些根鬚還在那裏苦苦掙扎。

作爲一個嬰兒的母親，海絲特把她全部的熱情都投入到了孩子的撫養和教育之中。她認爲，上天把這小女孩交付給她，就是爲了要她延續女性的幼芽和蓓蕾，並且在眾多的困難與敵對情境中保護她。

這個女孩生來就是有瑕疵的，她降臨到這個世界中不是人類社會的法則所允許和期望的，而是一次無法無天的激情的自然結果，因此她在海絲特的心中便常常成爲她痛苦苦悶的一個原因：她的降臨人間，究竟是爲了什麼呢？當然，這個問題也應用在海絲特．白蘭對女性本身的思想上。她常常有這樣一個疑問：女人，即使是女性中最幸福的人，她們在這個世上生存的意義到底是什麼呢？至於她自己本人的生存價值，她早已作出否定，並且不再浪費時間和精力去思考。

本來，勤於思考，對女人來說是一件不可多得的好事，它可以讓她們像男人一樣獲得對這個世界自然規則以及社會規則的全部理解，從而平撫她們心中那生來就躁動不安的情緒，但這樣的天賜能力，卻讓海絲特感到無比悲傷。她已經看清了自己面臨的未來將是無望的等待。

首先，整個社會制度不可能一下子就徹底推翻並予以重建；其次，男人天生的優越感不可能短時間就獲得本質上的改變，這樣，女人的地位也就不可能平等；最後，即使上述兩項事實已經實現，女人們本身還要有一番自身的更有力的變化，那樣才能享有並保持這些初步改革的成果。

然而，海絲特認識到，要等到那樣的時候，女人們身體裏所凝聚的那種最大的力量已經消耗殆盡了。一個女人，想無論如何僅憑她的力量和思維來改變這個世界，是不可能的，除非她能超然於這個世界上一切世俗的東西，做一個思想上的自由者，但這一點海絲特也沒有做到。

她的脈搏已經不再有規律而且健康地跳動，她的性格已經不再如以前那樣活潑和鍥而不捨。每天在茫無頭緒的思考迷宮中徘徊，她遇到那些無法攀登的峭壁高峰時就會退縮轉彎，如果碰到的是幽深烏黑的懸崖，她就無功而返，就像有一道恐怖的迷霧正圍繞在她的四周一樣，她看不見哪裏才是她安全舒適的家園。有時，她會這樣想：是不是該及早把珠兒送到那沒有寒冷沒有恐怖沒有一切不幸的天國中去呢？那樣，當自己有朝一日走上最後的裁判庭時，也可更好面對些。——可見紅色的魔力依然在海絲特的身上生效。

不過，自從海絲特和狄米斯戴爾先生在那個夜遊的日子裏見了一面之後，海絲特最近有了一個新的題目來思考。這個題目，她認爲，簡直就是她責無旁貸應該承擔的課題。她已經看到年輕的牧師是如何在痛苦的深淵苦苦掙扎，那些他們倆共同犯下的罪孽幾乎就要把他逼瘋了。而他的身邊還有一個更可怕的敵人在窺視著他，那個假裝成他朋友的人，借著救護者的名譽，隨意挑動他纖細的神經中最脆弱的那一根，不啻於在一個生了頑疾的人心中再種下一個更重的毒果，以至海絲特不僅要問自己：是不是由於在自己的身上發生了什麼真誠、忠貞和勇氣上的錯誤，才導致了牧師現在如此不能自拔的地步？

她想用當初作決定爲那個暗中的人保密的原因來爲自己開脫，說在那種情況下所能做出的最好的保護措施不過如此了。但現在看來，這真的應該算是一個最不明智的決定了。由於她在獄中的時候，還是剛剛承受了懲罰和羞辱的時候，無論是身體上還是精神上都還沒有做好準備，但現在不同了，經過時間的反覆錘煉，這個女人再也不是當初那個能讓畸形的老人隨意擺佈的木偶了——他由於選定了要用最惡劣的手段來報復的心思，所以無形中已經把自己的高尙和責任降到了同海絲特平等的地位。海絲特不再覺得還欠他什麼了，因此，這個女人終於決定要盡一切力量·來挽救當時由於脆弱而犯下的所有錯誤了。

海絲特·白蘭打定主意要去會見她原先的丈夫，通過面對面的鬥爭把那個他掌控下的可憐的人救出來。她努力尋找機會，終於有一天，就在她所住的這座半島上一處荒無人煙的地方，陪同小珠兒散步的她，看見前面有個身體彎曲變形的老人，正一手提著個籃子，一手拄著個拐杖，慢慢地、邊走邊低頭審視著地面。這就是她原先的丈夫，那個醫生，羅傑·基靈歐斯，他正在爲配製新的藥丸而採集草料。

第十四章　海絲特與大夫

海絲特一再叮囑珠兒在她與醫生談完話以前，讓她先到海邊玩耍。珠兒快樂得像小鳥似的蹦蹦跳跳地跑開了。

她一邊跑著，一邊用那白白嫩嫩的小腳丫踢著剛沒過腳面的海水，並不時地停下來，把頭探到退潮後留在沙灘上的水窪裏，自個兒照了起來。水窪裏立即出現了一個活潑可愛的小姑娘的影子，一雙水汪汪的大眼睛，一頭烏黑亮麗的長頭髮披灑在肩上，還不時地從臉上露出天使般的微笑。水面裏的小姑娘同樣也是好奇地望著珠兒。在這個沒有玩伴的地方，珠兒很高興水裏面的小姑娘和她一起玩，她便伸出手想把小姑娘拉出水面，與此同時，水裏面的小姑娘也把手伸向了珠兒，好像在說：「你還是來我這裏吧，我這兒好玩極了，來吧！」珠兒想也沒想地一腳踏進了水窪裏。腳丫剛接觸到水面，水面便倏地一下子漾開了，伴著從裏面傳出的清脆的笑聲。此時此刻，海絲特與醫生的談話也開始了。

「我想就我們之間的一些重要的事情說一下，」海絲特說道。

「好啊，你有什麼話對我說啊！海絲特夫人，」羅傑・基靈歐斯一邊說著，一邊從椅子上站了起來，「我本人是樂意之極啊，夫人，我隨時隨地都在打聽著有關你的消息。一個德高望重的地方官員就在昨天還對我談及有關你的事情，他偷偷對我說，當地議事廳曾就你胸前的紅字是否摘下來的事進行了商討，但大家擔心這樣一來是否會在群體中引起不良影響。我個人對此事是抱著堅決取下紅字的態度的，這一點請你相信我！」

「算了，他們是不會同意這麼做的，如果有一天我的表現到了不用再戴它的時候，那樣它就會從我的身上脫落下來，也許象徵了另外某種形式上的意義。」海絲特的心情似乎平靜了許多。

「你說的也許是對的，換句話來說，這未嘗不是件好事呢？」講到這兒，他好像心裏的石頭落了地一樣的踏實了許多，頓了一下接著說道：「現在的女人對自己的穿著打扮非常地在意，其實那個字母的做工倒是十分精緻，戴在身上也許是件不錯的飾品呢！」

自從他們倆人的談話開始以後，海絲特的注意力就沒有離開過他，在此期間，海絲特深刻地體會到了在這七年間發生在他身上的一些變化。這七年從他本身的外形上看，變化並不是很大，與同齡人相比，他反而要精神矍鑠得多。但在海絲特的印象中的那個聰慧過人、溫文爾雅的羅傑・基靈歐斯已不復存在了，現在在她面前的人完全一副陰險狡詐、笑裏藏刀的嘴臉。他說話談笑時極力掩飾的情緒還是從他那表現不自然的臉上體現了出來，他愈是盡力隱藏，他內心的齷齪愈是體現得淋漓盡致，反而就是這種情緒，讓他在海絲特面前一覽無遺地暴露出來。而在他說到動情處時，他偶爾會被自己的真情所打動，但這種感覺剛抹上他的臉，就倏地一下被他心中的魔鬼驅趕下來，隨即消失了。

事實也證明了羅傑・基靈歐斯在七年的時間內完成了從一個人成爲一個魔鬼的蛻變過程。

七年裏，他處心積慮地用盡各種卑鄙的辦法來對付一個心力交瘁的可憐人，還樂此不疲地往傷痕累累的傷口上再撒上一把鹽，無疑是雪上加霜啊。紅字猶如一把熊熊烈火燃燒在海絲特的胸中，如今把另外一個人也毀了，這多少讓海絲特心裏有些內疚。

「我臉上有什麼好看的東西，你看得如此投入？」醫生說。

「是的，有一件事帶來的痛苦在我心裏埋了很久了，讓我忍不住想哭一場，如果我還有眼淚可以流的話，」她接著又說道：「不說了，我們一起談一下那個曾是個好人的人吧！」

「噢，你說的那個人的經歷很坎坷嗎？」羅傑·基靈歐斯似乎對此話題表現出異常關注的神情，說話的聲音禁不住大了起來，「太巧了，海絲特，我也正在為此人的命運感到好奇呢，我也很樂意與你一起對此人做進一步的剖析。」

「你應該不會忘記七年前我們最後一次談話吧，」海絲特的回憶似乎又追溯到了七年前的那段日子，「那時你拿那個人的生命和前途做賭注，以此來威脅我務必要保守你和我之間的秘密，除此以外，我別無它法只能這麼做，為此，我心靈上受到了極大的煎熬與折磨。為了盡到對他的責任，我忍辱負重地受著這個約定的桎梏，不能翻身。可我內心深處總有個聲音在不停地敲擊著我，時刻在提醒著我，是我出賣了他。也就是從那時開始，除了你以外再沒有任何人如此近距離地接近他了。可你卻趁人之危，不論何時何地，像魔鬼一樣纏著他，你一直以來就是這樣地折磨他，從他的身體到他的靈魂深處，你一層一層地把他鞭撻得體無完膚了。而可憐的是他對此卻一無所知。而我呢，明知道你內心的惡毒，但是為了那個約定，我違背了自己的靈魂，作了一個共犯的角色，不可挽回地傷害了一個維繫我終生幸福的人呀！」

在聽到海絲特的這番獨白之後，羅傑·基靈歐斯心中那團燃燒著罪惡的大火重新又燃了起來，「怎麼，除此以外，你還指望有其他的路可以走嗎，告訴你，我既然可以把他給救下來，我還可以讓他進到地獄裏去，如果我願意的話！」

「如果是這樣倒是好事了，不是嗎？」海絲特說道。

「怎麼，難道我對那人做的所有這一切錯了嗎？你知道嗎，海絲特，任何一個從國家元首那兒得到重金獎賞的醫生，也比不上我絞盡腦汁在那個人身上所花費的精力，若不是靠著我來維持這個局面，他也許在你們剛犯下不可饒恕的罪過時就已被世俗的偏見吞噬了。是這樣的，因爲他的意志很薄弱，並不像你這般堅強，他的精神已崩潰了，他也承受不住那個紅字帶給你的創傷，在他的身上同時壓著兩重的磨難，一種來源於他，一種來自你。本來，我可以把事實的真相公布於眾，但此時看來，這麼做也無多大的必要了。我在他身上所做的努力已經讓他爲此付出代價了，是的，而且他能苟延殘喘到現在，也都得歸功於我才是啊！」

「他現在是生不如死啊！」

「可不是嗎，夫人，你這麼說是有道理的，」羅傑·基靈歐斯壓抑不住內心的怒火，聲音竟有些收不住了：「是啊，如果他現在死了也就一了百了了，也就用不著再去承受那些非人的折磨和精神上的磨煉了。也許他早已注意到我的存在了，他肯定也能感覺得到正有一種無形的力量縈繞在他周圍，制約著他的一切行爲，壓得他時刻喘不過氣來。他也絕對想像不到這一切的背後是我在操縱著，我對他所做的一切就是爲了能讓他先適應這種感覺，而不至於事情到來時他措手不及。七年了，我就是用如此折磨他的快感來維持我生存下去的欲望。是的，七年的時間讓我脫胎換骨成了一個十惡不赦的惡魔，而且是針對他的惡魔。」醫生在說這些話的時候，面色慘白，神情怪異，他吃驚地回想著他剛才所說的話，簡直不相信那是出自自己的口中，那顆復仇的種子已長成了參天大樹，這也是七年來他第一次重新面對自己。

「他現在已經等於是一個廢人了，你還想把他怎麼樣呢？難道他所受的這一切磨難還未能把仇恨從你心裏趕走嗎？」海絲特神情黯然地說道。

「趕走？不可能，這樣只會讓我更專心地投入到這種折磨中去。」醫生說著說著，心情頓時沈重起來，剛才兇神惡煞的神情此時收斂了許多。「海絲特，你應該還記得我九年前的模樣吧，那時候我的生活是多麼的單純啊，誠實可靠、勤奮好學、樂於助人是我生活的全部，我過得很充實幸福。也許那時候你還認爲我有些冷血，但我問心無愧地認爲自己是個誠實的好人，凡事都爲他人著想的好人，海絲特，難道你對此表示過懷疑嗎？」

「不，不是的，你做得已非常好了，醫生，」海絲特贊同道。

「可現在我卻成了這個樣子，難道是我想這樣嗎？」醫生一邊說著，一邊盯著海絲特看，內心的惡魔在此種情緒的引誘下重新又回到了醫生的臉上，「我現在是一個魔鬼，你告訴我，我是怎麼變成這個樣子的，啊！」

「這全都是我的錯，你就懲罰我好了，可你爲什麼還要對他這麼殘忍！」

「不用了，你身上的紅字已經讓你得到了應有的懲罰，」

「是的，你的目的達到了，你的心思也沒有白費！」海絲特說道。

「對，這一點我也看到了，你想讓我怎麼對待那個人呢？」醫生說道。

「我早晚會把你的陰謀公佈於眾的，可悲的是他到現在還未看清你的真實面目，如果我這麼做了，將來的後果如何我一無所知，但這是我唯一能報答他的了。因爲我的懦弱助長了邪惡的滋生，而毀了一個人的一生，對我而言，那個紅字反而讓我真正地明白了一些事理，它已深深地根植於我的靈魂，我不了解他過的這種生不如死的日子對你意味著什麼，我也不會再低聲下氣地要你放過他了，這一切已沒意義，無論以誰來講，包括珠兒在內，誰都不會從中得到好處，就目前情況而言，也沒有什麼東西能真正地把所有這一切結束掉。」

「海絲特，你說得很對，你非常聰明，我很欣賞你對此事表現出來的堅決態度，可惜啊，要是你從未認識我的話，今天的局面根本就不會存在了，而你，海絲特，你身上寶貴的精神財富也就這麼浪費了。」羅傑．基靈歐斯此時實在被海絲特那崇高精神所打動。

「難道你自己不可憐嗎？」海絲特說道，「你已被仇恨沖昏了頭腦，從一個受人尊敬的好人蛻變成了一個令人厭惡的魔鬼，難道你打算長期下去繼續做你的魔鬼嗎？你難道不能摒棄仇恨，放下包袱，重新做人嗎？就像我剛才說的，再如此下去，對我們誰都沒有好處。現在我們每走一步，都面臨著一個巨大的旋渦，所以每時每刻都需要小心謹慎。也許這件事剛開始對你是有些不公平，所以你有權利做出這樣的事來，但之後又能如何呢，重新做回自己吧，這樣，對你，對大家，都是一個完美的結局，這樣不好嗎？」

「別說了，」羅傑．基靈歐斯被一針見血地戳到了痛處，臉色一下子又陰了下來。「我沒有像你說的那麼高尙，那早已被我摒棄的信念重新在我心裏生了根，它告訴我所發生的一切的根源。海絲特，這一切的根源都來源於你走錯的第一步，是你造成了今天的後果。而我，是一個被你們倆個人共同傷害的人，雖然我偶爾會原諒你們的過錯，但這種傷害最終把我從一個人變成了一個魔鬼，我也曾想過要放棄這麼做，但爲時已晚了，我們根本擺脫不了命運的安排，隨意吧，我想，從今天開始，我們各走各的路，互不相干吧！」羅傑．基靈歐斯在說完這些後，擺了幾下手，頭也不回地走了。

第十五章　母女倆

羅傑．基靈歐斯就這樣朝著海絲特相反的方向走去。他天生一副略有殘障的體形，而且整張臉沒有一點特色，是那種過目即忘的人。而此時此刻，他正步履蹣跚地哈著腰在滿是泥濘的路上走著。他時不時地蹲下身來尋找著他需要的草藥，用鏟子小心翼翼地把草藥刨出來，一個個的投到籃子裏面。每當他彎下腰時，他那花白的鬍鬚總是緊挨著地面蹭來蹭去的。

海絲特就這樣目不轉睛地盯了他很久，她想弄明白，像他那樣的人撿草藥，是否小草也會被他的魔爪所摧殘，嫩綠的草地是否因他一路走來而從此變成衰草。

海絲特同時也很想知道是什麼樣的草藥讓他如此專心致志於此。另外，或者是因爲他邪惡的目光讓他所及之處會變得滿目荒涼，或者經他的身體所接觸過的鮮花嫩草也會變成具有殺傷力的無形兇手，難道這燦爛明媚的陽光也無法讓他體會生活的樂趣嗎，或者是他身體裏有個真正的惡魔在驅使他爲所欲爲嗎？是否他的靈魂已落進一個暗無天日的魔窟裏嗎？他那高尚的品德已被漸漸地吞噬了嗎？

「他永遠是歷史的罪人，不管他承認與否。」海絲特說話時兩眼仍惡狠狠盯著他。

海絲特這樣想時，心裏不免產生了愧疚之感，自己不該詛咒這個人。但是她卻控制不住自己，哪怕是把這種情緒多多少少地抑制一下她也做不到。這不禁讓她回到了以前的生活回憶中：他們的房子坐落在離其他住戶很遠的地方，每次晚飯時，他就從屋裏走出來，與他那溫柔可愛的妻子共同坐在壁爐前，享受著此刻的溫馨，他也享受著妻子那發自內心的微笑，這些也正是他所需要的，以此來掃除因過久的學習而帶來的疲倦感，這是多麼妙不可言啊。現在她再次回想起這些時，心情竟是無比地揪心。今天這種狀況是她無論如何也想不到的，這是多麼可笑啊！她不明白自己當時怎麼會嫁給他。但畢竟成爲了現實，而且她曾經用她那女性特有的溫柔與乖巧來迎合他。現在回想起來，當初與他的結合絕對是一個天大的罪過。在她還是個純潔無瑕的小女孩時，他用他特有的手段引誘了她，成了他身邊的女人。而今天想來，把他打入十八層地獄也不爲過啊。

「我恨這個人，他毀了我的一生，他帶給我的苦難遠遠高於我對他所造成的傷害！」海絲特翻來覆去地想著這句話，情緒低落了許多。

讓所有只會用手段把女人搞到手，而又不能真正地對待她們的男人們見鬼去吧！而讓那些真心地體貼愛護女人的男人代替他們時，他們就會落得與羅傑．基靈歐斯一樣的結局。人們再去評判他們曾經的幸福生活時，也會對他們曾經幸福的狀態而大打折扣的。七年啊，這個紅字讓海絲特背了七年，讓她承受了無數的磨難。海絲特久久地盯著羅傑．基靈歐斯蹣跚而行的遠去背影，突然某種複雜的可憐的情緒又湧上了心頭。

羅傑．基靈歐斯走出很遠很遠以後，海絲特把珠兒喚了回來。「珠兒，我的孩子，你在哪兒，珠兒！……」

與此同時，天真可愛的珠兒正在海灘上玩得起勁呢！她一直在與水窪裏的那個水孩子嬉戲。她們倆互相呼喚著，現在是珠兒想進入到水窪裏，進不去，水窪裏的小孩想出但出不來。這樣如此反覆了好久，珠兒才發現，她們倆之間有一個是假的，珠兒無奈之下放棄了這個水窪，轉身去找其他可以玩的玩伴去了。

她把蝸牛放到用樺樹皮做的小船上，把牠們放入海裏，慢慢地漂走了，就像一隊隊整裝待發的商船。但漂了不久，小船承受不了重量一個接一個地沈了下去。接下來，她抓了一條鰵魚、幾隻海星和一隻水母玩，玩夠了就隨手扔到海灘上。而後，她捧起潮水湧過來時產生的泡沫揚手向四周撒了出去，之後又快速跑到它將要落下來的方向等待著它的下落。

不遠處的海灘上，成群結隊的海鳥沿著海面盤旋著等著捕食的機會。珠兒又放棄了剛才的遊戲，她頑皮地順手從沙灘上撿了大把大把的石子放在了裙兜裏，而後又東奔西跑地追趕著海鳥，朝著海鳥擲出了一顆又一顆的石子。也許其中一隻胸脯上夾雜著灰色羽毛的小鳥被珠兒的石子給打中了，牠撲騰了幾下之後艱難地飛走了。珠兒傷心極了，停下了手中的動作，看著飛遠的小鳥，就像是她也受了傷似的。

後來，珠兒又跟從海裏浮到沙灘上的海藻玩起了遊戲。她用這些海藻細緻地東拉西扯成了一條圍巾和往頭上戴的飾品，看上去她真有點像可愛的小美人魚了。也許是遺傳的作用，珠兒的動作像極了她的母親。在她完成這一系列的製作後，珠兒用那片最大的海藻，比照著母親胸前的那個她並不知道意味著什麼意思的紅字給自己做了一個裝飾品，也戴在了胸前。但有一點不同的是，媽媽的那個是紅色的，而她的卻是綠色的。珠兒低著頭饒有興致地看著自己的傑作，懷著極大的興趣想著這個東西的真正含義。

「媽媽會不會同意我這麼做！」珠兒忐忑不安地想道。

正當她想著這個問題時，海絲特呼喚她的聲音傳了過來。隨後，天使般的珠兒飛一般地衝到了海絲特面前，驕傲地把自己的作品展示給媽媽看，想著媽媽可能會表揚的話。

「親愛的寶貝，」說到這裏，海絲特不知該如何向珠兒開口了，過了一會兒，她擡起頭對珠兒說：「珠兒，你還是個小孩子，這個東西對你而言沒有任何意義，可對媽媽來講，那就太不同了，你知道這是什麼字嗎？」

「親愛的媽媽，您以前教過我的大寫的A字，我不會忘的。」

海絲特複雜地看著天真無邪的珠兒，她從珠兒那嚴肅認真的態度中還不能確定她是否真正懂得那個字的意義。「聰明的珠兒，那你知道爲什麼媽媽會戴著它？」

「是的，我知道，我看見牧師經常用手捂在胸口上，媽媽，您戴著它的含義是不是和牧師的含義一樣？」童言無忌啊，珠兒不知道它的意思。

「親愛的珠兒，你爲什麼會這樣認爲呢？」海絲特沒想到珠兒的觀察是如此地細緻入微，心中不免有些緊張。

「我也不知道，媽媽，我只是這樣猜的，」珠兒突然又想到了什麼，一本正經地對海絲特說：「媽媽，也許剛才那個與您說話的老人知道它的含義，您可以問問他啊！……但是，媽媽，我現在就想知道，它到底是什麼意思呢？爲什麼別人沒有，而您有，爲什麼那個牧師總是捂著胸口？」

珠兒緊緊地抓著海絲特的手，用力地搖著，用一個小孩特有的好奇心和強烈的求知欲望等著海絲特給她的答案。海絲特看著珠兒那異常嚴肅的神情，她感覺到珠兒是那麼的依賴她。此前，海絲特每當珠兒問及她一些比較敏感或多多少少與A字有關的事情，海絲特總是避重就輕地引開話題，甚至是隻字不談。因爲孩子的幼稚問題往往會引起大人的某種壞情緒。之後，孩子帶著答案心滿意足地走了，剩下回答問題的人聲聲地歎息。

突然一個不太成形的想法出現在海絲特的腦子裏：珠兒所經歷的與她的實際年齡不相符的事件，讓她較同齡人對一些事物的認知度提高了許多。或許她現在完全可以勝任做她的朋友。依珠兒現在的年齡，她對什麼事物都有強烈的好奇心和求知欲，但又缺乏一些對事物的主觀認知態度，反過來，這又培養了她不知退卻、堅持到底的信心。珠兒內心的善良讓海絲特更加體會到她的優秀品質，海絲特所擔心的是自己身上的這種罪惡是否對珠兒成長爲一名真正的高尚的人產生負面影響，如果是這樣，那她的罪過可就大了。

珠兒心裏那股不服輸的脾氣又上來了。從她記事以來，就對這個紅字的意義產生的好奇心。海絲特這時也許不能只把珠兒作爲一名不諳世事的小孩來看了，她把所有的希望都寄託在了她的身上。如此一來，海絲特發覺這種關係陷入了矛盾之中，她能把自己內心的痛苦強加到珠兒身上嗎，一旦告訴了她，她是否會與母親共同分擔，還是從此影響了她的一生，這些是海絲特不得而知的。

這些念頭在海絲特腦海裏翻來覆去地湧了出來，感覺也愈來愈真實。就在這當兒，珠兒握住母親的手又劇烈地搖晃起來，擡著頭眼也不眨地看著母親，等待著一個讓她信服的答案。

「親愛的媽媽，您還沒有回答我的問題，它到底是什麼意思，您爲什麼戴了這麼久——自從我記事以來，爲什麼那個牧師老用手捂在胸口上，您告訴我呀，親愛的媽媽。」

「天哪，這太讓我爲難了，我不希望我的女兒一生中留下的是一個黑色的童年，」海絲特在內心掙扎許多，終於決定繼續隱瞞下去。

「聰明的珠兒，你年齡還小，就算媽媽告訴你，你也無法理解的，況且我與牧師不熟悉，我也不知道他爲什麼那樣，關於紅字，媽媽是因爲它上面全是金絲線才戴它的。」海絲特說道。

在漫長的七年時間裏，海絲特從未在有關紅字的問題上撒過謊。在她對珠兒說了這些後，她覺得自己內心被揪著，儘管這是善意的謊言，但這感覺仍吞噬著她的心。除此以外，還能怎麼樣呢？

但對珠兒而言，媽媽的答案並沒有讓她感到滿意。

好強的珠兒並沒有停止她的好奇。在回家的路上，她又問了她的母親同樣的問題，甚至就連她將要進入夢鄉之前，她也不忘再追問一句。

第二天一大早，珠兒迷迷糊糊地從床上爬起來的第一件事就是張口問：「媽媽，是不是那個牧師的心口痛啊，才用手捂住的呀？」

海絲特已被珠兒的追問搞得有些不知所措了，聲音禁不住壓了下來，臉色也沈了下來：

「搗蛋鬼，以後不許再問這個問題了，要不然，媽媽就把你關到黑屋裏讓你坐禁閉！」

第十六章　徜徉在林間小路

就算要承受更大的打擊，就算將來出現更惡劣的後果，這都絲毫動搖不了海絲特要當著狄米斯戴爾先生的面揭開羅傑．基靈歐斯陰險狡詐的真面目的決心。

海絲特知道他有沿著海灘或林中散步時思考問題的習慣。但接下來的幾天裏，她一直沒有機會達成她的心願。她就算直接在他的辦公室與他交談也未嘗不可，但讓她擔心的是因此會讓牧師蒙羞，而這又是她不願再見到的。事實上，在她前後相繼有許多的人到他那裏去懺悔自己的幾乎與紅字所代表的罪惡一樣的惡過。之所以沒去的原因之一是她擔心羅傑．基靈歐斯暗中搗鬼，破壞這次的談話；二是她自己也疑神疑鬼，害怕別人懷疑；三是她希望兩個人是在一個無遮無攔的地方心平氣和地談話，所以這三條中的任何一條沒達到的話，這次談話就無法進行下去。

之後，有一天她在一戶病人家中忙著，她從病人家屬口中得知狄米斯戴爾牧師來做過禱告之後就到另外那個印第安人信徒艾利奧特家中做訪問去了。要回來的話也要等到第二天了。所以，第二天一早，海絲特帶著可愛的珠兒踏上了行程。不管到哪裏，珠兒都是海絲特不可或缺的伴侶。

母女倆人環繞了大半個島嶼之後就要到達目的地了，在她們面前除了一條羊腸小道之外沒有其他道路可走。她們沿著彎彎曲曲的小路，逐漸到了森林深處，狹窄的小道兩旁的樹木枝繁葉茂，鬱鬱蔥蔥，樹木的枝杈縱橫交錯，遮住了小道的上空，從樹木中滲透的陽光斑駁地灑在小道上。這個情景讓海絲特想起流浪時的辛酸。那是一個陰沈沈的刮著寒風的一天，大塊大塊的灰雲隨風飄動，偶爾一縷陽光透過樹葉的間隙落在地上，風一吹，陽光就像一頭孤單的小鹿在林中跳躍前進著。而今天的陽光顯然沒有往日那鋪天蓋地的力量了，時隱時現地折射到地面上，讓地面看上去就像一隻翅膀上滿是斑點的蝴蝶欲振翅高飛似的，這與她們倆想像中的情景有些差別。

「親愛的媽媽，你看，陽光藏起來了，你胸前的紅字把它們嚇跑了。不過，您等一會兒，我去把它們捉回來，它們不怕我的，因爲我還小，身上也沒有什麼讓它們害怕的東西。」珠兒認真地說道。

「好孩子，但願這種事不會發生在你的身上。」海絲特說道。

「媽媽，怎麼樣才能讓我也戴上它呢？」珠兒沒跑兩步，聽到媽媽的話後，停下了腳步煞有其事地問道，「是不是等我長大後，它就會出現在我身上？」

「珠兒，我的孩子，在它們再次躲藏之前捉住它們吧，」海絲特說道。

望著珠兒飛出去似的背影，海絲特欣慰地笑了。珠兒果然沐浴在了陽光裏，她高興地舞動著雙手，笑著跳著，像一個孕育在陽光裏的天使。陽光在她身上跳躍著，與珠兒共同感受著這幸福美好的時刻。隨著海絲特將要踏進這個圈子裏時，陽光似乎有意地又要躲開了。

「媽媽，它又要躲起來了。」珠兒有些失望地說道。

「不會的，孩子，看，媽媽可以捉住它的。」海絲特微笑著說道。事實出乎她的意料，她剛一伸手，陽光便倏地一下縮走了。也許這也在海絲特預料之中，也許是陽光附在了珠兒的身體內，她等到她們進入森林深處的黑暗中時再出來爲母女倆照亮路程。在她的印象中，珠兒天生活潑的善良本性讓她得到了許多慰藉，而之前，她一直擔心自己所受的罪過是否會遺傳到珠兒身上。

所幸的是珠兒比與她同齡的孩子更善良、更堅強、更高尙。這些也是海絲特所希望的。

「珠兒，好孩子！」海絲特在她剛才所站的位置上環視了一下，對珠兒說道，「孩子，咱們再往前走一點就休息一會兒，好嗎？」

「不，媽媽，我現在正開心，還沒有累的感覺，但是如果您想讓我坐下來，那就給我講點什麼吧！」

「好吧，珠兒，你想聽什麼，講故事好嗎？」

「嗯，讓我想想，啊，對了，那個黑人的故事我比較感興趣。」珠兒一邊思考著一邊拉著海絲特的衣角。「媽媽，您就給我講講那個黑人爲什麼會捧著一本上面還裝有鐵環的書在樹林裏，好嗎？我還想知道他爲什麼讓那些陌生的過路人在他的冊子上留下他們的名字，而後還在每個人的胸口處做個標誌呢？媽媽，那您見過這個又黑又醜的人嗎？」

「珠兒，你是從哪裏聽到的，」海絲特之所以這麼問，是因爲她知道這是一個流傳很廣的傳說。

「媽媽，是昨天您在那個病人家裏照顧時，那個老奶奶告訴我的。我當時瞇著眼躺在火爐旁，她誤以爲我沒聽到，其實我全聽到了。她還說有很多很多的人在樹林裏見過那個人而留下了他們自己的名字在他的冊子上，而且身上真有標誌。媽媽，老奶奶還說您身上的標誌就是那個人給您打上去的。媽媽，您當真在樹林裏見過那個怪人嗎？那個字真的會發出光來嗎？您經常在半夜三更時去見他嗎？」

「傻孩子，那你說什麼時候你半夜醒來，我不在你身邊過？」海絲特耐心地說道。

「當然沒有，媽媽，可如果您是因爲不願把我獨自留在家裏讓我害怕的話，我當然也願意陪著您。」

「你要是聽話，我就告訴你。」

「我答應，但我要知道事情的全部。」珠兒回答道。

「是的，我見過他，只見過一次，也是一生中的一次，是他把這個字打到了媽媽身上！」

海絲特邊對珠兒說道，邊帶領她繼續向樹林深處走去。在這個人跡罕至的地方很少有人會看到她們。當她們走到一塊長滿苔蘚的大石頭旁時，她們停下了腳步，坐在上面繼續著她們的話題。

一百多年以前，此處曾長出一棵高聳入雲的巨松。如今大樹的枝枝杈杈遮住了它周圍的一些其他的小樹，形成一個休息納涼的好地方。在她們坐著的前方流淌著一條清澈見底的小溪，水裏長年沈澱的樹葉也清晰可見，水底的小石頭和沙子在陽光的折射下閃閃發光，遠遠看上去，像是五顏六色的寶石。溪邊一棵棵參天的大樹和周邊一塊塊突兀的花崗岩巨石給這條小溪蒙上了一層神秘的色彩。也許是怕小溪潺潺的流水聲說出它們的秘密吧。

「可憐的小溪啊，爲什麼你的聲音這麼的憂傷？」珠兒似乎聽懂了它的哀傷，不禁歎了口氣。

這條經歷了無數歷史演變的小溪，除了它想表達自己那黯然的經歷外，似乎沒有其他話題可表達了，就像珠兒一樣。他們的經歷好像源於同一個地方，同樣歷經了痛苦的過程。但珠兒表現出來的卻與小溪完全不同，她高興、快樂，似乎還沒有什麼可以讓她的臉上有一絲絲的憂鬱。

「媽媽，您知道小溪爲什麼這麼憂傷嗎？」珠兒問道。

「珠兒，每個事物都會有它憂傷的一面，小溪也一樣。好孩子，媽媽剛才聽到從樹林裏有腳步聲，可能有人來了，讓媽媽和那個人談一下，你自己去那邊先玩，好嗎？」海絲特指了指不遠處的一塊大石頭。

「媽媽，是那個黑人嗎？」珠兒問道。

「我可不肯定這一點，不過你就在那兒玩，你能保證讓媽媽看得見你？」

「是的，媽媽，如果是那個人的話，你能讓我看他一眼和他的那個本子嗎？」

「我答應你，我的孩子，可剛才我認出他是那個牧師啊！」

「噢，是牧師啊，是不是那個黑人在牧師寫下名字後就把記號打在他身上呢？他爲什麼不把記號藏在衣服外面呢？」

「珠兒，以後媽媽再告訴你，你先去那邊玩，好不好！」

珠兒雖然沒有得到回答，但她還是蹦跳著跑開了。而小溪似乎沒有被珠兒的熱情打動，它仍然是默默地以自己的方式傾訴自己的心情。珠兒這會兒也沒時間理它了，獨自去找她的新玩伴了。

海絲特漸漸地看清了從樹影下走出來的牧師。他看上去是那麼弱不禁風，蒼白無力，神情黯淡極了，像大病初癒的病人一樣，手裏還拄著一個樹枝做的拐杖。在這遮天蔽日的樹林深處和周圍陰森駭人的氛圍使他看上去更加絕望。他好像已邁不動步子了，腿像綁了石塊似的挪不動了。如果在他面前有一處很適合躺下休息的地方，相信他定會躺下去，再也不想起來了，即便是死在這兒，與森林小溪爲伴。

海絲特從他的一舉一動中，看出了他內心的痛苦與哀傷，傷心與絕望。

第十七章　主教和他的子民

牧師好像沒有發現正在觀察他的海絲特，在他們將錯過時，海絲特叫住了他。

「阿瑟·狄米斯戴爾！」海絲特有氣無力地叫道。

「有人叫我嗎？」他狐疑地向四周看了一下。

他好像不希望被人看到他與往日不同的頹廢狀態，強打起精神，眼睛搜尋著聲音發出來的地方。他從一棵樹的陰影裏隱約看到一個影子。但由於樹蔭完全擋住了陽光，當天又有點陰沈，所以這時在他看來，他還不確定那究竟是個人，還是樹影。

他禁不住向前走了幾步之後，首先看到了那個讓他爲之一驚的紅字。

「海絲特，是你嗎？」

「是的，是我，阿瑟·狄米斯戴爾，你還好嗎？」

這是他們七年來第一次單獨面對面地交談。七年的時間確實讓他們對這樣的見面有些不知所措，似乎還有些尷尬的情感在裏面，甚至互相被對方嚇了一跳。七年的時間幾乎讓他們生疏了起來，驀然間的相遇喚起了他們的記憶。阿瑟·狄米斯戴爾戰戰兢兢地伸出那雙因過分緊張而變得冰冷僵硬的手握住了海絲特同樣冰冷的手。他們這一握手後，彷彿沒有了方才的陌生感，同病相憐的他們又走到了一起。

他們之間沒有過多的話，用曾經的心照不宣走到剛剛海絲特與珠兒坐過的青苔石上。剛開始，倆人就像他鄉遇故知的老友那樣互相寒暄了起來。從一些家常話慢慢地談到了他們內心深處那封閉了七年的話題。

在經過進一步的熟悉之後，牧師終於可以目不轉睛地盯著海絲特看了。

「海絲特，你現在過得幸福嗎？」牧師說道。

海絲斯沒有回答，只是苦笑著用手摸了一下胸前的那個紅字。「那你又過得如何？」海絲斯問道。

「還能如何，除了絕望，我又能怎樣呢?假如我是一個徹頭徹尾的大壞蛋，假如我是一個十惡不赦的惡魔，假如我是一個冷血動物，也許我的生活不至於如此，也許那樣我也會過得很滿足。可如今我卻變成了一個被折磨得只剩下一個軀體的行屍走肉了。海絲特，你說，我的生命還有什麼意義呢？」

「不是，你爲人們做了那麼多，幫助他們脫離苦海，你在他們心裏的地位是至高無上的。你難道沒有從中得到一點安慰嗎？」海絲特說道。

「沒有，這只能讓我加倍地去感受那份痛苦。人們尊重我，只是在尊重我的軀體而非我的靈魂。七年了，我的靈魂脫離了我的軀體整整七年了。我還怎能讓一個脫離靈魂的軀體來佈施於人呢?面對無數渴望的眼睛，我只能用這張臭皮囊進行佈道來滿足他們。我對此感到無可奈何，感到多麼地可笑、可悲，這是怎麼樣的一個我啊!海絲特，你認爲我還能爲此而驕傲嗎？」

「你說的不對，你並沒有錯，而這七年的折磨也足夠把你的罪過洗刷掉。而且你現在已今非昔比了。你的靈魂又回到了你的身上，你又回來了，人們是應該尊重你的，而你也絕對配得上他們對你的態度，你當之無愧啊，難道這些也絲毫沒能讓你得到慰藉嗎？」

「是的，海絲特，」牧師說道，「這種虛無的東西讓我更加痛苦。我雖然千萬次地懺悔過，但沒讓我清楚地意識到自己在做什麼，否則，我也不會再繼續做我的牧師了，而會讓人們看到我那張面具後真實的我。你就不同了，海絲特，你能把紅字戴在身上，而我的紅字卻在我內心劇烈地燃燒著。看到有人能看清我的真實面目，我感到內心的壓力減輕了許多。這樣，我才能真正地面對自己，做回自己。但事實上這並無可能的。」海絲特神情凝重地看著他，當她聽完牧師把長期壓抑的那份感受說完後，海絲特意識到該是坦然相對的時候了。

「阿瑟，我認為你應該找一個可以聽你傾訴的朋友，而我，就是你的朋友，一個曾經在一個屋簷下互訴衷腸的朋友。」海絲特在考慮是否把這句話說出來後，猶豫了一下之後鼓足勇氣說了出來。

牧師聽到這句話後，像被螫了一下似的猛地站了起來，心臟好像要撐破軀體跳出來一樣。

「海絲特，你說什麼，什麼互訴衷腸的朋友！」他叫道。

此時此刻，海絲特才真正地體會到七年時間給他帶來的傷害和折磨，對此她感到深深的內疚，她曾是多麼荒唐地把一個惡魔安置在他的身旁，而讓惡魔肆意地折磨了他七年。事實上，哪怕就是一分鐘的折磨，對牧師來說內心所受的懲罰也足夠了。這一點，海絲特只是幼稚地認爲這對他來講算不上什麼，至少比她本人要幸運一些吧！至此，她深刻地看到了羅傑．基靈歐斯用各種惡毒的手段對阿瑟從肉體到靈魂慘無人道的折磨所產生的後果了。而他的目的只是爲了達到他齷齪的欲望，去傷害一個內心已受折磨的人。而他自己從此也會迷失在這種惡毒的念頭中，最終成爲一個任人厭棄、遭人指責的瘋子。

她當初錯誤的決定，鑄成了今天的惡果，這惡果深深地應在了她一直深愛的人身上。早知如此，還不如當初說出真相，讓牧師去承受所做的罪惡來得好，起碼他不至於這樣痛苦。現在一來，海絲特已被當初自己錯誤決定而帶來的後果攪得連去死的念頭都有了。

「阿瑟，原諒我的無知吧！都怪我，我以爲這樣會讓你輕鬆些，我怕毀了你的一生而未把真相告訴你，可除此以外，我都恪守著婦人之道，並未做出什麼大逆不道的事情啊！因爲我的錯誤決定，把一個惡魔安排在了你身邊，讓你承受如此之痛，而那個人，那個在你身邊的人，就是我的前夫，羅傑．基靈歐斯……」海絲特囁嚅著說完了這些壓抑已久的話。

阿瑟彷彿被雷擊中了一般，臉色頃刻變得煞白，就算在經受七年的折磨過程中，也沒有如此過。海絲特也從未見過他如此強烈的反應。而阿瑟在這一刻又經歷了沈重一擊之後，渾身再也沒有一點力氣，一下子癱在了地上，痛苦萬分地閉上了眼睛。

「我已料到如此了，從我第一次見到他時，我已想到了。我每一次忍受他的折磨，就更加確定了我的想法。海絲特，你讓我和這個魔鬼混在一起任他蹂躪踐踏，這是多麼可怕的事啊！

海絲特，這都是因爲你，我怎能寬恕你呢！」

「請你寬恕我吧！看在主的份上，我已經受到懲罰了，你寬恕我吧，阿瑟！」海絲特哭喊著跪倒在牧師腳下，懺悔著自己的過錯。海絲特帶著近似瘋狂的絕望把阿瑟的頭緊緊地攬在胸前，正貼在紅字的位置上。

牧師想把頭抽出來，但海絲特抱得太緊，動也動不了。而海絲特也不敢再看牧師一眼了，生怕再被他責罵。在七年中，海絲特即使遇到再大的痛苦也沒有如此絕望過，而這一次，牧師那黯然神傷的表情，緊皺的眉頭卻讓海絲特再也支撐不住內心那猛如洪水般的感情，她一遍遍地問著同一句話，反覆著這句她七年來一直想對牧師說的第一句話，就是能乞求他的寬恕。如果沒有他的饒恕，海絲特真不知道自己是否還能活在這個世上。

牧師再也不忍看到海絲特這撕心裂肺的懺悔了，他深深地歎了口氣，說道：「海絲特，你起來吧！我想你也不願意這樣做的，我原諒你的懺悔了。我想你也應該知道，是那個人把我們害得如此下場，應該遭受天譴的是他，他利用了你的善良，海絲特。他褻瀆了神聖的神靈，他殘酷地折磨著一顆本已破碎的心，上帝會懲罰他的。而你和我，從未做過一點傷天害理的事啊！」

「是的，當然，我們捫心自問在做的是救人的好事，阿瑟，你還記得吧！」

「當然，海絲特，我以神的名義發誓，我沒忘記！」

牧師的手握著海絲特的手並肩坐在那棵長滿青苔的斜倒在地上的樹幹上。那段不堪回首的經歷讓他們沈溺在了痛苦中，隨著時間的流逝，那段經歷終究注定成爲一生中的一個黑洞，儘管如此，他們又被另一種情感包圍了起來，那就是未知的希望，促進他們對對方產生了一種朦朧的依戀情緒，忘記了時間的存在，一陣大風吹過，吹得周圍的樹枝吱吱作響，枝幹東倒西歪地來回搖晃著，好像在訴說聽到兩人故事後的悲哀。

兩人都不願走開，內心的情感讓他們對返回的小路產生了厭煩感，因爲海絲特一旦回到那裏又將背負沈重的紅字，而牧師則又要忍受折磨，還要裝出一副聖人的樣子來面對眾生。現在如果能多待一會兒就一會兒，哪怕一分鐘。而此刻從樹隙間照進來的陽光也顯得格外明亮。牧師每次看到海絲特胸前的紅字，就覺得心在燃燒，這一刻，他對海絲特的心是最誠實的。突然，一個念頭閃現在牧師的心中，不禁打了個寒顫。「海絲特，你知道我們又將面臨一個什麼樣的局面嗎？羅傑想必已經知道了你的想法，他情急之下是否會採取卑劣的手法來對付我們？」

「我想會的，他生性貪婪，卑鄙無恥，什麼事都做得出來，他雖不至於把秘密洩露出來，但他會以其他惡毒的手段來報復的！」

「我的天哪，我不知道天天和這樣一個魔鬼生活在一個屋簷下，我能活多久，海絲特，就用你的聰明才智讓我避開這個惡魔吧！」牧師一想到羅傑那張陰險的臉，就忍不住一陣膽戰心驚。

「當然，不久，你就會脫離他的魔爪了，永遠地脫離了！」海絲特嚴肅地說道。

「真的，能做到嗎?能有什麼好方法嗎?當你告訴我他的為人時，我就已經覺得沒有希望了，我還能活下去嗎?」牧師絕望地說道。

「阿瑟．狄米斯戴爾先生，你能堅強一些嗎?你不能被他打倒，那樣他的陰謀就得逞了!」海絲特看到牧師的樣子，眼淚禁不住奪眶而出。

「命運注定了就該如此，我無力與命運抗爭，」牧師說道。

「不會的，路是靠你自己走的，命運靠你自己把握的，阿瑟，你必須挺住啊!」

「海絲特，你幫助我脫離苦海吧!快告訴我應該怎麼做!」牧師回答道。

「世界上不只這一處是我們的容身之地吧!」海絲特說道，兩眼看著牧師，若有所思地試探地對他說道：「世界如此遼闊，就像這兒，不也曾是荒郊野地嗎?你為什麼不能嘗試著走另外一條路呢?你盡可以往前走，不要回頭，一步一步地走，愈往前走一步，你就可以呼吸到自由的空氣，接著往前走，你就會看不到這個鎮了，再往前走，阿瑟，自由就在你眼前了，你也將永遠地擺脫了命運，擺脫了羅傑．基靈歐斯!」

「可是，我只能低著頭生活，」牧師有氣無力地說道。

「不會的，如果你覺得仍不夠踏實，那麼還有一條路可以走。如果你願意，可以從海上走，無論到哪裏都行，法國、德國、義大利，無論是城市還是農村，只要你願意，阿瑟!你被他們折磨得已經足夠了!」

「辦不到，海絲特!」牧師說道：「我已犯下了不可饒恕的罪惡，我一個有罪之身還能奢求什麼嗎？我只求自己儘可能地用實際行動進行懺悔，直至死去，我怎可能再背叛自己的靈魂，放棄自己的信仰，罪上加罪呢？」

「這不是你的錯，七年了，他們想用精神上的折磨整垮你，打倒你，」海絲特此刻更是決心讓牧師重新面對自己，「這一切已成過去，你應當往前後，就像順著小路往前看，你不應該只停留在此一動不動地等待死亡。就當今天是一個界限，昨天過去了，已不可更改，但明天是未知的，充滿希望的。還有許多許多的事等著你去做，去嘗試，醒過來吧！重新面對生活，再次面對選擇，用你的真心，用你的靈魂對自己發號施令吧！無論怎樣都行，只求你不要放棄，你應該讓自己的生命重新燃燒起來，從歷史的桎梏中解脫出來，釋放自己，讓你的靈魂重見天日吧！」

「海絲特，你的話讓我聽起來很踏實，」看來，海絲特的話果然起到了作用，但她發現只曇花一現的功夫，牧師又沈了下去，「海絲斯，你別費力氣了，你是在讓一個只剩半口氣的人參加鐵人比賽啊！這一切，我一個人怎能做到呢？」牧師喃喃地說道，他已沒有勇氣再面對一切了。他只是一味地反覆說著那句話。「只我一個人啊，海絲特！」

「阿瑟，當然不是，另外一個人很樂意與你前往！」海絲特輕輕地說了這句話後，心情一下輕鬆了許多。

第十八章　新的希望

阿瑟．狄米斯戴爾一言不發地久久注視著海絲特。他十分驚訝的是海絲特把話說了出來，同時他也非常高興，他讀懂了海絲特的內心。

海絲特那與生俱來的膽量和聰明的心靈沒有被七年漫長的折磨給破壞。不僅如此，更養成了她果斷的判斷力，堅強的毅力和不屈不撓的性格，而她的這種性格對牧師來講是想都不敢想的事情。長久以來，她就靠自己的精神支持著一步一步地頑強走了過來。她以自己獨特的見解抨擊著社會上不平等的現象，沒有什麼讓她畏懼了。而也正因爲如此，她的思想也逐漸被人們接受，反而讓她從中得到了自由的權利。曾經的懺悔、絕望、憤怒讓她更自信地把握住了自己，讓她變得更加堅韌，更加勇敢，更加堅不可摧。

但對於牧師來說，他卻生怕一不小心就毀掉自己並受到眾人的譴責。除了那一次，他違背了他一生的信條，因一時衝動，造成了今天的局面。就從那以後，牧師無論何時何地，都小心翼翼地維護著與眾人的關係，時時刻刻提醒自己，以及分分秒秒地控制著自己的大腦，生怕再鑄成大錯。在另一方面，一邊是牧師神聖的職責在約束著他的行爲舉止，另一邊又是自己所犯的罪過無時無刻刺激著他那顆善良的心，兩邊的夾擊讓他覺得自己的罪過更加重了。

而對於海絲特來說，明眼者一眼就知道了海絲特做好了重生的準備，可對阿瑟．狄米斯戴爾就不同了。長期的折磨成了他心頭揮之不去的陰影，七年來，不僅健康狀況持續下降，甚至他的靈魂也快被折磨得出竅了，只剩僅存的良心支撐著他到現在。可如今一來，他頭上又多了一個背叛上帝的罪名。這讓他在二者之間很難做出選擇。要麼就是以其中一種方式來逃避懲罰，要麼就是摒棄全部罪惡的歷史，重新開始嶄新的一頁，要麼就是說出真相，承擔責任，接受處罰。

不管做出什麼選擇，有一點足以讓牧師欣慰的是，在通往新生活的道路上有海絲特的陪伴。

「在七年中，如果有一點能讓我安心地生活下去的事情的話，我會毫不猶豫地選擇留下來，但事實並非如此！」牧師禁不住喃喃自語道：「既然過去已成爲歷史，再無法挽回，我又何必這麼摧殘自己呢？就如海絲特所說的，既然前方有一條幸福的大道等著我，有無限的希望等著我，我爲何不去爭取呢？海絲特以她博大的胸懷激勵著我，打動著我，有她爲伴，還有什麼可以阻止我做出正確決定嗎？」

「你應該做選擇了，走吧！」海絲特堅定不移地看著牧師，說道。當牧師下定決心走之後，心情一下明亮了起來，一束溫暖的陽光照在他那顆疲憊不堪的心上，給了他無窮的力量，整個身體輕盈了許多，因爲背上的包袱此刻放了下來，像一株久旱逢甘露的小草一樣，迎接了春雨的洗禮。眼前的景色猶如雨後春筍般揚起了勃勃的生機，天空更藍了，草更綠了，陽光更燦爛了，花兒更豔了，世間的一切突然間變得如此豔麗多彩。

「啊，我又找回自我了嗎？」牧師對自己的想法有些驚喜，「海絲特，如果沒有你，我的心早就枯竭了，是你讓我擺脫了身上的枷鎖，放棄了心中的畏懼，把以前的我身上的惡習扔到了九霄雲外，給了我新生的力量，要我怎麼感激你好呢？以前爲什麼我沒有想到過這樣呢？」

「阿瑟，過去的就不要再提了，往前看吧！沒什麼好回頭的，而我，我的生命將從此刻開始重新跳動起來！」

海絲特邊說邊動手摘下紅字，隨手一揚，紅字就被扔進了歷史中，躺在了古老的小河旁。這條本來身負重擔的小河此時又壓上了一副更重的包袱，只有嗚咽著流向前方未知處，那個紅字像一顆閃著金光的寶石躺在那兒，也許會有哪個乞丐不經意地把它當成寶貝撿起來，孰不知，厄運將會與他爲伍啊！

沒有紅字以後的海絲特頓覺輕鬆了許多，她長吁了口氣，彷彿是吁了一口七年才發泄完的長氣，她的精神得到了無與倫比的安慰，那個在心上壓了七年之久的包袱終於卸了下來，這是七年來她最覺幸福的一天，她這才真正知道了紅字的重量。接下來，她又順手把頭上那個束髮帽摘了下來，那頭被束縛了很久的秀髮頃刻間披散了下來，遠處朦朧的森林，近處悠悠的小溪，讓海絲特顯得分外的美麗溫柔。發自內心的幸福微笑掛在那張秀麗的臉上，嘴角向上微翹著，由於過分激動，臉頰上頓時抹上了兩片紅雲，幸福地燃燒著。七年以前的那個儀態大方、風姿綽約的海絲特又回來了，甚至比那時的海絲特還多了些快樂的成分，她的光芒散發到了周圍，使周圍的環境隱約披上了一層神秘的光環，世界爲他們而存在，森林爲他們而綠，花草樹木爲他們而綻放青春。一時間，天空中萬道光芒穿透森林，讓他們完全沐浴在了陽光裏。周圍的一切都變得美妙異常，大地萬物也一同感受著他們的光環，享受著幸福的一刻，就連那條小溪此刻也忘記了憂傷，高興地唱起了歡樂的歌。

大自然伸出懷抱擁住了這一對幸福的人兒，這個公正無私的大自然，這個明辨善惡的大自然，它沒有屈從於邪惡的掌握，一味地安排著自己的命運。兩個感受愛情的人啊，無論愛情是從何時何地何背景下產生的，內心的喜悅衝破了一切阻礙，即便周圍是惡劣的，在幸福的人的眼裏，也是美麗的，是的，愛情的力量是多麼的美妙啊！

海絲特突然從喜悅中清醒了過來，看來，她想到了什麼。

「珠兒，我們的孩子，你見過的，記得嗎?不過，現在你可不能小看她了，她精靈古怪得很，她簡直就是個小天使！」海絲特幸福地說道。

「海絲特，我很高興，但我有些擔心，珠兒會不會接受我，我不太會與孩子們打交道，我能讓珠兒開心嗎？」牧師有些局促不安地說道。

「瞧你說的，阿瑟，你不會讓她失望的，她也會喜歡你的，好吧，我叫她過來！珠兒，我的孩子，你聽見媽媽在喊你了嗎？」

「在那邊，小溪旁邊，我看到她了，她可真是個天使，但是，海絲特，你能肯定她會喜歡我嗎？」牧師仍有些不安。

海絲特沒有回答他，衝他溫柔地一笑，接著又喊了幾聲。這會兒珠兒正在小溪邊自娛自樂呢。陽光照在她幼小的身體上，猶如讓她披了一層紗，美麗極了。陽光在她身上來回晃動著，讓珠兒看上去又多了一份神秘感。在聽到母親的叫聲後，珠兒慢悠悠地朝他們的方向走過來。

在此之前，珠兒獨自玩得十分開心。雖然這個大森林一眼看上去有些陰森恐怖，但對小珠兒看來卻沒什麼可怕的，因爲小珠兒從來都不知道什麼是害怕！刺漿果結著誘人的紅果等著珠兒來採，因爲她喜歡紅果的味道。爲了摘果子，珠兒必須要跨過一個鷓鴣的巢，可這些小傢伙卻絲毫不體會這一點，反率領著小鷓鴣擺出一副雄赳赳的陣勢來嚇唬珠兒，但一會兒，牠們就爲自己的魯莽接受了教訓。頭頂上一隻小松鼠在牠的巢中嘰嘰嘰地：不知想表達什麼意思，不知爲什麼，突然朝珠兒扔下來一顆堅果。還有珠兒的腳步聲吵醒了酣睡中的一隻狐狸。兩隻滴溜溜的眼睛盯著珠兒，不知是走還是留。另外一種離奇說法是，一隻狼挪到珠兒身前，友好地用頭蹭著珠兒的小身，完全沒有往日兇狠的模樣。

珠兒在這裏的表現比她在鎮上任何一處表現的還要溫柔乖巧。美麗的花兒證明了這一切。當珠兒走到花兒旁邊時，好像對珠兒說：「小天使，讓我們把你變得再漂亮一些吧？」珠兒伸手摘了一些像銀蓮花、紫羅蘭、野玫瑰之類的花，又折了幾枝嫩嫩的樹枝。用她那雙靈巧的小手嫺熟地把它們編成了一個美麗的花環，頭上也戴，腰上也有，手腕上也有。轉眼間，小珠兒真的成了森林裏的仙子，美麗的花仙子，正當她高興地品味著愉快時，她聽到了媽媽的喊聲之後，朝他們走了過去。

她幾乎是一步一步地挪著腳步，因爲，她看到一個不熟悉的人在媽媽的身邊！那個牧師！

第十九章　河邊的孩子

「阿瑟，你會愛上她的！」海絲特和牧師並肩坐在樹幹上，共同看著他們的小天使。「她很美，不是嗎？她能用些再普通不過的花把自己打扮成了一個花仙子，她是一個聰明的孩子！您覺得她的外貌像誰？」

「當然了，海絲特。」阿瑟·狄米斯戴爾溫柔地說道，「你知道，就是這個可愛的小天使曾讓我嚇了一身的冷汗，當然，我也許不該這麼說，我想，世人肯定能從她的臉上看到我的影子！不過，像你多了些！」

「當然不是，再等她長大一些，這個像誰的問題我們就沒必要再討論了！你看啊！她簡直就像一個小仙女來迎接我們一樣。」他們二人注視著正朝他們走過來的珠兒，各人心裏都充滿了異樣的情感。是啊，現在珠兒成了聯絡他們之間感情的紐帶了。在以往漫長的七年中，海絲特只是作爲一種標誌讓人們有目共睹，而紅字的真正含義卻無人知曉，如果有人把它破解的話，那事情也就很明瞭透徹了。珠兒是他們兩個愛情結晶的事實，此刻和未來已緊緊地把他們綁在了一起。愈是這樣想，牧師愈是感覺得到迎面走來的珠兒身上產生了一種肅穆的氣氛撲面而來。

「等會兒她過來以後，你說話的口氣一定要收斂一下，別給她的心理上造成一種壓力，」

海絲特輕聲說道，「我們的珠兒精靈古怪，情緒化嚴重，她很難在第一時間就和人打成一片，你給她點時間，讓她慢慢地適應你，相信我，她會像愛我那樣愛你的。」

「海絲特，你不知道，這次見面既讓我激動又害怕，我直擔心自己不會讓珠兒滿意。你知道，我從來就不懂得怎樣去對待小孩，我不會哄他們開心。讓我激動的是我雖然如此，但珠兒卻一連兩次讓我體會到了身爲人父的感覺。這兩次你都知道的，海絲特，你都記得的！」

「當然，那一次你爲我們母女解了圍，珠兒也記得的，她只是準備第一次全面地認識你，耐心點，好嗎？」

此刻，珠兒已站在了小溪對面處，注視著她對面坐在樹幹上的母親和牧師。珠兒的影子倒映在小溪的水面上，顯得格外可愛調皮。那些五顏六色的花兒把她裝扮得簡直就是人間仙子，整個森林因她的美麗而美麗了起來。

珠兒一直靜靜地注視著他們，沒有再繼續往前走。而水中的影子也是一動不動地一起就這麼注視著。這時，海絲特模糊地感覺到突然間和珠兒之間產生了距離，一種不可逾越的障礙。也許是珠兒離開母親太久，忽然間有點陌生了。這一點讓海絲特感到心寒，當然這不是珠兒的錯，而是在於這一段時間內海絲特只顧和牧師談話而忽略了珠兒。珠兒好像也很在乎忽然一個人插進了她和母親中間，就是這個人從此後要和自己共同分享母親的愛了。

「海絲特，我覺得事情不是你想像中那麼簡單，那條小溪把我們和珠兒隔開了。她真的有點不可捉摸了，海絲特，快點讓孩子過來吧！再這麼拖下去，我想我的精神上再也受不了了！」

「珠兒，快來媽媽這兒，我的孩子！」海絲特急切地叫著珠兒，因爲她也感覺到了這一點，「珠兒，我的寶貝，是什麼使得你走得如此慢，這位牧師，你是認識的，從此以後，你也會得到他的愛，就像媽媽愛你一樣，珠兒、快來媽媽這兒，來啊，我的好孩子！」

然而珠兒仍然沒有動，像釘在那兒一樣。她的眼睛也一直在海絲特和牧師身上游離不定，因爲在她幼小的心裏，她搞不懂母親和牧師之間到底存在一種什麼她所不知的關係。而當牧師感覺到珠兒那嚴肅的目光時，他又習慣性的把手捂在了胸口上，而珠兒也下意識地伸出指頭指了指海絲特胸前的標誌，當然，那個小溪中的倒影也一樣指了指海絲特。

「珠兒，你今天怎麼了，爲什麼不到媽媽這兒來？」海絲特有些傷心地說道。但小珠兒一直伸著手，指著海絲特胸口的紅字，眉頭皺得更緊了，這讓海絲特心裏一陣揪心地痛。珠兒看到媽媽更加急切地在叫她，她那種強脾氣又沖了上來，仍一動不動，狠狠地跺著腳。溪中的倒影也是如此做著同樣的動作。

「珠兒，你想讓媽媽傷心難過嗎？」海絲特雖然在平日裏對珠兒的這種情緒瞭如指掌，但她此刻多希望珠兒能表現得乖巧些，「珠兒，跨過來啊，快過來，你要讓媽媽急死嗎？」

然而，珠兒對海絲特表現出來的焦急狀態仍無動於衷，反而也急躁地蹦了起來，凶巴巴地晃動著身子，嘴裏發出的尖叫聲攪亂了森林的寧靜，好像有無數的人在和她一起發泄著心中的不快一樣。小溪裏的倒影因過分的憤慨，急得又是瞪眼，又是跺腳，又是晃動身體，但是手指卻一直指著海絲特胸口紅字的地方！

「阿瑟！我知道孩子爲什麼有這種表現了，」海絲特壓低聲音說道，說完這句話，她的臉一下陰了下來。「珠兒習慣了我身上的裝束，如果少了某一樣，她會很不習慣，因爲她沒有看到那個紅字了！」

「海絲特，請求你想個方法趕快讓珠兒恢復她快樂的本性吧！千萬不要像西賓斯太太那樣凡不開心時就大發牢騷，看到珠兒那樣我實在受不了，海絲特，想個辦法吧！」牧師心急地說道。海絲特無奈回頭看了一眼珠兒，心神沈重地對珠兒說道：「珠兒，你要找的東西就在那兒呢，你的腳底下，看到了嗎？」

珠兒順著母親指的地方，果然看到了那個閃閃發光的紅字。

「孩子，給媽媽拿回來吧！」

「不，媽媽，要不，你過來吧！」

「這孩子實在是太調皮了！她身上還有許多許多的事，等以後我慢慢告訴你吧！現在看來，目前這個字我是擺脫不掉了，這可太難過了，希望這幾天趕快過完，到時候，我就可以永遠地擺脫它的束縛了，永遠！」海絲特苦笑著說道。

說完後，海絲特踱步走到小溪邊，撿起了它，重新戴在了胸前。頓時，一種無以名狀的心情湧上了心頭，好像厄運再一次地降到了她身上似的。還沒來得及感受一下自由的味道呢。想來命運就是如此吧！海絲特無奈地又把那頭秀髮用束髮帽紮了起來，連同她的溫柔美麗、優雅大方，一同裝了起來，她又陷入了往日痛苦的氣氛中。

而珠兒此刻心滿意足之後，顯然恢復了快樂的天性。

「珠兒，這下你開心了吧，媽媽沒變，快過來，好孩子，你看，媽媽又把紅字戴上了，快來，你也應該叫我了吧！」海絲特無奈的說道。

珠兒此刻乖巧地拉住媽媽的手，用小手把媽媽的頭拉近了自己，用小嘴輕輕地親了一下媽媽，之後又翹著小嘴莊重地親了一下海絲特胸前那個紅字。

「珠兒，你剛才親媽媽呢，媽媽接受了，可後來的舉動讓媽媽有點傷心了！」海絲特說道。

「媽媽，那個牧師爲什麼會在這兒呢？」珠兒好奇地問道。

「珠兒，他當然像媽媽一樣在等你啊！過來，珠兒，來接受他的祝福吧！」

「媽媽，他愛我們嗎？」珠兒邊說著邊盯著媽媽的臉，「媽媽，他會和我們一起回到城裏去嗎？」

「珠兒，現在還不是時候，再過幾天，到時候他會和我們一起走的，我們一家三口從此就團聚了，珠兒，我們會幸福地生活在一起，他也將成爲你的好朋友，當然他會像媽媽愛你那樣地愛你的，你也會喜歡上他的！」海絲特說道。

「媽媽，他的胸口痛嗎？要不爲什麼老捂著胸口呢？」珠兒問道。

「珠兒，這個問題你不該問的，來，過來，接受他的祝福吧！」海絲特打斷了珠兒的話題。

也許是她對於牧師的這個習慣性的動作感覺不容易接受，也許是對牧師本人的認可程度還要小一些，也許她以爲從此又多了一個分享媽媽的對手，她就是不過去對牧師說點什麼。

她並沒有按媽媽的意思去做，反而一個勁地往後退著，極力地表示著她的不願意，不時地做著各種花樣的鬼臉。也許是珠兒小時候，在類似這種不情願的情況下，她都是如此表達她的思想感情的。如今應用起來，絕對得心應手。然而她今天的表現可著實讓牧師感到了尷尬。

但他還抱著一絲希望，想靠近珠兒親她一下來化解他們之間的隔閡，剛剛接觸到珠兒的額頭，珠兒就精靈一般地閃開了，跑到小溪邊，蹲下身來，用手擦洗著額頭上的牧師的吻痕，直到小溪的水帶走了那個吻。之後，珠兒站起身來，看看他們兩人，一聲不響。而此刻牧師和海絲特看到這個情況之後，不得不再安排著其他的事件。

之後，這一次對兩人至關重要的談話也算圓滿地畫上了個句號。而大森林也似乎又重新恢復了它的神秘與平靜。也許從此後，它也只能在回想起來時偶爾竊竊私語。而那條嗚咽的小溪也將載著這段淒慘的故事繼續低吟著。

第二十章　迷失了的神父

在離開海絲特母女很遠之後，他轉過身來看著她們依稀遠去的既陌生又熟悉的背影，直到此時，他仍不十分確定先前發生的事情是否千真萬確。而那棵海絲特曾依偎過的歷經無數風雨的參天古樹卻給這兩個命運坎坷的人提供了一處供他們互道衷腸的場所，而且驗證了兩人重逢的時刻。珠兒嬉笑打鬧著跑近了，直至珠兒出現在他面前時，他才真實地意識到這不是假的。此前海絲特對他所說的一席話攪翻了他正常的思緒。爲了重新理清楚所發生的一切，他讓自己鎮定了下來，對他出走的計劃暗自細算起來。

在他們的計劃中，那些散落在海邊的土著人的居集地和一些移民來此居住的北歐移民的住處排除在了他們計劃之外，而把目標最終落在了有城市氣息的地方，更適合他們的居住。這個決定主要根據牧師自身的健康狀況和專長才安排的。牧師由於身體的原因適應不了土著部落的野蠻和環境的惡劣，而專長的原因也就決定了他只能生活在文明的環境中方可以充分地發揮出他身上那金子般的品格。另一個吸引他們的位置正處在供船舶停靠的埠頭上。

這些船隻是一些可自由出沒此處的非正規的私家船隻組成的，他們可以不受地方官僚的控制。而這樣一來，海絲特也可以不受限制地與任何一般船隻上的工作人員進行正常的接觸，如果效果不錯的話，他們三人也可隨著此艘船到達他們想要去的目的地而不被告密，這何嘗不是一件好事呢？

對這艘船隻何時離港的日期，牧師曾急切地問過海絲特。當海絲特告訴他四天後起程的消息後，牧師興奮極了，不停地說：「太好了，就要奔向自由了。」原來，他之所以這麼說，是因爲他在船隻離港前的第三天要在一場佈道上進行講道，而且這件事情對於任何一個牧師來講都是至關重要和無上榮耀的，同時用這種方式來結束他的牧師生涯是最幸運不過的。

這樣一來，大眾對於他的離職也就無可厚非了。他盡到了他的職責，完成了他的使命。他這一番剖心置腹的表白道出了內心的那種可悲，無可奈何。也許他處理每件事都會考慮到事情的兩面性，每決定一件事情的處理結果也暴露了他的兩面性。而這樣做的結果也相對決定了他性格中的弊端。也許這也是每個人身上都存在的情況，也許人們最後都會被自己所欺騙，這是不可避免的。

阿瑟·狄米斯戴爾和海絲特的談話結束後，被折磨了七年的身體奇跡般地恢復了往日的活力，飛似地朝城裏的方向奔去。路上荒無人煙的羊腸小道。坎坷不平的山路、泥濘不堪的土路、荊棘密布的灌木叢、突兀起伏的山丘，阻擋不住他快速如飛的腳步，影響不了他心潮澎湃的快樂心情。對此，連他自己也感到驚喜。而在兩天前，同樣的一條路讓他走不到盡頭，好像用了一輩子積蓄下來的體力也走不完這段並不遙遠的路程。

當他進到城裏後，眼前一切事物與他兩天前所見已完全變了模樣，當然這是因爲心情使然的緣故，就像這七年中他並未在此居住過似的，七年後的今天突然重返故里一樣，這讓他覺得又新鮮又刺激。熟悉的街道，每堵富有特色的圍牆，喚起了他塵封七年的記憶，儘管這七年間的每一天他都生活在此處。那一張張熟悉的面孔，老人的，小孩的，都與七年前一模一樣，甚至包括他供職的教堂一起，都跨越了七年的時空一下過渡到七年後的一天似的，牧師也似乎拿不定他自己究竟是身處七年前還是七年後了。

這種混沌的意識並非外界造成的，是牧師從七年的磨難中突然覺醒後獲得重生的結果產生的。當然，是海絲特的真情喚醒了他沈睡了七年的靈魂，如今，呈現在他眼前的已是物是人非。

牧師很清楚地意識到，森林中的會面讓他把以前的阿瑟留在了森林裏，隨同他的苦難，那條悲傷嗚咽的小溪，那棵見證歷史的古樹，連同他那顆被折磨得疲憊不堪的心像脫了一件衣服一樣扔在了森林裏。於是，一顆新的生命也隨之誕生了。

新生命的誕生也重新印證了這一點，脫胎換骨的過程讓他很清醒地意識到此時此刻的所作所爲，和對內心的思想情緒的準確把握性，對事物變化的過程也有了主觀分析的能力。舉例而言，他的一位德高望重的同僚對他的尊重和他對同僚的敬重是平等的。就像一個出身貧寒家境的窮人對一夥家境富裕、社會地位較高的人表現出的那種謙和、平等、不卑不亢的平等待遇一樣，貧富間的懸殊說明不了任何問題。在與同僚談話過程中，牧師謹慎地與之談著一些話題，生怕由於激動而把秘密抖露出來。整個過程，他時刻克制著內心的衝動，由於過分緊張，他的舌頭倒有點哆嗦了。但他一想到如果老前輩在得知這一計劃後所表現出來的表情，牧師禁不住要咬緊牙關才不至於讓自己失態。

於此同時，牧師剛結束與前輩的談話，迎頭又遇到了一位同僚中年紀最大的女教友。她曾經是一個寡婦，一位不久前就失去親人的極度虔誠的老婦人。這三十年來，她藉以《聖經》的理論不斷地充實自己內心無以名狀的痛苦。如今她生活的源泉完全來自牧師對她一句話的點撥，不論是刻意的約見，還是不經意的交談，她立即會像一隻將要癟氣的氣球重新灌滿了生命的氣體一樣，重新充實起來。可今天牧師和她之間的交談連他自己也不確定自己在談的有什麼意義，但他還是義無反顧地交代了幾句似乎有些敷衍搪塞的話，但她聽得仍然十分虔誠，好像把牧師當成了上帝真實的使者一樣，不管她是否明白。當牧師走出去不久回頭看時，看到的只是那張滿足的臉。

而這之後，牧師在路上又遇到了一位不久前剛入教的年輕女教民。她的加入是因為在聽到他一次佈道後。對天國美好的希冀讓她放棄了現時中衣食無憂、幸福快樂的生活，一想到存在希望，平時生活中遇到的一些挫折就會立即消失殆盡。在整個教會中，她猶如一朵盛開的潔白無瑕的玉蘭，無尚榮譽地生活其中。牧師也深知自己在她純潔的心中的地位，所以平日裏他從不貿然地與之搭訕，生怕傷害或誤導她純潔幼小的心扉。她將自己完全地與教堂融為了一體，從中汲取著心靈的營養。在牧師眼中，這個女孩是不應有此皈依教會的舉動的。

也許是哪個惡魔在她身上下了魔咒，非要她如此不可。這個可憐的姑娘從此把一個年輕的生命交給了教會。牧師愈是這樣想，愈覺得心中有所不忍，所以當這種複雜的心態在他臉上呈現出一種表情後，那女教友從他臉上似乎讀到了什麼，還以爲由於她某方面的不注意而引起了牧師的側目而視，可憐的姑娘，竟從內心責備起自己來，一哭就是好幾天。

在牧師繼續行走的路上，他內心突然又湧起一種衝動。這種衝動湧上來時他自己都爲之驚訝甚至難爲情，就是讓一些不喑世事的小孩子同他一起說粗話。但他很快打退了這個荒唐的念頭，繼續往前走了下去。迎面走來了一個西班牙船隻上的水手。牧師由衷地認爲自己應該和他握一下手，而且也用他們平日間彼此間交流用的互相謾罵的有失大雅的話，但這個念頭剛露出端倪，牧師似乎感覺到了自己的不對勁之處，那種久受禮教約束形成的習慣又冒了出來。

「我這是怎麼啦！怎麼會突然間成了這個樣子？魔鬼啊，是否又進了我心裏，來懲罰我的過錯，懲罰我對教會的褻瀆，難道在森林裏，魔鬼又在我身上下了另外一個毒咒嗎？」牧師捧著腦袋，捶手頓足地大叫道。

正在此時，巫婆西賓斯幽靈般地出現在牧師跟前。她頭上裝飾著一件又高又尖的飾品，一件絲質長裙觸及地面，一個因戴得過久而顯得皺巴巴的領飾戴在脖子上，趾高氣揚地站在牧師面前，兩眼詭秘地盯著牧師，一言不發，就這樣有些幸災樂禍地看著牧師，過了一會兒，她終於開口說話了，儘管在此前她從未與牧師說過一言半語。「牧師先生，你在森林裏的談話結束了嗎？」她神靈活現地對牧師點了幾下頭，繼續說道：「如果有下一次，我很樂意與您一同前往，您知道，憑我的交情，那位權高位重的人肯定會十分友好地接待您的。」

「是的，大人。」牧師用一貫的謙和態度說道：「我以萬能的上帝保證，我不知您在說些什麼！沒有像您說的那樣，我之所以去只是去探訪一位朋友，艾利奧特，他是一位虔誠的教徒，我們在一起只是在分享他的快樂啊！」

「是嗎?哈、哈……」巫婆不置可否地象徵性點了點頭，說道：「算了，你當然只能這樣說了，你很會掩飾自己嗎?這樣吧，我們約在子夜，森林裏見面再談吧?」

巫婆說完後走了，時不時地回頭衝牧師神秘地微笑，似乎覺察到什麼秘密一樣。

「天哪，這到底是怎麼一回事啊，我真的中了詛咒了嗎?爲什麼她什麼都知道?難道她是魔鬼的使者來向我下咒嗎?」牧師膽戰心驚地想到。

事實就是如此，好事多磨，新生活對他的吸引讓他忘乎所以。從心裏滋生出的另一種因嚮往生活而表現的行爲讓他覺得成了另一種罪惡，這也許是不對的。爲了新生活的來臨，他被迫地說謊話，甚至有些過激的行爲，以及對一切事物的不以爲然，讓他心裏多多少少地有一些負罪感。但這一切終究阻擋不住新生的欲望。

此時，牧師終於回到了自己的家裏，這個他遮風擋雨的住所，他很慶幸在路上同任何人的交談沒有把自己的奇思怪想所表現的那張臉暴露出來，在他的書房裏，他擡頭打量著屋內的一切擺設。就在這裏，他曾秉燈夜讀，曾著書立說，在這裏，他曾受了整整七年的折磨，這裏，他曾沐浴於上帝的告誡中。而旁邊的桌子上放著一篇他還未完成的禱告文和一支筆，文章寫了一半，其中最後一句因他精疲力竭而未寫完。這就是那個心力交瘁的牧師，一個經歷過痛苦與磨難的那個人，而現實中的牧師卻正在端詳著那個自己。那個人自從森林裏回來以後就不復存在了。現在的他是較以前更加敏銳，更加智慧的一個人了。

當牧師沈溺於這種情緒中時，傳來了敲門聲，他知道，那個惡魔又來了。果然，羅傑．基靈歐斯走了進來。牧師一看到他，神情一下黯淡下來，只是呆呆地站在那兒，一隻手按著《聖經》，另一隻按在胸口上。

「你終於回來了，牧師！」羅傑說道，「你怎麼了，先生，那麼艾利奧特可好啊？為什麼你的臉色如此難看，哪裏不舒服嗎？要不要我幫你放鬆一下，否則，到時會影響你佈道吧！」

「噢，不用了，謝謝您的關照，可能平時在屋中待的時間過久了，這次出去能和艾利奧特開懷暢談一番，我感到舒服多了，而且我也用不著再麻煩您給我配藥了，」牧師說道。

羅傑在進來之後始終盯著牧師的眼睛看。從他的眼神中，牧師意識到了什麼，也許羅傑已知道了他和海絲特的見面了。而醫生也從牧師的表情中更加肯定了自己的猜測。兩個人不約而同刻意避開了這個話題，轉到了一些無關痛癢的話題上去。更陰險的醫生此刻又開始了他的陰謀。

「先生，我認為您繼續服一些藥才好，您得時刻保證您旺盛的精力和充沛的體力才好啊，那個佈道對您來說是那麼的重要，說不定什麼時候您就走了呢？」

「當然，醫生，每個人都會到達另外一個世界，我也一樣啊。如果真是這樣，這一年對我是多麼地重要啊！說真的，醫生，目前我的狀態好極了，我想不用服藥了吧！」

「你能這樣想我真太激動了，看來我配的藥還是起了很大作用的，也許是剛剛生效，我很高興您這麼快能恢復健康。」

「是的，醫生，虧了您無私的幫助，我想，我只能用佈道的形式來回報您了。」

「當然，牧師，您的佈道是在撒播上帝福音的使者，這對耶路撒冷每個人來講都是至高無上的一次洗禮。」醫生一邊說著，一邊離開了牧師的房間。

醫生走後，牧師呼了一口氣，讓僕人拿了些食物，吃了起來。而後，牧師把已寫好的幾張並不滿意的佈道文扯了下來，重新埋頭寫了起來。內心的感慨立即湧了出來，他抑制住內心的激動奮筆疾書起來。不知過了多久，當他再次擡起頭來時，窗外的天邊已現出了魚肚白，一絲陽光已慢慢滲進了屋裏，直至整個房間塞滿了陽光，照到了他的臉上。牧師長舒了一口氣，握著那隻剛剛寫完了佈道文的筆！

第二十一章　英格蘭的公共假日

新任總督就職的那天，市場上站滿了從鎮上趕到這兒的四面八方的人，海絲特和珠兒也在其中。

在今天這個日子裏，海絲特穿了一套並不起眼的灰色粗布衣服。她的這身裝束與七年前參加這種場合穿的衣服一致。唯一引人注意的仍是戴在她身上的那個紅字。

她那張鎮上居民再熟悉不過的臉，此刻是那麼的安定祥和。海絲特對於人們對她的看法早已不以爲然了，因爲她已把自己和小鎮劃上了界線，鎮上也沒有什麼東西能讓她對此感到難堪了。

海絲特今天臉上的表情顯然與往日大有不同。當然，一般人對此是無法察覺的，除了那些專門喜好對此事熱衷的「熱心人」才能發現一點端倪。在漫長的七年中，海絲特已習慣了人們對她的注視，同樣也習慣了人們對她的懲罰。七年後的今天，她最後再讓人們注視一下也無妨。因爲她就要自由了，而今天再大的痛苦終將會迎接勝利。也就是十幾個小時之後，她就會帶著嶄新的心情去開闢新的生活了，從此，那個給她帶來七年之痛的紅字也就被永遠地埋葬起來，葬在了昨天的記憶中。七年裏，海絲特過完了她的今生，受盡了生活中所有的悲、喜、情、仇。而今天以後，她的來世才剛剛開始，以後的日子是任她去想也想像不出的幸福。

小天使珠兒今天的裝飾簡直美極了。人們很難想像這全都來自海絲特的傑作。珠兒的這身衣服讓她看上去格外的清新自然，無論從做工、布料，還是褶皺，都與珠兒渾然一體，就像蝴蝶翅膀上色彩斑斕的斑點綴著蝴蝶一樣，二者是無法分開的。況且，在今天這個特殊的日子裏，珠兒表現出來的異常興奮也使得她更加燦爛。像一朵初綻放的嬌豔欲滴的鮮花一樣，格外惹眼，在一般人眼裏，珠兒興奮異常的表現在某一方面也代表了海絲特內心的情感。

珠兒快樂得像小天使似的在海絲特身邊歡呼雀躍著，到了忘情之處還忍不住地放情高歌一下。海絲特領著珠兒漸漸地來到市場中心，人群愈多，珠兒也就愈興奮。

「親愛的媽媽，今天是什麼節日啊，爲什麼今天鎮上沒有人工作了呢？而且每個人打扮得比以前漂亮多了。媽媽，您瞧，監獄官布萊基先生正向我點頭微笑呢，今天大家爲什麼這麼高興啊？」

「對啊，因爲他認爲我的小珠兒可愛啊！」海絲特笑著回答道。

「才不是呢，他長得那麼凶，媽媽，他應該對您笑才對啊。您快看，媽媽，裏面有好多我都不認識的陌生人，還有印第安土著呢，啊，還有，還有那個水手，他們怎麼也來了？」

「他們和你一樣啊，我的孩子，因爲新任總督和一些王宮大臣們等會兒要從這裏走過，還有一些官宦人家、牧師，他們在等著看這些大人物啊！等會兒還要遊行。」

「媽媽，在森林裏與您說話的牧師也來嗎？他會握我的手嗎？」

「孩子，他今天不會握你的手，因爲他會出現在遊行隊伍裏，同樣，你今天也不能握他的手，不要和他打招呼。」

「媽媽，那個牧師真可憐啊，那天晚上在森林裏他握著我和你的手，在那個很少人去的地方，他和你站在滿是苔蘚的石頭旁說了好多話，他那天還親了我一下，那時我們多麼開心啊！可今天爲什麼他不向我打招呼呢？我也不能同他打招呼，這是爲什麼啊？」

「噓，珠兒，不要說那麼多，也不要老想著這些事，想點開心的，你瞧這些人是多麼開心啊。這一整天所有的學校停課一天，所有店鋪關門一天，所有的廠房停工一天。知道爲什麼嗎？因爲在今天會來一個新的總督管治他們，就像一個國王登上王位一樣，這一天就得慶祝一番，來迎接新總督的到來，明白了嗎？珠兒。」海絲特耐心地說道。

今天這個不同尋常的日子裏的氣氛感染了所有人。在這之前已成歷史，從今天開始將是一個新的紀元。人們借助這一天的喜慶來表達所有高興之事，祈禱美好的將來，摒棄不好的過去。只有在這樣一個日子裏，他們的心情也就愈顯得莊重肅穆。也許說他們過於嚴肅不太恰當，但這正是當時人們所處那個年代的真實寫照。市場上的這些人也並非生來就是如此。

他們的先祖們都是英國人，是大英帝國的子民，他們過著殷實富裕的生活。英國當時的生活狀態始終是莊嚴和諧的。按他們的習俗，他們爲慶祝重大事件往往會舉行盛大的篝火晚會、集會等等。在相關重大活動中，他們往往也會身著傳統服飾來慶祝此事，而這也漸漸形成了一種新的習俗。從老祖先規定的新職儀式方面的某些規則一直沿用到了今天。從這次的總督任職的慶典中就可以看出來，雖然在某方面只是稍做了些小的變動。按老祖宗留下來的遺俗，所有達官貴族的大人物們必須身穿嚴謹的裝束以顯示他們的尊嚴，因爲他們一方面代表了自己，另一方面他們也代表了整個上流社會，甚至國會。這一天對老百姓而言，也可以適當地進行娛樂活動以示慶祝。雖然這裏的娛樂活動沒有像英女王時代所有的供大家享樂的雜耍戲班子、沒有玩雜技的藝術團、沒有唱歌的班子、沒有逗人發笑的小丑等，在這個時代對此是有限制的，甚至遭到排斥。就算如此，老百姓仍是開心的，臉上帶著滿足的笑容。

在這次慶典中，相關體育項目占了不少。因爲它可以充分體現人們強健的體魄和良好的素質。比如在康沃爾和德文郡等地，皆流行著兩種體力比賽：在一塊規定的草地上，幾個人用鐵頭做的木棒進行友誼比賽，另外一種就是在刑台上兩名持盾和長劍的鬥士進行的角鬥表演。但比賽卻因爲一個官吏打斷了，因爲他認爲這樣褻瀆了這塊神聖的場所。

這些英國人的第一代子嗣們在類似的慶典活動中的享樂方式一點也不遜於他們的祖先。就算他們在此處受到一些常規戒律的約束，時間和桎梏並未能把他們內心的秩序破壞掉。

市場上人頭攢動的人群形成了一幅人間百態圖，很顯然大部分的色調是偏灰暗的顏色。但一群印第安人卻爲這幅圖畫增加了許多色彩。他們身著繡著古怪圖案的鹿皮長袍，臉上塗滿了各種顏料，幾根用羽毛做的飾品插在頭上，手持長矛，背著弓箭，腰間的飾品是由貝殼穿線而成的飾品，他們的裝扮美麗且野蠻，神秘且誇張。他們往兩旁一站的神態，可與那些清教徒相媲美。

就算這群印第安人的形象野蠻，但比起從加勒比海下來的那些水手們相比，還不是最爲狂野的。這些水手是專門來湊熱鬧的。他們個個因長年飄泊海上，皮膚早已變得漆黑，且個個都留著鬍子，不管高矮胖瘦的水手都穿著露著小腿的短褲，腰間繫一條寬寬的皮帶，一把長刀或一把短劍斜挎在腰後，頭上戴著棕櫚葉做的帽子，玩到興致高昂時，從他們的眼睛中透出了那發光的眼神，這種目光儘管是興奮的，但其中總摻雜著一種野蠻的東西。對他們來說，清教徒的誡律約束不了他們，當然對鎮上的規章制度也從未放在眼裏。

他們可以肆無忌憚地隨意吸煙，大口大口地喝葡萄酒，還要讓周圍的人喝。所謂的道德標準根本約束不了他們，更何況他們是長年累月在海上度過的水手。若在當年，他們的行爲肯定會當作海匪進行懲罰。他們雖不是真正意義上的強盜，但他們肯定參與過相關劫持商船的行動，如果判他們絞刑是一點也不過分的。

在海上，他們懼怕的只是變化無常的天氣和大海下的危機。可在岸上，還沒有讓他們懼怕的東西呢！當然，如果他們放棄自己的工作回到岸上做一個正常人，過正常人的生活的話，未嘗不是一個好人，所以，與他們的交往也就不會再存在歧視了。所以對於那些德高望重的清教徒老前輩們來講，他們的行爲也就可以得到饒恕了。當人們看到羅傑以長者身分出現在水手們面前並與他們的船長交談時，也就不會感到驚訝了。

相信無論任何人在任何地方見到這位船長，都會被他所吸引。他穿著考究，一眼就能看出他是位有錢人。而額頭上的一個傷疤更加明顯，但船長並沒有想把它遮住似的，故意露出了那個傷疤。如果他是生活在陸地上的人，那麼依他的穿著打扮和他那洋洋自得、不屑一顧的神情，也許早就被抓起來遊街示眾，或者監禁了。

就是這位船長，結束與醫生的寒暄後，逕自穿過市場而去，走到海絲特跟前時，他停了下來。看來，他認出了海絲特，隨即對海絲特招了招手。

在一般情況下，凡是海絲特站立的周圍都會留下一塊空地，就算其他地方的人早已擁擠不堪，卻沒人願意進入這個怪圈來。七年來，這個因紅字而產生的怪圈成了海絲特迴避這個世界的一個途徑。另一方面則是人們長久以來形成了這個隔一段距離與她交談的習慣，當然也是因爲人身本能反射而造成的。到了如今，海絲特卻很慶幸這樣，至少這樣一來，倒不會有人偷聽她和船長的談話了。況且以她現在的聲望再也沒人會對此事加以評頭論足了。

「太太，我得告訴您，在還沒有徵得您意見之前，我又安排了一個床鋪和你們一起，這樣一來又多了一個醫生，那可太好了，那一般的疑難雜症我們也就不用擔心了，面臨的只是藥品的問題了，」船長說道。

「我不明白您的意思，」海絲特一驚，隱約感覺到了什麼，「還有其他人與我們一起嗎？」

「怎麼，那位先生沒告訴您嗎？就是羅傑．基靈歐斯先生，他說和您是一起的，他還提到了和您一塊來的那位先生。」

「是的，我知道了，我認識他，他們兩個人也非常非常的熟悉。」海絲特明白了一切。就在此刻，她扭頭看時，正好看到羅傑．基靈歐斯正對著她神秘地微笑著。頓時一股冷氣朝海絲特迎面撲來。

第二十二章　開始遊行

在海絲特正打算集中精力去思考如何處理這突如其來的變化時，一陣陣鼓樂聲順著一條街道已傳到了市場上，看來，遊行已開始了，到了目的地後，阿瑟·狄米斯戴爾將在議事廳進行佈道。

由樂隊作爲前導的遊行隊伍正穿過街道朝著市場緩緩而來。各種樂器奏出的並不和諧的音樂卻把人們的目光吸引到了一起，形成了一種嚴肅的氛圍。小珠兒也由剛才的亢奮狀態一下子收斂許多，頓時靜了下來，默不作聲了，只是目不轉睛地盯著這支隊伍出神地看著。

隨之而至的是一隊隊的軍人。整齊的隊伍，漂亮莊重的裝束又引起了珠兒一陣尖叫。事實上，他們並非正規軍隊，而是由大多數來自社會各階層的紳士組織而成。他們是衝著軍隊的精神的嚮往來參加的，他們可以像正規軍那樣，學習一些軍事知識，進行實地演練。當然，其中也不乏真正的參加過一些戰鬥的軍人，而且大部分都獲得過獎章。他們再次披掛上陣的虎虎生威的神情，絕對值得和軍隊一比。

緊跟而至的是那些議院的文官，他們的出現吸引了一些社會名流的注視。他們的一舉一動都是那麼的優雅莊重，他們的出現一下將軍隊的力量給比了下去。在那種時代背景下，一個人的才能並不能引起人們的尊敬，可如果一個人有著無比的高貴神態和優雅動人的儀態就會受到人們的尊重。在英格蘭後裔身上，人們身上都繼承了一種對高尚的人心生敬佩的品質，但隨著時代的延續，他們敬佩的對象也愈來愈廣泛了。當然，在此沒必要對此事再加評判。在以往，他們把他們的敬佩之情轉移到了老人的花白鬍鬚上；每個人身上那耿直的性情上；每個人的聰明智慧上；每個人那可愛的優秀品質上。

對他們來說，那些時代的先驅如勃萊斯特里特、思狄柯特、杜德萊、貝靈漢等人，他們也是因爲自身的穩重踏實而非聰明才智而贏得人心的。他們憑藉自身的高尚品質爲了國家的利益奉獻著自己的一切。這一點從他們那剛毅的臉上和強健的體魄上充分體現了出來。就是這些處處倡導民主的先驅們，如果被吸納爲議會成員或委以重任的話，大英帝國也不會因此而感到羞愧的。

緊接著出現的正是阿瑟．狄米斯戴爾。翹首期盼的人們都在等待著他的佈道。在當時的社會背景下，他的職業的高尚度超過一切高官貴族。他充當的上帝使者的角色受到全社會的尊重，同時也吸引著更多的人加入牧師的行列。而一個牧師如果做得成功，他同樣也可以參與政事，其中英克利斯．馬瑟就是一例。

而在此之前，包括他踏上英格蘭這塊土地開始，人們從未看到過他今天所表現出來的怡然自得的神態。今天的他身體挺拔、目光炯炯有神。再也沒有了往日那種步履蹣跚、彎腰行走、臉色如灰的神態了。一種有形的力量支持著他的身體，支持著他的靈魂，往日那病態的他早已不復存在了。這種力量從他身上充分地體現出來。他的表現也吸引了人們的注意，以至於大家都在猜測，以牧師那專注的神情，他是否能聽到樂隊的樂聲？他隨著這股力量繼續行進著，也許在他心裏想的卻是自己心裏的那個計劃，當然這是外人看不到的。周圍的一切一切都絲毫打斷不了他的思緒，他只是一味地走著，走著。

海絲特此刻也正站在人群中注視著牧師的一舉一動，但她隱約感受到一種可怕的力量正向她慢慢地壓過來，而她全然不知此力來自何處，更不知因何而來。就連牧師好像也離著她有十萬八千里，那麼遙不可及。她想像中的兩人對視眼神的場景並未發生。這讓她又回想起在森林裏見面的情景了，林中的漫步、傾心的交談、痛苦的回憶、寂寞的山谷，也曾坐在佈滿青苔的岩石上互訴衷腸。

他們那時曾多麼的幸福啊，可今天，海絲特突然有點陌生了。而牧師此時已沈浸在思緒中仍未出來。海絲特也就愈發地認不出他來了，甚至有些懷疑自己是不是在做夢。此時，海絲特心裏有些無法原諒他了，在今天這麼重要的日子裏，在面對命運的非常時刻，他卻全然只顧自己，忽視了他周圍一切的存在。

也許珠兒受到了母親的影響，同樣也感受到了牧師身上的變化，遊行隊伍經過她們面前時，珠兒高聲尖叫著，撲騰著兩隻手，興奮得不得了。隊伍一過，珠兒悵然若失地擡頭看了看海絲特那凝重的臉龐。

「親愛的媽媽，他就是那個牧師嗎？」

「是的，珠兒，小聲點，在現在這種場合中，我們別再談見面的事情了，好嗎？」海絲特俯下身子輕聲對珠兒說。

「媽媽，我都快認不出他來了，他今天真有點怪，否則，我早就跑到他跟前像那晚一樣讓他親吻我了，媽媽，他會不理我嗎？」

「不會的，現在的場合不適合他這樣做，好孩子，你不要再亂想了。」海絲特說道。

同時，除海絲特之外，還有一雙眼睛也正在盯著牧師看，而且還走到海絲特身邊與她攀談了起來，這個舉動只有西賓斯太太做得出來。她今天爲配合這個特殊場合，專門穿了一套華麗富貴的衣服。在盛行巫術的那段時期，使她一度成了家喻戶曉的知名人士，人們都對她退避三舍，生怕沾染上她的妖風邪氣，因爲她就是邪惡病魔的化身。一些對海絲特心懷好感的人們看著她們兩人站在一起時，也恐慌地紛紛避開了她們。

「依我看，人們是無論如何也不會想到他是那樣一個人，」巫婆西賓斯神秘地對海絲特說：「就是那個人人仰慕的牧師，他裝得實在太像了，沒人會相信，在這之前，我親耳聽到他喃喃自語地說著在森林裏散心呢！海絲特，當然了，你和我都明白它的含義。把他們兩個劃上等號真的不容易啊，我認識許多教友、樂隊成員、印第安人和拉普蘭的巫師，對一個女人來講，做到這點易如反掌，但是這個人，牧師，他到底是不是那個森林中與你交談的人？」

「夫人，你把我搞糊塗了，」海絲特潛意識裏已清楚地意識到了她和羅傑．基靈歐斯之間存在著某種關聯，想到這兒，海絲特頓覺心中一驚，一股寒意湧上心頭，「夫人，我從來都不會對狄米斯戴爾先生這類虔誠的人妄加評論。」

「算了，算了吧，海絲特！」巫婆西賓斯叫囂著，「憑我的法力，誰去過森林裏，我清楚得很呢！雖然他們自認爲沒留下一丁點的蛛絲馬跡，但是，你的紅字我是無論如何都會記得的，大家也一樣，它在那兒閃著光，我想視而不見都不行啊！但是狄米斯戴爾這種道德高尚的人卻極力掩飾著，他能藏得住嗎？哈、哈、哈！」

「西賓斯太太，您能告訴我牧師隱藏著什麼呀！」珠兒天真地問道。

「你現在不太明白，」西賓斯低頭看了一眼珠兒。「早晚有一天，你自己會面對他的。珠兒，你知道大家如何說你嗎？他們認爲你是『高空好手』的孩子，到時，你願意跟我一塊去見你的親生父親嗎？到時候，你會明白，牧師爲什麼老是把手捂在胸口上了！哈、哈、哈……」

巫婆西賓斯狂笑著走了，那犀利的笑聲足以傳遍整個市場。與此同時，佈道前的祈禱詞已講完了，緊接著狄米斯戴爾的佈道開始了。海絲特被他吸引著禁不住往前挪了進去。整個大廳早已被擠得水泄不通，海絲特無法再往前了，只好找了個挨著刑台的空隙坐了下來，這個位置還好離大廳不是很遠，牧師所講的海絲特足以聽得一清二楚。

對於聽講佈道的人來講，也許他還聽不懂佈道詞的含義，但他肯定會被牧師那抑揚頓挫的獨特的嗓音吸引。他充滿感情講解著道文的意義，抒發著他內心的世界，有時慷慨激昂、有時溫柔如水，無時無刻不在打動著聽講者。海絲特站在人群中也被他深深地打動了，對她來講，牧師的話字字珠璣地灌入她的腦裏，偶爾有個別的詞語弄不懂它的意思。當然，這並無大礙。她不由自主地隨著牧師的講解心潮起伏。漸漸地，她從教師的話中慢慢地讀懂了他的內心，他時高時低地表達著內心的感情，猶如一個受難者的哀嚎一樣。在情緒高亢時，他的聲音倏地沖上雲霄，情緒低落時，又好像是在竊竊私語著。他的情緒也牽引著無數的人們。細心的人勢必能從中體會到牧師心中的痛苦。但相當一部分人只是在聽，卻不知其意。牧師正是透過這種方式抒發著情懷，表達著思想。也正是他的這種方式更得到了人們的敬仰。

海絲特一時間呆住了，她被一種無形的力量吸引著。她隱隱有種感覺，似乎這個讓她蒙受恥辱的地方最終成為她的歸宿一樣，她不知怎麼去分析這種感覺，但這種感覺卻愈來愈真實了。

而此時，小珠兒已離開了母親的身邊，在市場的各個地方為所欲為地玩起來。她的熱情活潑深深地感染著人群，像一個帶給世界顏色的花仙子一樣，在每個人的眼皮底下蹦來跳去。時而活蹦亂跳，時而文靜如水，這是她的真實性情。如果有一件讓珠兒感到好奇的東西，她無論如何都會想方設法地把東西弄到手，而把這一切看在眼裏的教徒們掩飾不住對她的好感，但是不得不說什麼珠兒是妖魔的後代，因為像珠兒這麼可愛的人很難讓人們不喜歡。珠兒此刻又鑽進了印第安人的隊伍裏，好奇地望著他們的臉龐，想必他們也已經體會到了也有同樣像他們這麼狂野的人存在著。一會兒功夫，她從印第安人的隊伍中又鑽到了水手的隊伍中。水手們個個都盯著可愛的珠兒看，這群海上的魔鬼們從未見過如此漂亮可愛的可人兒，都禁不住想摸一下珠兒的小臉蛋，但很顯然，他們根本碰不到她。

他們之中有一個人，就是那個船長，他也被珠兒吸引住了，在知道無力碰到珠兒的情況下，他只有從帽子上摘下一條金鍊子遞給了珠兒，珠兒一把抓了過來，熟練地很快掛在了身上，讓人看上去好像本來就是屬於珠兒的一部分似的，那麼地和諧自然。

「孩子，我認識你媽媽，你幫我給她捎幾句話好嗎？」船長說道。

「那必須得是好話，我可不想我的媽媽不開心。」珠兒回答道。

「那當然，孩子，你就對她說，那個醫生說到時候他肯定會同你們一起去，順便照顧你們，好嗎，好孩子？」

「可以，西賓斯太太認爲我的父親是『高空好手』，但你必須不這麼稱呼我，否則，我就讓他弄翻你的船！」

珠兒東繞西繞地來到了海絲特身邊，把船長的話講給了海絲特聽。她似乎看到了那張令人生厭的魔鬼的臉，想到這兒，海絲特內心堅強的防線頓時倒塌了。眼看著她和牧師就要重新開始的新生活又被這個惡魔給破壞了。

這個不期而至的意外事件讓海絲特有些不知所措了。可此時此刻，她正處在另一種水深火熱中啊。許多從鄰村趕來的農民在市場中聽佈道，他們對紅字產生了濃厚的興趣。當然，他們的興趣更是他們道聽途說的謠言，沒人親眼目睹過。在再無其他可供他們娛樂的事後，他們毫無愧色地圍住了海絲特，當然在離海絲特有三四步的距離之處站住了。同時，那隊水手也從別處得知了海絲特的事，他們也摻和了進來。就連那些印第安人也好奇地擠到了人群裏注視著海絲特胸前的那個紅字。起初他們還以爲只有當地有顯赫地位的人才配得上戴紅字。他們所有人的這種舉動又恢復到了七年前海絲特剛被戴上紅字的情景中。海絲特七年前那恥辱的記憶又恢復過來了，在這群人中還有那些當年在監獄大門等著指責她的婦女，僅僅有一個人未參與進來，就是那位海絲特爲她縫製葬服的女人。沒想到就在海絲特即將擺脫恥辱，重新生活的關鍵時刻，她再度地成爲了人們議論的中心，這讓她內心感到火燒般的痛苦，這種痛苦比剛戴紅字的那一刻還要痛苦。

海絲特站在人們的包圍圈中，動彈不得，就像被釘在那裏一樣。此時此刻，牧師還在進行著他的講解，其餘的人們也正感受著這神的沐浴。一個是令人敬仰的牧師，一個是戴著紅字的女人，誰又曾想到，在他們的體內有著同樣的烙印在熊熊地燃燒啊！

第二十三章　終於出現的紅字

隨著牧師慷慨激昂的語音落下，聽講者的情緒也隨著他的牽引高低起伏著，好像一個自由落體的重物頃刻摔到了地上。市場上頓時鴉雀無聲了。猶如世界陷入了茫茫的黑夜之中。緊接著，人們間互相交頭接耳的聲音漸漸成了一種嘈雜聲，貫穿了整個市場的上空，就像一群迷途的羔羊重返家園似的，有些不知所措了。就這樣過了不久，人們已開始陸續地帶著無名的感傷從市場上撤出了。長時間繃緊的情緒此刻需要放鬆一下，在這之後，他們又將重新開始繼續適合他們的生活。

在場外，他們暢所欲言著自己的見解。城鎮的各個角落都在評論著牧師佈道文的精彩和對牧師的敬仰。而他們討論的結果就是，在他之前從未有人能這樣地充滿智慧，達到一種如此高的境界，沒有人像他這樣自己支配著靈魂在講話。很明顯，他的佈道完全是自身全部思想的表達，講演稿在他手裏只成了一件物品。他的佈道文的主要內容是圍繞上帝與人際關係爲主題來講的，特別是殖民地統治問題。在佈道的最後，他必須要對聽講者灌輸一種類似預言的高瞻遠矚的話題。牧師並沒有像其他牧師那樣一味借著神的名義說些什麼世界末日的話，而他卻把人們的思想引領到一種純潔高尙的境界中，給了他們希望。雖然，他的講演是在作自我的剖析，但也是他內心的懺悔。因爲也許再過一會兒，這個讓他們敬仰、尊重、熱愛的牧師就會悄無聲息地離開他們，而去天堂了啊！牧師已深深地感覺到了自己的歸期就在今日啊！所以他才把所有的感情都體現在佈道文中。而在這之前，他必須把人們嚮往的美好希望留於人們腦中。

這樣，牧師的這最後一次佈道就算完成了他一生的使命，到達了他人生的最高峰。此時此刻的他以自己的智慧、自己的高尚品格完成了他的人生。儘管他本身從事的牧師這一職業已受到人們的愛戴與尊敬。此刻，他已實現了他的理想。這時的海絲特只能戴著那個熊熊燃燒的紅字，無力地看著這一切。此刻，鼓樂齊鳴的樂隊邁著矯健的步伐朝議事廳走去，因爲在那裏將要舉行隆重的閉幕式。

於是，由鎮上各階層的代表人物和一些社會名流組成的遊行隊伍又開始了緩慢的行走，而站在道路兩旁的聽講者則在隊伍過來時自覺地往後退了幾步。當隊伍的最後一人也完全出現在市場上時，整個市場頓時沸騰了起來，他們振臂高呼著，以示對隊伍中某些權高位重者的尊敬。當然其中也摻雜著對牧師佈道的內容所表示的激昂的情緒。他們每個人都以這種歡呼抒發著自己的感情，同時也受其他人的感染而更加的興奮。這種呼聲盤旋在市場的上空、經久不散，猶如海上波瀾壯闊的濤聲震耳欲聾。在新英格蘭的歷史上至今除牧師以外還沒有人受到過如此高的敬仰。

但對牧師來說，如此悲壯的場面能讓他體會到自身的價值嗎？他真的從此就能心安理得了嗎？

在整個隊伍行進的過程中，人們的目光始終盯著牧師的方向，當人們看到那個面目蒼白，萎靡不振的牧師時，人們一下停止了歡呼，現在的牧師與剛才佈道的牧師簡直判若兩人，很難想像一個人突然間形成如此大的反差。

牧師剛才那高昂的情緒已消失了，取而代之的是一臉的茫然與恍惚，像將要燃盡的油燈一樣，他的身體也似乎不堪一擊，只稍微一推就會摔到地上，步履蹣跚的腳步勉強支撐著他搖搖欲墜的身體。

他的教友約翰·威爾遜在看到了牧師此種狀態後，趕緊上前兩步一把攙住了牧師的胳膊。但牧師毅然拒絕了他的好心，繼續向前走去。他走路的樣子已沒有了一個正常人走路的姿態，儼然一個呀呀學語的嬰兒在學走路。以至於他實在無法繼續邁開他的腳步時，他不得已只好倚在了刑台對面的扶欄上。

在這個刑台上的記憶讓他至今難忘。海絲特曾在這裏受到多麼大的羞辱和唾棄，冷眼與諷刺啊！而此時，他又看見了站在刑台旁邊的海絲特，手裏牽著珠兒的小手。牧師此刻怔怔地站在那裏，看著海絲特母女。儘管遊行隊伍仍繼續前進，儘管閉幕式將由他主持，但他仍是站在那裏，動也不動了。

貝靈漢先生此刻也正十分關切地注視著他，幾個官員也陸續走上前來想幫他一把。但他們從牧師那黯然的神情中讀懂了他的意思，雖然這種暗示並不是十分易懂。此時人們也正目視著這一切，這既讓他們驚訝又讓他們膽寒的一切。如果牧師此刻已升天，他們也許是以爲牧師已從此刻完成了神的使命，升入了天堂！

牧師朝著海絲特母女的方向緩慢地伸開了雙臂。

「海絲特，」他說道，「過來啊，我的珠兒，快過來吧，我的小天使！」此刻他的眼睛裏閃現的定是一種渴望溫馨的、渴求勝利的和善的眼神。珠兒聽到以後，像靈活的小鳥一樣一下撲到了他的懷裏。而海絲特似乎也被一種不可抗拒的力量吸引著，朝牧師慢慢地走了過去，就在快到牧師的前方時停了下來。因爲，她從人群中又看到了那雙邪惡的魔鬼眼睛。羅傑・基靈歐斯疾步走到了牧師跟前，像抓一根救命草似的抓住了牧師的雙臂。

「你在幹什麼?你瘋了嗎?」他壓低了聲音說道：「快停止你的愚蠢作法，你仍會有希望，否則你的一生就盡毀於此了！」

「羅傑醫生，我想你來得遲了一步，」牧師擡著頭勇敢地對視著醫生的雙眼，說：「你的法力不會在我身上生效了。我要感謝上帝救了我的命！」

他仍朝海絲特伸著雙手。

「海絲特，你爲什麼不快點過來！」他一邊說著一邊近似絕望地表達著自己的感情，「海絲特，求你快過來吧，以主的名義，把你的痛苦加在我身上吧！萬能的主啊，你是那麼的慈愛那麼的高尙，在我即將離別的一刻，你教會了我什麼是人生的真諦！我現在就要行使我自身的權力，我要做一回真正的我，你過來吧!海絲特，我這麼做正是遵循了上帝的旨意，過來吧，海絲特，我需要你的幫助啊！」

市場上頓時一片嘈雜，牧師身旁的幾個教徒驚恐萬狀地目睹著這一事實，他們那理智的頭腦已被攪得七零八落了。不知如何是好，呆呆地站在那兒。等待著事件的進行。牧師把頭靠在海絲特肩膀上，海絲特一隻手摟住牧師的腰，支撐著牧師走上了刑台，後面緊緊跟著一臉茫然的小珠兒。羅傑．基靈歐斯緊跟其後，好像是他們三人中不可分割的一分子一樣。「你以爲在這裏就可以避開我嗎？」他虎著臉陰沈沈地對牧師說道。

「我正要感謝上帝給我指明了道路！」牧師說道。

說完之後，牧師扭頭朝海絲特淒慘地笑了一下，顯得如此蒼白無力。

「這樣的結局不是比我們預想的還要好嗎？」牧師有氣無力地對海絲特說道。

「也許吧，阿瑟，我不知道如何回答，當然，這也許是我們三個最好的歸宿吧！」海絲特回答道。

「關於你和珠兒，看情形再說吧！我現在只是在完成上帝旨意！海絲特，我已經快不行了，就讓我來接受懲罰吧！讓我來承擔屬於我的責任吧！」牧師說道。

他一手扶住海絲特，另一隻手緊緊地握著珠兒的小手，他毅然轉過身子，面向了市場中所有的上層人士、教友和老百姓們。

底下的人群一言不發地注視著刑台上的三個人，每個人眼裏含著眼淚，因爲他們明白，七年前的事實真相就在眼前了。正午的光線折射下來，將牧師的身體滲進了陽光裏，像一個局外人站在神聖的法庭上進行申辯一樣。

「英格蘭，那些敬我愛我的人們哪，認清我吧，我製造了痛苦，我產生了罪惡，看看我吧！」牧師高聲喊著，身體內全部的激情猶如火山般地瀉了下來。

「七年前，站在這裏的那個人應該是我，而這個女人，以她無私高尚的品格支撐我屹立不倒。看啊，這個熊熊燃燒的紅字！你們曾像躲避瘟疫一樣地躲著她，不論何時何地，不論她的生活狀況多麼得淒慘。這個可惡的紅字讓她不得片刻的安寧。事實上另一個人的罪惡你們卻從來都沒有畏懼過。」

牧師此刻也沒有什麼秘密可言了，他強撐著搖搖欲墜的身體，挪開了海絲特的手臂，堅定地往前一站。

「這個紅字應該在這裏！」他激動地說道，「上帝知道，鬼神知道，可他爲逃避罪責欺騙了人們，把這個罪惡埋在了心裏，逃開了人們雪亮的眼睛，而顯得他仍然純潔無瑕。他背叛了他的親人，背叛了他的靈魂，現在他已不久於人世，此刻，他真誠地站在這裏，他懇求你們相信，海絲特胸前的紅字，只是一個虛幻的東西，而他的紅字卻是千真萬確的，上帝是公正無私的，看啊，這才是紅字！」

他高叫著把胸前的牧師飾帶一扯，紅字立即顯現了出來！

一時間，人群開始騷動了，他們驚恐萬分地把目光集中到了牧師的胸口上。而此刻的牧師一臉的安詳，目光溫柔了許多，神情堅定地站在那裏，他知道，他終於戰勝了自己。慢慢地，他倒在了刑台上。

海絲特靜靜地蹲下身來，用手輕輕地把他的頭靠在她身上。羅傑・基靈歐斯此刻面無人色地跪在了牧師身邊，儼然一具行屍走肉。

「你還是打敗了我！」他目光呆滯地喃喃自語著。

「上帝會對你做出公正的裁決，」牧師強睜著眼說道，說完又把目光移到了海絲特母女身上。

「我的孩子，我想現在你該接受我了吧，你能否把在森林裏的那個吻補在今天，我的小天使！」牧師有氣無力地說道。

珠兒聽話地輕輕在他額頭上印下了深深的一吻！

這一吻融化了所有的罪惡與痛苦。珠兒的眼淚落在她親生父親的額頭上。而在牧師看來，珠兒的吻代表著上帝的饒恕，也代表了他這圓滿的一生。

「海絲特，」他輕輕地說道，「我無法陪你走下去了，再見吧！」

「阿瑟，你就忍心這樣一走了之嗎？」海絲特輕輕地俯下身去，把臉貼在了牧師臉上，「我們的新生活還未開始，而且，我們的罪過也贖了，你好起來吧！我們一家三口剛剛團聚，你快好起來吧！」

「別說了，海絲特，」他面無生氣，斷斷續續地說道，「我們畢竟犯了錯，雖然已懺悔過，但它已永遠地在你心口上打上了烙印，一輩子都無法抹掉，當我們背叛了自己的靈魂，傷害了別人，我們也不可能再回到那相安無事的時期了，歷史不可能改變了，上帝以他的仁慈教化了我，讓我深深地感到紅字的威力，同時，他派遣醫生，是爲了能讓我時刻意識到自己所做的罪過。是上帝的旨意讓我在此給眾人、給你一個交代，我想我已按他的意思做完了，海絲特，再見了！」

牧師話音一落，同時也停止了呼吸。此時，底下一直默默無語的人群頓時迸發出了一陣聒噪聲。這時候文字的力量是軟弱的，唯有來自內心的聲音才能表達出他們此刻的心情。

第二十四章　故事的結尾

在此次事件發生許多天以後，鎮上的人們利用這段時間反覆思考著，不久，鎮上就流傳開了不同版本的說法。

當天在市場中的大部分人共同的看法是，那一天，他們親眼所見到的是牧師胸前有一個與海絲特配戴的那個十分相像的紅字。但有關此紅字的出處，又有了許多種不同的說法。一部分人認爲自從牧師看到海絲特戴上象徵恥辱的紅字那一天開始，牧師便開始自殘性地懺悔，在自己身上一點一點地刻成了紅字。還有部分人認爲是那個巫師羅傑·基靈歐斯用盡各種惡毒的方法鑄成了那個紅字。

另外一部分人本著理解牧師的態度，感性地認爲是牧師長久以來受盡精神與肉體的折磨後久而久之形成了一種天然的標誌，這來自於上帝對他的懲罰。

至此，有關此事的一些光怪陸離的說法解釋完了，就讓它從此永遠地從我們的記憶中消失吧，畢竟，它待在我們心中已七年了，是應該把這段不愉快的歷史抹掉的時候了。

但是，還有相當一部分人，他們自稱也是此事的目擊者，他們的說法是自佈道一開始眼光就沒有離開過牧師，而且他們證明牧師的胸口上什麼都不曾有過，甚至牧師的胸脯就像小孩的胸脯一樣的驕傲。而且在牧師歸天時，他們沒有從牧師那裏聽到隻字片語的或者承認或者承擔責任的語句。根據他們的說法，是牧師知道自己的歸期已至，也清醒地感受到在眾人眼裏他那至高無上的地位，於是他就借這樣的方式來表明世人的靈魂是多麼的脆弱，多麼的不堪一擊。他用這種犧牲自我的方法同樣告誡世人：是人難免都會犯錯，在神的面前，同樣都是罪人。哪怕對一個德高望重的人來說，他只是能比眾人更清楚地意識到，人格的魅力並非是一種普遍存在的現象，任何人都有他罪惡的一面。

當然，對於這句話我們無須再深究下去了，我們只是拿牧師這個事例來向世人證明，就算一個惡人面對充分的證據證明他有罪時，他也會爲了內心的虛僞，狡詐而把自己描繪成一個無辜者，一個受害者。

此書主要的素材來源於一本舊的手稿，其中紀錄了許多當事者的口錄，其中不乏有人聲稱曾親眼見過海絲特·白蘭，還有一部分人的說法都是從別人口中得知的。從牧師的可憐又可悲的經歷中，有許多值得我們深思的教訓，總之，它可以表達爲：「做一個真正的透明的好人，即使心中有些邪惡的東西存在著，也要把它清楚地展示給大家，不要讓虛僞蒙蔽了頭腦！」

隨著牧師的仙逝，羅傑·基靈歐斯的行爲舉止驟然發生了變化。眨眼間，他整個的人猶如一隻泄了氣的皮球一下子癟了下來，不論精神還是肉體，都如同一隻燃燒殆盡的蠟燭。因爲突然間支撐他生活的擎天柱倒塌了，牧師過早的逝世，讓他的生活失去了目標，哪裏還有活下去的希望呢？

當然，對於羅傑·基靈歐斯這樣費心勞神地執著一件事情，我們也需給予一定的理解。愛與恨，它到底是一種什麼概念的問題有待研究。相對來講，愛與恨都進行到極至時，二者之間反而產生了某種共性，愛與恨都是在索取對方的感情，而且都是因過分的索取將對方陷入一個空虛的環境中。所以，從某種意識上說，愛與恨在本質上是相同的，差別僅僅是一個是包圍在愛的氛圍中，一種是陷入淒涼的氛圍中。

羅傑與牧師互相成爲了對方的犧牲品，或者說他們二人之間的仇恨在某種意識形態中已逐漸變成了愛。此事以後再談，在此要回到文章的主題上來。牧師事件大約過了大半年，羅傑·基靈歐斯也隨即而去了。貝靈漢總督與威爾遜依據他死前立下的遺囑，他將自己所有名下的產權和財富留給了小珠兒，他們倆就是見證人。

順理成章的，小天使珠兒成了當地最有錢的人。這種突然間的變化更加引起了人們的好奇心。假如海絲特和珠兒留了下來，等到珠兒到了談婚論嫁的年齡，肯定會成爲一個虔誠的清教徒。然而在牧師仙逝不久後，海絲特母女也從這個鎮上消失了。過了許多年後，偶爾從遙遠的大洋彼岸傳來一些很不確鑿的消息，對於她們的現狀如何，無人能確切地得知。而那個紅字所引發的故事也漸漸地演變成了一種傳說。鎮上的人們仍對那個刑台和海絲特曾住過的茅草屋保持著相當的畏懼。一天下午，一群在茅草屋周圍嬉戲打鬧的孩子們突然看到一個女人走到了屋前。許多年以來，從未有人進出過這間草屋，可是不知什麼原因，也許是她有這扇門的鑰匙，也許是門已經腐蝕得一觸就破，總之，她走進了屋裏。

她走到門口時轉過了身子，停了下來，也許回想起曾經一個人在此孤獨寂寥地生活，如今卻找不到當年的一點影子了，不免心生悲意。儘管她猶豫了一會兒，但是屋外的人們仍來得及清晰地看到那個紅字。

海絲特．白蘭又戴上那個紅字回來了，身邊卻沒有了珠兒的陪伴。如果珠兒還在人世，那麼此刻定已成長爲一名光彩照人、嬌羞美麗的少女了。沒有人確切地知道有關珠兒的消息。或許早已不幸夭折，或許是收斂了以前的桀驁不馴，早已成爲一名賢良淑德的小婦人。在海絲特以後的日子裏，很明顯的讓人感受到仍有人十分關注她的一舉一動。海絲特買了一些貴重的生活用品放置的茅草屋裏，雖然以前她不喜歡用它們。但這也表明了海絲特對錢的不在乎程度。另外還有一些非常精美可愛的小飾物，它們都代表著永恒的思念。在另外的某一天中，有幾個人不經意地看到海絲特正專心地做著一個嬰兒穿的衣服，色彩如此之多彩、樣式如此之新穎，假若隨便一個小孩穿上它在鎮上走一走，都會引起全鎮的轟動。

當然那個曾經愛嚼舌根的海關調查員皮尤先生和另外一個剛剛接替他的同事一致認爲，珠兒現在幸福地活著，並且結了婚，還無時無刻都在想念著她的母親，如果能把那個歷盡多年苦難的母親接到自己的住處一起生活的話，那該是多麼幸福的一件事啊！

但海絲特．白蘭卻認爲住在曾經生活過的地方顯然要比在陌生的異鄉更踏實些。在這裏，她曾經犯過錯，在這裏，她曾孤苦伶仃地生活了七年，在這裏，她也曾虔誠地請求上帝的饒恕。在這裏是她生活的全部，所以她又來到了這個地方，並戴上了那個給我們講述了一個故事的紅字。而這一次是她心甘情願的，因爲從此以後，沒有人會再強迫她，沒有人再對她指手畫腳，哪怕那個嚴厲無比的官吏也不例外，自此，這個紅字再也沒有和海絲特分開過。漸漸地，海絲特以她特有的高尚人格的魅力打動了鎮上的所有人，從此消除了紅字在他們心目中的疤痕，成了一個受人尊敬的好人。而且她那大無畏的精神也感染著這些人，所以有些人在遇到挫折或難題時，都會向她請教。更有一些婦女們，把她們在日常生活中遭遇到的諸如被虐待、被輕視、被冤枉等種種不公平的遭遇統統講給海絲特聽，希望從她這兒能得到公正的看法和生活的勇氣。

海絲特義不容辭地盡自己最大的努力無私地幫助著這些姐妹，她引導她們正視現實，相信未來，人生的旅途中總會遇到坎坷之事，希望就在坎坷的對面，生活是如此的絢麗多彩。在她做好這一切的思想準備後，她就會發現一個嶄新的天地在等著她們。

海絲特曾在年輕時就虛無飄渺地認識到，她自己也許是傳播上帝福音的使者。但後來她清醒地認識到，上帝不會隨意把這個神聖的位置交付於一個曾犯下罪過的女人，他理想中的對象應該是一個十分高尚純潔的虔誠女子；而且她所有的聰明才智完全來自生命中的歡樂，她會教人們如何真誠地對待自己，對待人生，對待你生命中的任何一個人，教人們如何才能享受真正的幸福。海絲特一邊說著，一邊自己又陷入了深深的憂傷裏面，歎息著瞅著自己胸前的那個紅字。

許多年以後，人們在修建新英格蘭國王禮堂的一塊墓地上，在那個因年久而有些塌陷的墳塚旁邊挖了一個新墳，兩座墳之間僅僅留有很小距離的空隙，也許地下長眠的兩位遺骨不配摻和地如此之近。但是卻出人意料共同用一塊墓碑。墓碑的四周都細緻地刻有象徵家族的花紋，除此以外，再沒有其他的修飾了。然而就是在這塊簡單明瞭的石碑上，一些有心人從上面依稀模糊地認出，可無法做出合理解釋的一些類似盾形紋章的痕跡。上面碑文的內容完全出自於專門研究家族標記的官員之口，它的內容是那麼的黯淡無光，要想看清楚，只有在光的照映下才能看清：

「慘澹的人生，血染的A字。」

紅字

⊙現代版⊙世界名著

作者 霍桑
譯者 周絳
出版者 風雲時代出版股份有限公司
出版所 風雲時代出版股份有限公司
地址 105台北市民生東路五段一七八號七樓之三
網址 http://www.books.com.tw
電子信箱 h7560949@ms15.hinet.net
服務專線 (〇二)二七五六—〇九四九
傳真 (〇二)二七六五—三七九九
郵撥帳號 一二〇四三二九一
執行主編 劉宇青
封面設計 蕭麗恩
法律顧問 永然法律事務所 李永然律師
北辰著作權事務所 蕭雄淋律師
版權授權 北京共和聯動圖書有限公司
出版日期 二〇〇八年七月初版
定價 新台幣一九九元
總經銷 成信文化事業股份有限公司
地址 台北縣新店市中正路四維巷二弄二號四樓
電話 (〇二)二二一九—二〇八〇
行政院新聞局局版台業字第三五九五號
營利事業統一編號二二七五九九三五

國家圖書館出版品預行編目資料

紅字／霍桑 著 ； 周絳 譯. -- 臺北市 ：風雲時代,
2008. 06
面；公分
譯自 : The Scarlet Letter
ISBN: 978-986-146-457-2 (平裝)

874.57 97008348

The Scarlet Letter